孤絕之島

後疫情
時代
的
我們

黃宗潔／主編

目錄

另一種時差　黃宗潔……007

輯一、在我回不去家的路上

在我回不去家的路上　馬尼尼為……017
漂流物　孫梓評……023
寂靜中的聲音　何曼莊……029
聖母時間　蔣亞妮……037
與世有隔　洪愛珠……043

抵達之前　振鴻……051
那一天，那一年　阿潑……059
疫期之異與常　利格拉樂．阿𡠄……067
日常生活的恐怖　郝譽翔……073
他給我一團草莓衛生紙／無處安放　廖瞇……079
離．散．聚　上田莉棋……087
放風　黃怡……095

輯二、愛在瘟疫蔓延時

愛在瘟疫蔓延時　廖偉棠……107
殘響　吳俞萱……109
如何測量插管的深度　洪明道……115
彼岸的信鴿　連明偉……129

在記憶力不及的迂迴管線中迴響　牛油小生……143
出了象牙之塔　張怡微……157
方舟　李欣倫……169
時鐘旅館　龔萬輝……181
稀奇古怪的故事　張亦絢……193
鄰人哥吉拉　陳浩基……207
歡樂時光　洪昊賢……225

輯三、病從所願

病從所願　隱匿……237
在人的底部抵達神的地步　葉覓覓……241
黎明前的夜　宋尚緯……245
阿基里斯的腳踝　騷夏……249

間隔與旋轉的裝置　馬翊航……255
夜行與日走　林俊頴……261
鼴鼠雨果　川貝母……267
空琴演奏會　韓麗珠……277
役年・疫年——窗外・窗內　潘國靈……287
隔離　謝曉虹……307
白蝶　陳慧……325
作家簡介……339

另一種時差

黃宗潔

二〇一九年十二月三十一日，當全世界依著時差，輪流倒數讀秒、釋放煙火，迎向二〇二〇年時，大概無人能想像得到，新的一年迎來的不是新希望，而是翻天覆地的疫病時代。Covid-19疫情以超乎想像的速度和規模蔓延全球，原本理所當然的「日常」，一夕之間被病毒擊潰。不堪疫情負荷之下的封城政策，讓各國彷彿都成為被第十三個女巫施了魔法的睡美人之城，所有計畫瞬間停擺，「社交距離」需要重新丈量。過去習以為常的跨境、跨國移動，成了既奢侈、又危機四伏的高風險活動。曾經，我們用城市與城市、國家與國家之間的位移，做為生活中換取喘息的機制，將時差視為錨定家鄉與異國的座標，感受並享受移動帶來的風景；如今，病毒帶來另一種時差。移動不再是應然與必然，我們如擱淺的鯨，只能看著一波波疫情起伏如浪。各國重複著全面封鎖與解封的輪迴，從中國、亞洲到歐美……我們全都被迫活在時差中——一種因應疫情節奏巡迴往復的「時間差」。

另一方面，空間隔絕亦為生活的流速製造出新的時差感，外在世界的轉速和居家生活突然之間不再同調，日子有了新的數算方式。為了打發多出來的居家時間，人們試著苦中作樂，開發出各式各樣的「潛能」：曾看過國外有民眾為寵物天竺鼠打造了精巧如皇宮般的迷你屋，用家中物品或「親身上陣」模仿名畫的也不少。但苦中作樂是有限期的，當隔離與空間封鎖的時程不斷延展，恐懼與不確定感讓心理時間益發緩慢。記得疫情之初，曾看過一個在網路上流傳的「行事曆」，半開玩笑地在每一格日期旁寫下：「未來十四天是關鍵」。日子變成一種均值而漫長的等待，居家工作成為多數人的常態，週一到週日不再有清晰的輪廓，有些人的「換日線」可能是每天下午兩點的疫情記者會，有些人的時間感，則在日復一日打理三餐、或是到處噴灑消毒酒精的過程中，逐漸消融模糊成一片。

病毒的威脅逼迫我們重新去量度自己與世界的距離，封城、限聚、居家隔離……人成了名副其實的孤島，但連結的渴望無法被消弭。網路過往被視為造成人際疏離的「元凶」，如今反倒成為人與人相連的隱性救命繩索。弔詭的是，因應居家上班上課而「被迫普及」的線上會議模式，卻製造出彼此更為「同步」的現象（假象？）。少了舟車往返的時間成本，點開電腦就可以「即時」參與的線上「群聚」，雖是實體互動受限下的替代方案，卻也多出不少創意與彈性：線上同學會、線上畢業典禮、線上頒獎、線上聚餐、線上運動、線上參觀博物館……後疫情時代，我們跌跌撞撞地訓練自己的想像力，去適應「防疫新生活」的方案與節奏。

沒有人會否認，疫情影響了全世界，但在人類歷史上，大規模的傳染病從來不是新聞，伴隨著病毒一起擴散流行的恐懼、歧視與傷害也不是。如果常識和經驗可能蒙蔽我們的眼，恐懼和偏見會蒙蔽的則是我們的心，疫病的恐懼讓人們對潛伏的帶原者感到憂慮，排除與隔絕那些（可能）造成威脅的他者，遂成為許多人心中未必敢直說的願想。社會中原本潛藏著的，各種意識形態、族群身分、年齡世代的緊張關係，更在疫情中以不同的形式引爆開來。恐懼愈擴散，各種排他與歧視也愈可能被合理化。疾病帶原者曾被視為一種「罪」，一種標記的方式——如同在孤島醫院中被囚禁了二十多年的瑪麗．馬龍（Mary Mallon），終身未曾得過傷寒的她，卻以「傷寒瑪麗」這個污名被記憶。一百年過去了，我們看待疾病、處理疾病的態度，卻未必有太大差別。

「疾病代表我們所作所為的非預期後果」，大衛．逵曼（David Quammen）在《下一場人類大瘟疫》一書中曾經這麼說。而我們選擇去對抗疾病的方式，也同樣會產生其他預期之外的後果與代價。沒有人能預期疫情何時平息，甚至會不會（以我們想像的方式）平息，未來是否能回歸過往所熟悉的日常？或是我們該想像一個什麼樣的「未來的日常」？在經歷了疫情幾度看似趨緩又再次延燒的起伏後，沒有人敢肯定。但文學或許能成為那顆照見未來的水晶球，以當下的經驗為養料，去記住現在、揣想將來。基於這樣的期許，我們邀請了三十四位寫作者，為這個時代我們所共同參與、無從迴避的巨大集體經驗，留下智慧與記憶。

或許有人會懷疑，對於一個仍充滿未知、還在變化與發展中的「事件」，這樣的紀錄會不會顯得太快、太早？但編寫本書的目的並非為了將疫情視為議題予以回應，而是希望呈顯經驗的多樣性與複雜性。在這場所有人都被捲入、無一得以倖免的災難中，人該如何安頓自己？如何可能安頓自己？亞歷山大・托多洛夫（Alexander Todorov）曾說：「我們的身體站在靈魂與整個世界之間，是一面同時反映兩者影響的鏡子；不光是我們的意願與能力，還有命運、天氣、疾病、食物與無數苦難所揮下的鞭子——苦難不見得是因為我們做錯決定，常常反而是運氣與無奈的結果。」（出自《顏值》）對我而言，文學也是這樣一面反映了靈魂與世界影響的鏡子。透過作家們不同位置的觀察、思考與想像，我相信人們將能在個人經驗與集體記憶之間，在相同的憂慮與相異的處境之間，看見命運與苦難背後，各有其難以複製的形貌與紋理。

因此，我將這三十四篇作品，視為三十四個通往疫境／異境的入口，它們彼此既隔絕也相連。這是何以本書既不依照文類，也不依照地域分類，而是依作品本身的氛圍與觀照，再分別借用其中三位作者的篇名：馬尼尼為〈在我回不去家的路上〉、廖偉棠〈愛在瘟疫蔓延時〉與隱匿〈病從所願〉，將其區隔為三輯。第一輯所收錄的，較著眼於「移動」與「異動」的描繪，大疫之年，每個人都在不同的「路上」，移動或無法移動的新日常，映照出疫境下各地的處境與焦慮；第二輯的篇章，多能呈顯出疫情之中，連結或無法連結的「人情」百態，我們與父母、夫妻、鄰人、陌生人、甚至矽膠娃娃的距離，都產生了新的「換算方式」與感受；第三輯的作品，則對「病」與「人」的關係，或多或少有一些不同的切入角度，若病從所願，所願為何？我們又是否可能與病磨合出後疫情時代的生存之道？

當然，這只是粗略的畫分，是為了讀者閱讀上的便利，而非分類上的必然。此外，考量到若將文類完全打散，在閱讀上可能會造成干擾，故各輯仍以詩、散文、小說依序排列。事實上，讀者大可以把它們想像成三十四個登機門，從任何一篇隨機進入，在作者的文字地圖上自由降落；但若照著分輯順序逐篇讀，相信會有另一種閱讀的興味，從而感受到它們所交織出的，一種微妙的互文感。若從中抽取某些關鍵字，將會發現這些作品不同的關懷面向，更共構出既互補又相容的立體視角。

舉例來說，口罩做為最具體而微的疫情象徵，彷彿也成為與他人社交距離的度量單位。但是，保住了安全，會不會卻因此失去了表情？除去口罩之後，我們還能認出彼此嗎？口罩下的面容，遂成為不少作者關注與思考的核心。在戴與不戴之間，卻非只是防疫觀念正確與否，或搶購能力優劣之別，還包括了身分的考量、處境的弔詭：例如在特別著重建立關係的晤談情境中，諮商師該除下口罩讓對方看清自己、建立信任感，還是建議學生也戴上口罩，才能心無旁騖、專心聆聽？至於經歷過動盪的二〇一九年，由「役境」成為「疫境」的香港，口罩的象徵意義，更遠比世界上任何其他地方來得複雜與難以言喻。戴口罩到底是「使人更真實」，還是更隔絕？這些不同身分位置的思辨與想像，當能深化我們看待事情的角度。

又或者疫情所造成的人際距離之挪移，亦有著各式各樣的面貌與可能性：被迫長時間困居在家的夫妻、母子，多出了更多衝突的理由，對疫苗的態度、防疫的標準……任何雞毛蒜皮之事都可以成為導火線；分隔兩地反而成為在關係中「鑿壁偷光」的出口；染病的焦慮讓我們對鄰人、朋友心懷疑慮；素無交情的理髮師，反而成為城中最受歡迎的角色，與訴說心事的對象；時鐘旅館裡的矽膠娃娃，是抵抗病毒與時間的救贖嗎？當繭居在家的弟弟突然遞上一張自己嗅聞過的衛生紙，又該如何回應與磨合出此種疫情下的新距離？這些形形色色的故事，是浮世繪、是寓言、是童話，也是警語。相信每個讀者，都能在其中找到與自己共鳴的聲音。

最後，謝謝琬融辛苦地居間聯繫和處理種種繁瑣的編務，也謝謝所有參與本書撰寫的作者。我選擇陳慧的《白蝶》做為收束全書的作品，在小說結尾，她引用了泰戈爾《漂鳥集》中的詩句：

「曾經，我們夢見彼此素昧平生。

我們醒來，卻發現我們是彼此的親愛。」

大疫宛如一場不會醒的夢，仍在發酵與持續中。我們每一個人，都共同捲在這集體的真實夢境裡，朝向不可知的未來。但願醒來時，能發現我們是彼此的親愛。

輯一、

在我回不去家的路上

在我回不去家的路上

馬尼尼為

風還小的時候
就進入我耳朵了
那故鄉常見的花
被我一瓣一瓣拆開了
看見那常見的花
風就進入我耳朵了
那些土黃色的句子
在高速公路旁
在我回不去家的路上

那野茫茫的我自己的土黃色
土黃色的臉
在我的貓身上
蝴蝶薄薄的停在那裡
薄薄地卡進我手裡
我挽住了牠的手
薄薄的一片

當那種鳥從我頭上飛過
發出那種聲音
我又成為了土黃色
或者成為我小阿姨
成為我媽媽
我想知道她們十四位兄弟姐妹的名字
我外婆的名字

我外公的名字
還有那條船那個港口的名字
我摸了那些字
薄薄的一片

風還小的時候
就進入我耳朵了
那裡的身體打開了便是土地
手打開了滿滿都是字
一百多個字
一千多個字
一萬多個字
慢慢地模糊
模模糊糊的老家房子
我不認得那裡了

一萬多個字消失了
一下子很多年過去了

當那種鳥從我頭上飛過
發出那種聲音
我身上已經沒有文字
我身上已經沒有泥土
我想知道那條河叫什麼名字
那裡叫什麼名字
那片原來是我爺爺土地的地方叫什麼名字
還有那些長在沼澤的樹
還有現在我手上的這支筆
在我回不去家的路上
這雙手一下子變得很大
它摸到了那條河的河水

旁邊的泥土
還有野草
薄薄的一片

作者註：超過一年沒法回老家、沒回去看老母親。

漂流物

孫梓評

漂流一年多，以為寄丟的明信片突然出現。朋友不約而同拍下、傳來他們收到的明信片，一張是霧茫茫勝利紀念柱，一張是小綠人信號燈，我在風景前已透過手機傳過訊息說過的那些話，不知道為什麼還要用明信片寫一遍。

柏林兩週是變奏與遞減。從看似一切如常，到各種歇業模樣；從架上貨色充足，到一掃而空；從食物和服務生都充滿溫度的德式小館，到必須空出社交距離的麥當勞。離開前一日，搭車至哈克雪市場，連續遇上五間咖啡館停業，終於得以投靠的浮島，店內所有商品大減價，因隔天起也要閉店一個月了。拿酒精濕巾擦過雙手然後桌子，酪梨吐司搭配葉門咖啡，就埋頭寫起明信片。窗外是三月中旬最末日，已不很冷，空曠院子植有碩實木蓮樹，含苞指向天空，像一顆顆不打算發射的子彈。

寫完明信片，滿街找郵筒，幾日前還營業的商場都打烊了，博物館更早，所幸超市和少數餐廳還開著，終於找著兼賣郵票的鋪子，顧客遵守社交距離排間隔很長的隊，隔一扇透明壓克力，身形豐滿的店老闆不伸手拿貼好郵票的明信片，要求直接擱在櫃子上，稍晚取走。一整疊明信片，留在那兒，像託孤。

二〇二〇年三月上旬我搭兩趟飛機抵達柏林。出發前朋友寄來戰備物資：PVC薄手套，酒精棉片。行李裡尚有口罩數十，酒精噴霧，治流感中藥粉。夜間前往機場，計程車司機淡淡說：「現在還有人肯載，等你回來就沒人敢載囉。」我苦笑。高架橋兩側黑暗蓊鬱的林木擦窗而過。司機又說，等下到機場先吃飽，上飛機絕對不要拿下口罩。

機場空曠，服務人員站在自動通關閘門後頭發放餐廳折價券，零星有人用券買了食物，各自找座位吃。機上也空曠，前後左右都沒人，畢竟此刻歐陸疫情已點燃，誰還飛巴黎？降落前，廣播說，基於規定，必須為班機乘客消毒，於是空姐一臉肅穆，雙手握緊殺蟲劑般酒精噴罐，優雅地從我們頭頂沿途灑落。

是因為神經質，還是真的愈來愈多人喉嚨不適？轉機層的咖啡館，當我挑選了couscous沙拉，看上去很美味的可頌，熱咖啡，正打算享用我的戴高樂早餐，隔兩公尺處一位西裝男子似有呼吸道的困擾，他邊看報紙，邊不經意擤鼻、咳嗽。他可能跟我一樣有過敏性鼻炎，我安慰自己，同時感覺胃部一陣緊張的回應。類似情境後來在柏林一再重演，車廂裡，月臺上，賣場中，看不見的漂流物在空氣中製造傳染，眼所能見，只有線條優美的流雲，枯了將春的老樹，枝椏上有團團纍纍的黑巢。

心很掙扎。抵柏林首日，當地確診人數是兩位；過幾天，變為九十。湖邊躲了四十八小時，看著悠哉划水的羽禽，覺得真要白來一趟嗎？決定戴上黑口罩進城，換來當地青少年的捉弄與訕笑。看見我們戴口罩，生鮮超市警衛且攔住說，戴口罩禁止入內喔！隨即又說，開玩笑的。不知道哪裡好笑。

到柏林圍牆，晴藍色自天空傾倒，整棟公寓側面畫有栩栩如生的肉，被誰的刀切剖。突然的冰雨，彩虹，東邊畫廊灰牆上，一九七九年的蘇聯領導人還深深吻著一九七九年的東德領導人，塗鴉名稱也傳神：〈我的上帝，助我在這致命之愛中存活〉。啊，這也是Yony Leyser自導自演《柏林慾樂城》，那個半以色列半巴勒斯坦的美國作家強暴變裝的俄國難民同志男妓之處吧。

又躲了二十四小時，另日，去班雅明《柏林童年》寫過的勝利紀念柱，其後步行到歐洲被害猶太人紀念碑。迷宮一樣起伏高低的碑，空氣隨將至的黃昏漸漸有一種冷冽。馬路對面，是遭納粹迫害同性戀者紀念碑，長方體清水模藏一處缺口，像囚籠外可以窺見牢的內部，內置螢幕，重複播放同性別的親吻。

柏林確診人數已逾兩百。梅克爾預告將有七成德國人感染。川普禁止歐洲旅客到美國三十天。法國、荷蘭宣布封城。此行乃三年前決定的文化部與歌德學院合作駐村活動，早餐後我們決定主動發信詢問駐德人員，對方開會後，回覆將取消本來安排於三月底的講座，接著，就是購買機票大作戰。

疫情趨緊，連日數變，飛巴黎、倫敦的班機訂好後陸續被取消。我的兩段式機票左支右絀，只好高價另購歐陸段機票，為了接駁能回臺灣的長途班機，最終決定從柏林搭機往阿姆斯特丹。遠在臺灣幫忙訂票的旅行社朋友建議我搭最早一班，臨時有狀況，還能改乘火車。

這一趟，我寄住Literary Colloquium Berlin。除了三位同樣來自臺灣的寫作者，臨靠湖邊的古老建築中，訪客還包括其他國家的翻譯者。LCB員工也在同一棟建築內有許多辦公空間。大宅一樓設廚房和能燒熱水的壺，我去裝水，遇見相識的奧古斯都，他說很遺憾這裡即將關閉。其實，其他國家的譯者早在幾天前全數消失。他問我臺灣狀況可好？我說大家出門願意戴口罩，他說他也想戴，但買不到。我想起前兩天在藥局，收銀櫃臺已掛上大片透明塑膠軟布，店裡售有很多觀光客愛買的薄荷油，沒有口罩。

人也似漂流物，我終於順利把自己又運到泰格爾機場。地勤人員盯著我說了三次：「抵達阿姆斯特丹，你只被允許待在機場。」句子後半聽起來很村上春樹。轉機時間有十個小時，已做好和史基浦機場深交的心理準備，但當望見「歡迎來到海平面以下」看板，事情仍超乎我的想像。本來大排長龍、購買通往市區車票的區域不見人蹤，陽光篩過立柱成為漂亮的長影子。除藥妝店、超市，五分之四店家都歇業了。外觀時髦的三明治店，擱淺門口廊道上給客人使用的桌椅皆已蒙塵。我用酒精濕巾擦過，拿出提袋中在超市仔細挑選的食物，脫下口罩，開始我的野餐。

這是一個危險的時分，食物和我，忽然赤裸；而往來之人，超過一半沒戴口罩。離班機起飛時間實在太久，我慢慢吃完壽司，又慢慢吃完無花果，再慢慢打開我的啤酒，一位嬉哈裝扮的男士走向我——正確地說，是走向我身旁的空位。被隱約隔成三格的長凳，我使用了三分之一，其他空位，理所當然應該由其他人使用。我忘了臉上微笑有沒有變僵。辮子頭男士沒戴口罩，單耳聽著耳機，表情木然。我默默喝完最後一口酒，假裝不經意戴回了口罩。

整座機場像是睡了，穿越一整排打烊的免稅店，班機終於順利起飛（地勤人員為我們每一位量過體溫），前後左右、間隔七排座位僅我一人，降落時間較預定早，通關順暢，防疫計程車一路載我回到獨居公寓。非常幸運，朋友與家人準備許多物資供我度過兩週隔離與一週自主健康管理。必要時，社區管理員將包裹放在門口讓我自取。

隔離期間，我寫簡單日記，記錄體溫，飲食，身體狀況。喉嚨有點發癢時，回想幾日前的柏林移動，是否哪個環節疏忽了？缺乏運動的身體感覺痠痛時，憶起阿姆斯特丹機場野餐，當我坐在走廊中間，會不會剛好有路過的誰，將病毒準確送進我的嘴巴？愈來愈多新聞報導無症狀或輕症確診者，一邊晾曬衣服時一邊嗅聞自己，我也是無症狀的病人嗎？如此惴惴揣測，完成隔離，重返職場。如同多數臺灣人，進出各處戴上口罩，加倍留意洗手，隨身攜帶酒精，相較世界各地陸續的災情，我們可以進出餐廳，理髮，百貨購物，看許多表演，數百個日子，倚賴許多人付出而有優異的防守，甚至能輕快展開島內小旅行。

望著朋友拍下的明信片，稍顯陌生的、一年多前的字跡，以及其實託給郵票鋪子隔天就已蓋上的郵戳——這一年多，明信片變成魯賓遜嗎？去了哪裡？我在手機上放大讀取柏林寄回的明信片，渾然不知，再幾天，臺北就將升級為三級警戒。遲了一年多，病毒還是漂來了，屬於我們的戰爭，才正要開始。

寂靜中的聲音

何曼莊

1. 亞洲問題、美國問題

二〇二〇年一月三十一日，我徒步來到布魯克林一間小畫廊外，排隊等著入場聽Lourie Anderson演奏會的隊伍占據了人行道，我的好友K跟D已經占好了位置，我把用塑膠袋包好的口罩塞在他們口袋裡，一人一個，他們只是問我在臺灣的家人還安全嗎？並沒有打算戴上，我知道有些人打從心裡相信新冠疫情只是一個亞洲問題，但沒關係，如果疫情真的不來美國，我也欣然接受。

Lourie Anderson上年紀後，一年只開一、兩場演唱會，其實我從來也不怎麼喜歡她的風格，跟來現場只是因為她非常有名，想表示我也是個懂前衛音樂的人，但坐下來以後，看著肩並肩坐滿的觀眾席，心想，如果在一場不怎麼喜歡的音樂會上感染病毒，那實在太糟了。

當晚結束後，暫把這種憂慮拋之腦後，過沒幾天，二月六日，有一場早就買了票的表演，這次是我非常喜歡的荷蘭舞蹈劇場，戴著口罩走進City Center表演廳時，還被旁人盯著看了兩眼，中場休息，在觀眾席遇到當麻醉醫師的朋友，他說醫院已經非常緊張，連退休人員都召回了。

「接下來，不可能沒事（It's not nothing）。」他說。

中場休息時聽到那種話，導致我下半場看舞心神不寧，連舞碼都完全不記得了。於是我決定超前部署。現在問題來了，到底要享受我的美好生活到哪一天才是剛好呢？如果那時的我知道接下來會失去那麼多，大概不會只看兩場舞、買十二卷衛生紙而已吧。

紐約州封城的緊急命令發布前兩天，情況已經非常嚴峻，我把冰箱塞滿食物，打算坐在家裡哪也不去了，這時臺灣某新聞媒體的副總編輯敲我，希望找Freelancer（自由接案者）報導紐約現場，尤其是移民跟自由接案者這兩種沒有醫療保險的群體在疫情下的現況（又或許是慘況？），需要進醫院採訪拍照，朝著美國即將進入經濟蕭條的預言來做專題，截稿日在二十天後，是下期的封面故事，對自由記者來說，做過知名媒體的封面報導、貼身採訪災難前線，都是一戰成名的機會，但我不是記者。

「如果Freelancer因此感染肺炎怎麼辦？」我問她。

「Freelancer就是沒有保險的當事人啊！」她很快回答。

媒體真可怕，我心想。

其實二〇一〇年後有了歐巴馬新政，紐約州已經提供自由接案者跟移民低價或免費健保了。

但媒體還是可怕。

2. 成為豆腐西施

要說哪個月最難熬，四月最難。

巴望著事情有轉機的市民，又接到了繼續封鎖的行政令，四月本來就是最殘酷的季節，T．S．艾略特的詩句變成了哏圖，在社交媒體各處開花，我到屋頂上透氣，長得比樓還高的樹梢尖端，發出嫩綠的新芽。

政府極力宣導經濟不會崩盤，糧食不會短缺，這我相信，但是能不能輕鬆吃到平時愛吃的東西就沒人保證了。疫情緊繃，越南停止粳米出口，美國境內的米價漲了三倍，但幸好封鎖前囤積了二十公斤米，還能撐一陣子，只有豆腐短缺問題無法解決，附近超市原本豆腐存量就低，到了四月底，連續兩週都不見補貨。想到封鎖中人人都在烘麵包，靈感來了，覺得可以自學豆腐，美國盛產黃豆，就算全球禁運也影響不到供應，確實是封鎖居家好存糧，透過亞馬遜訂了兩磅黃豆，上YouTube看了一支影片，隨興地出道了，不想多花錢，磨黃豆的機器是原來就有的果泥機，濾豆漿的布是我穿過的棉白T。豆腐用的凝結劑有幾種：石膏、鹽滷，還有最簡便，也是我最喜歡的白醋，能做出很香醇的北豆腐，沒有壓制模具，看到裝過超市火腿的塑膠空盒，在盒底用刀劃出幾道口子，想先頂著用，等我找到更適合的模具再換。全市的餐廳酒吧全部歇業，或改成只供外賣，我捧著豆腐走路去朋友家聚餐，是我們疫中的小確幸，那幾個吃素的人都說，吃過了我的手工豆腐後，無法回頭去吃市售的盒裝豆腐了，他們的讚美我收下了，沒告訴他們模具是塑膠，而且原本是裝火腿的。

結果就這樣一週一次，做著火腿盒型的豆腐過了一年，超市裡的豆腐老早就補貨，我卻不再需要它們了，成為布魯克林豆腐西施，算是我回饋鄰里的一點點貢獻。

3. 科尼島，一直有光

七月九日，紐約封城一百一十五天，全美染疫死亡人數超過十三萬，開始接受這樣的日子還要持續很久的事實，我決定搭地鐵去科尼島，沒有什麼比乾淨的紐約地鐵更讓人不寒而慄，飄著消毒水味道的車廂只坐了七、八個人，——二十分鐘的地鐵旅程，覺得像出遠門。

科尼島曾經是島，一整片六點四公里長的半島沒有自然庇蔭，最早的原住民蘭納佩人把這片沒有陰影的土地叫做「Narrioch」，意思是「一直有光」，後來填海造陸與布魯克林相連，成為公共海灘。那有點變態的科尼島式明媚一如往昔，豔陽高照、白沙燙腳，各色飛車軌道到處扭動如天女衣帶、海風將雲朵堆得乾淨俐落，無暇藍天映照著藍綠色的深邃海水，遊客漂在水面上起伏，老招牌上畫著人魚脫衣舞、巨人侏儒雙胞胎等獵奇節目、巨大的水泥樓房安靜地並列在背景中，那是年久失修的大型國宅，沿著海岸建造的別墅式新宅已被海風腐蝕。

飛車軌道上安安靜靜，遊樂場大門上了鐵鍊，只有一臺投籃機的燈飾亮著，唯一正在投籃的顧客表現差強人意，守機大叔鍥而不捨地鼓勵他。海灘正中央的 Steeplechase

渡口高臺上，一支墨西哥小樂隊正在吹奏，棧道向外海方向延伸六百一十公尺，站在上面能拍出無人機空拍科尼島的效果，這時一對情侶禮貌地請我為他們合照，女人伸出左手先在我手上滴了乾洗手，再用右手遞手機給我。

「要拍到摩天輪吧。」我問。

「要的，要的。」他們連連點頭。

世界荒誕得像惡夢，科尼島的天際線看似魔幻卻無比真實。

科尼島不只是一個場所，一個地名，它在美國文學裡也用以指稱某種心理狀態，無論是瘋癲、寂寞、闖了禍的人，都會在這裡找到安慰。在這炎熱而寂靜的日子裡，我們失去通勤、失去擁擠、失去地鐵上的 Big Band、失去面交、失去購物買貴、失去被觀光客雙語問路、失去表情解讀、失去為餐廳服務費心疼、失去在吵雜酒吧裡聊天失聲，失去婚禮樂手是新娘前男友的尷尬；更有甚者，許多人失去工作、失去親人、失去生活、失去家庭和樂、失去心靈平靜、失去生存目標、失去存在價值，但只要還有科尼島，便知日子還沒完蛋，還有空間容納綺麗無用的幻想，因為這片沒有陰影的土地，一直有光。

4. 樂園

訂下「拔營」回臺灣的日子，朋友們雖然不能跟我走，但至少有件事為他們漫長而無聊的災區日子帶來新鮮感。而我就不輕鬆了，得安排好動物（寄養貓咪）、植物、家具、電器的去處，辦理各種文書工作、截稿日期、破解官僚障礙，瑣碎的家事房事，還有最重要的，stay negative，保持陰性不被感染。

布魯克林最安全的地方就是五百二十六公頃的展望公園（Prospect Park），公園裡有好幾座湖，中央甚至還有紐約市唯一的森林地，我跟K經常走路去湖邊的船屋廣場見面，即使天氣一天天變冷，我們也不想放棄這唯一的休閒時光。

一月低溫只到零下一、兩度，湖面僅結了一層薄冰，人看見結冰總會腳癢想踩，我們便坐在船屋旁的石階上，邊喝茶邊看路人試冰，等著哪個傻瓜真的掉進去，我們就把湖邊的應急泳圈扔過去，有個母親牽著小小孩的手，站在岸上，讓孩子走冰玩，K看得傻眼，說這媽媽心臟太強了吧。

也許他們是挪威人，我說，本來就是在冰湖裡游泳的民族，讓孩子泡幾下冰水不算什麼。

臺灣的人，應該非常幸福快樂吧，她突然改變話題，不像我們，只能坐在這裡等人掉進湖裡。

不，我說，臺灣人有很多煩惱，他們的煩惱千百種，不像我們，只有一種。

比如說哪些？她問，我已經忘記正常生活裡可以有哪些煩惱了。

無論是哪種煩惱，肯定都是樂園（Paradise）裡才有的煩惱吧，因為太過幸福才有的煩惱。

你就要回去樂園了，她說。

嗯，不知道我能不能適應，樂園的生活。我說，彷彿聽見冰在水下偷偷移動了半吋的聲音。

聖母時間

蔣亞妮

迷失時間的時候，我會去聖母院。在裡面，時間不需量化，也不需要帶著信仰。每一座城市的聖母院，不論是巴塞隆納舊城裡那座加泰隆尼亞式有著天頂垂光玫瑰窗的海洋聖母院，或是南臺灣紅磚砌成的萬金聖殿，都是我一人遊戲裡的安全堡壘。

總有城市逼到眼前來的時候，比如巴黎街邊我斷開網路，瑪黑區的小店與藝廊忽然顯得那麼故作姿態，跟許多讀過與遇過的人與書一樣，他們都好，好到我只能從中看見自己的不好。那一年的歐洲旅行，遇見大疫前的大罷工，地鐵站拉下鐵柵，我徒步穿越了整座巴黎、半座馬德里與巴塞隆納，走到腳底筋膜炎。第三次看見巴黎聖母院時，她已燒殘了臉，左岸擠滿朝聖與購買托特袋觀光客的書店剛好短暫歇業幾天，那時候的我們都不知道，一年後的書店向世界上所有讀者發了封電郵，說它正處於書店歷史中的

「Hard Times」。那一年的歐洲旅行，也是我大疫前的重整之年，人生成就集點卡斷開的Hard Times。

你想要被偷走時間，還是被時間煎熬？我想要不再選擇。時間或許不是被誰竊走，而是網購時不小心勾選了捐出發票般，被自我捐棄的。某一段時間裡的我，經常清醒在清晨六點五十分駛離臺中的自強號上，睜眼時，車已行過永康，酒紅色如龜殼般的背包裡書與講義皆被置在腳下，如果可以，不想提起它。再過幾十分鐘的我會站在後來才曉得是「臨時站」，如今已被拆除成土的火車後站，頂著陽光與某種不可避的責任穿過校園，來到課堂。我羨慕著那些清爽只背著小包的同學們，他們大約就住在幾個校區之間的小套房裡，套房可能簡陋，卻能裝下所有的書與紙，容納他們的清晨與午後。某堂課裡，我揮著大汗隨意穿著推門而入，第一堂課，老師正巧請人在紙上寫出最討厭的事。

將原本寫著的「火車」擦掉，改寫下「夏天」，汗不能止，於是最後寫下「時間」。無止無休的不是夏天，是不知被誰把守著精準時刻的時間。老師拿著紙條說，她也這麼覺得，滿堂哄笑之中，偷偷以手背拭乾臉上的汗。那一年的夏天，我走向了南方，不管眾人如何勸說不要通車上學，通勤的巨械會吃掉所有時間，可除了時間，還有什麼貨幣值得記憶書寫？

南方的城裡也有聖母院，中華宮殿式的八卦藻井，聖母在一旁垂目，竟被換上了中式衣袍，而我也偷偷以九百多張票根換取了最後一段學院時間。聖母在所有的語系裡過海，即使被錯置、偷盜面貌與語言，她似乎也無意回應時間。於是，每一次躲進的聖母院，我都記得，因為那是再也走不了時的安全區、停戰線，時間躲進教堂內的管風琴裡，千柱風管之間。人仰望神像，神不會發現底下的人，有人迷失在所有時間，癡迷於一切時間，有人如我。

聖敘爾比斯（Saint-Sulpice）教堂裡，不只聖母，我沒戴口罩跟著路人走進，那是網路斷開，刻意與同行者分散的自由意志行程。新燭與燭淚爛在花窗玻璃灑落光線的神像底下，每一座雕像看起來都像能夠自在呼吸，這是今年的我翻出照片重看時的唯一想法。其實不只是路人，其實不只是寫一篇散文，也不需要成為信件，因為不想向誰投遞。路人可能只是抄了教堂內的捷徑，從另一處出口回到大街，留下我與殘影學習禱告，在這個教堂的基座側旁，教我禱告的女孩，這次沒有來。

她有她的島，那一個疫前就已滿身傷疤的島，她住在半島那一邊。慷慨的從前，是她與我共享了心上的聖母院，聖母沒說，我卻知道，她在她的Hard Times裡頭。最為難的是，一個人該怎麼回應另一人的「Time」，或者是共享每一種艱難。西班牙一個小城北面的未名公園，下起沒有預期的雨，同行人吃壞肚子，在Airbnb躲過了雨，我在雨中慶幸躲過了他的同行。可以短暫在雨的氣味中任意呼吸，雨漸強時，走進路邊小酒館，吃其實不怎麼及格的Tapas，卻也勝過特意訂位的一餐海鮮、燉飯、wine pairing，與另一人。我是那種從前就喜歡戴口罩的人，素顏上街與笑不出來的時候，或是北國旅行時用來隔絕冷空氣，過敏人的心得是：「鼻子暖了，噴嚏就少了。」

我也是後來才知道，自己無法與人長時間相處，在每個人都掛上口罩後，想加碼把心也封閉起來。人總想看被遮掩起來的事物，其實底下什麼都沒有，誰說埋在土下的盒子裡一定藏有祕寶，有時候，只是想要掩埋一些什麼的過程。西班牙小城的雨，怎麼都下不進別人心裡，即使用上五百字、五千字重現，也只能以別人觀過的雨的姿態接近模擬。無法真正跨越與來到任何人的島，因為清楚知道，所以我與人的關係總像在隔著整座大河觀火，我已習慣心裡的河總被指控冰冷死灰，霧靄分明也有光暗，所有的河道裡，喬治．英尼斯（George Inness）畫的哈德遜河，尤其不知是夕沉或天光的逢魔時刻，最接近心河。

她的島正失著火，我在逃進幾間聖母院後，回到家島，故鄉卻不再下雨。而我以時間的陷落，換取了能重新獨自環遊、任意迷失世界的可能。有些人總想要舉著火把環遊世界，可即使是環遊世界旅行團，能完整收藏所有地景的也僅自己一位。近年的生活雖多了疫，卻也不過同樣在讀書寫字，不管在何處，這都是獨自的事。獨自時，偶然看到動態回顧，想起許多時候私自偷偷地和城市說了，下次再來，卻不能再。就像和她的承諾裡，也鑲有一句「再來」，我們都在疫中活成了無法相見的再來人。

封城一般的日子裡，把自己當成一顆咖啡豆日曬或水洗。書堆裡翻到周夢蝶的《十三朵白菊花》，讀裡頭的〈再來人〉才知道，真正的再來人在佛經裡頭，是那些明明可以成佛，卻選擇重回人世修行的人。詩中最後幾句寫著「一株含笑的曼陀羅／探首向我：傳遞你的消息／再來的。」一句再來就令從前的山海和人，化成了一場十來年的細雨，下得手裡的咖啡發冷，頸脖透涼。

隔著心河與時間，回到第一次的聖母院，混凝土素牆裡幼稚園的我尚未能真心跟隨園長修女禱告，至今不變。而她帶我走進的聖母院，或許也正好建在她的心河，那一座不倚左岸、右岸，剛好建在塞納河道小島上的巴黎聖母院裡，她像是真正的再來人一般，於神像前作長長的祝禱。我閃進外頭門廊的飛扶壁之下，私心想將整座聖母院留給她，即使上百遊客與導覽者直直走進走出，即使我知道沒有人能憑信仰將一整座聖母院私有。島上的火暫時熄滅不了，我只能遠遠地在家中打開街景地圖，把所有曾經走入的聖母院、大教堂全置放上圖釘，讓塔尖成為我世界的天際線。

長長的疫年又再一年，人類發明了不同疫苗，抵抗病毒或者寂寞。在經常逛的旅遊活動網站上買了新的線上直播導覽，可愛女孩帶我逛一日巴黎，她拿著手機從瑪黑晃遊至市政廳廣場。遠方天際不時閃現重建無期的聖母院，聽說有家電子遊戲公司推出了VR版本的聖母院線上導覽，命名為「時光倒流之旅」。時光不一定無法倒流，其實是不必要回頭，我複製了新聞連結，想分享給她線上的聖母院，回報她當時心上的聖母院。

新一回合的時間暴擊，只能居家防禦。我從看完直播發燙的手機裡抬頭，巴黎天色剛剛擦黑，而這一頭夜的顏色，深林野火。

與世有隔

洪愛珠

一、遠方的鼓聲

瘟疫透明如鬼，見不到摸不著，不知該怕或不該怕，若怕，又該到什麼程度？全球至今四百萬人病歿，黑數不計。四百萬是一座新北市的人口。未曾親眼見過那麼多人，只知道數字天天往上堆，數字到一定程度，事件愈是不見邊際，其中個體命運也就愈發抽象模糊。

疫情初發的二〇二〇年，活在臺灣封閉但安全的氣泡裡，照樣聚會吃飯工作，感受日趨拙鈍，透過新聞獲悉世界各地的噩耗，但畢竟是遙遠的鼓聲，巨響轟然卻隔膜一層。年底，收到訊息，在英國的熟人全家確診。鼓聲擂到門前，戒懼方才裸現。

S阿姨是泰國人，嫁給年長二十歲的英國人艾倫後一直住在英國鄉間。留學階段，我每週在阿姨家裡吃飯，移居倫敦後，仍定期拜訪，較他倆住在伯明罕的獨生女維多利亞更常出現。

我在廚房裡同阿姨做菜，陪艾倫叔叔在黃昏散步，到雜貨鋪買豬肉派和一手apple cider。乘火車回倫敦前，阿姨往我懷裡塞一包錫箔紙包的泰北香腸和蒸糯米，溫熱熱，等同帶上了便當。

耶誕節前通電話，給他倆拜年。

疫中一切還好吧？艾倫叔叔八十多歲了，千萬小心。

沒事。政府不讓老人上街，老頭兒只能在自家後院轉圈圈。當時阿姨有說有笑。她是農村長大的強壯女人，根粗葉茂，沙質聲嗓，笑起來虎虎的自腹部震動。

耶誕節後，二〇二〇年還沒過完，工作是幫地區醫院載運藥物的阿姨確診新冠肺炎。我嚇得打電話。開始她還接，說沒有大礙，電話轉交艾倫，讓他與我聊兩句。我當時想，都確診竟還共用電話。

我問艾倫，阿姨不必去醫院嗎？他默了幾秒，才說，若去醫院，即是非常嚴重。十二月底至隔年一月初，英國的疫情惡化到最高峰，醫療系統早已超載，確診民眾也只能居家隔離。

幾天後，阿姨回訊說有時還可以，有時極為難受；再來不接電話了。我傳訊，她兩天後回。過兩天，已讀不回。

老友樹人是阿姨的姪女，二〇二〇年最後一日，轉達艾倫叔叔及返鄉過節的女兒確診，一家三口同居一室。

一月四日，樹人說半夜艾倫送醫。想起他說過的，若就醫，即非常嚴重。收訊當下，一陣陡寒。

我沒敢再打電話，每日持續給阿姨傳隻字片語訊息，和肉麻可愛貼圖。持續暗暗一條線綳著等，透過樹人接收遠方消息，如隔塑膠手套觸摸事物，有形狀無質感，事實確在而溫度有別。接下來每回螢幕閃動，人都要跳起來。

等待消息的那幾天，回想從前相處，除了艾倫，其他人的母語皆非英語，但同在一屋內談天笑鬧從無隔閡。然而眼下情況是無論多麼擔心受怕，彼此陪伴不了。人類費了多大力氣才得以穿越地理限制，弄得天涯若比鄰，一場大疫讓限制重現，忽覺從前的人際關係，或者移動自主都成幻覺。凡抵達不了之處，全是天涯。確診之人獨自待在醫院而前途未卜，離家區區數里，同樣天各一方。

二、人面玻璃

口罩在臺灣，幾乎是土特產。

本地機車族眾多，創造出偌大口罩需求。自己人未必感到這好處，我一位韓國友人來臺，對於西門町那種賣襪子髮夾的店鋪裡，售賣一整面牆的花布口罩很是驚喜，買了一打返國作為伴手禮，說是下回感冒時，就能打扮打扮。像是感冒值得期待。

幾年前有段時間的風尚，就是戴口罩。不想化妝的年輕女孩，身體無恙，也戴上口罩掩去半張臉。

有一關於口罩的片段，多年後仍黏黏記著。

幾年前去故宮，回程巴士空蕩，遇一中年洋男子與我搭聊，開場白是：「謝老天，終於有人沒戴口罩。」眼神暗指車廂中另外兩位戴上口罩的年輕女孩。男子語氣不以為然，音量亦不小，我猜想全車乘客都聽見了。他的意見是，病人才戴口罩。

我無事少戴口罩，然而對於此人的不以為然，也不以為然。有一搭沒一搭地聊到下車，對話中斷而毫不可惜。男子的模樣老早忘了，唯那份輕蔑，偶爾想起，依然輕扯我的某條神經。

新冠肺炎疫情初發時，逢農曆新年，口罩短缺情況尚未浮上檯面，然已隱隱騷動。大年初二參與夫家聚餐，空蕩蕩的復興南路上，見一大型生活雜貨店仍在營業，決定買點口罩。同時兩三組人正在選購，眾人不吭一聲，手上抱著數盒口罩，貨架上很快空出幾個啃咬似的缺口。

口罩戴上之後，就不怎麼能取下了，眼看疫況發展，還得繼續戴下去。因此我時常想起那位臉孔已記不起的洋男人，他在疫情嚴峻的歐洲祖國，此時應也戴著口罩，恐怕仍然不情願。可如今誰都一樣了。同樣不情願，也同樣不安全。

市面口罩缺乏，剛開始民眾需按照身分證尾數到藥局排隊，如領戰爭時的補給。後來各種私人管道說能弄到一些，如戰時的黑市。這場瘟疫使我不斷想及戰爭，這一回合敵暗我明。

口罩普遍之後，新發展是壓克力護目鏡，以及一種如捕蜂人的帽子。其帽簷極長，透明塑膠片足以遮掩全臉。婆婆送了我們幾片，試著戴上，頭顱四轉瀏覽周遭，如隔一面窗玻璃。也見過行人將上述三種同時穿戴起來。在透明的險境裡，人自己將自己層層圍上，終成碉堡。

碉堡還有汽車。

三、車內時間

臺灣在二〇二一年，原來無菌室般的社會，從幾起社區感染開始瓦解。政府宣布三級警戒，禁止餐館內用餐。臺北城一下子空了。

期間承接了工作，仍需進城。我本來喜歡開車，疫中，斗室生活一久，亟欲外出透氣，又疑心空氣不潔，便全身消毒後藏身車中，揭開口罩，先通暢呼吸幾口氣，才啟動引擎，特意繞遠路行經開闊之處，如環河高架橋或是堤岸邊，眼前河流低伏天空高闊，城裡無人。

用餐時間若還未回家，就外帶一些食物，回車裡吃。

三級警戒的規定威脅餐館存亡，店家為拓展銷售，開發出各種外帶選項。原來不做便當的館子，也做起來。一日行經中山區百貨聚落，發現許多本來在大樓中的餐館，在騎樓擺臨時攤位賣便當。燒烤、越式三明治、蔬食餐盒、日式握壽司等一應俱全。同時城裡的星級法式餐廳和臺菜老店，也做起便當。

若從餐飲業受到重創，和一次性餐具衍生的環境污染這些事實脈絡暫時抽離，疫情期間，說不定是史無前例的最佳吃便當時機。餐飲業者將經營風格、個人智慧、招牌菜，苦中作樂的創意，濃縮在方寸餐盒裡。

平時中餐館裡一整桌人點出來的三五菜色，集中在掌中的飯盒。我吃了江浙菜飯、燻魚和油燜筍。吃燒肉飯，還吃過幾回壽司。場景在公園旁停車格，建成國中停車場，博愛路假日黃線暫停區等等，總之不在餐桌上。

獨自在車內吃飯，看向窗外的城市。我自小熟悉的城市，成為長期萬安演習狀態。忠孝西路口，也不過兩個月前，燈號一換，上百人潮汐似的同時過馬路，今幾乎無人。城中區的補習街大樓，每天洩洪般吐出人潮，今電梯樓層久久停駐在同樣的號碼。

疫中種種，如發生在塑膠泡中，透明而抽離。這是一次集體的靈魂出竅，彷彿我與我身處的世界，從來是一個巨大而抽象的概念，而我們經此一回，終於知道。

抵達之前

振鴻

1

走出車站大廳，視野頓時開闊起來，迎上眼前的是條三米寬的平坦道路。路兩側從自行車租賃、民宿、餐廳開始延伸，過了十字路口，再往前，銜接上的是兩排民房，新舊不一，新的高，矮的舊；天氣晴朗時，你經常看見房子門前擺放著幾盤竹篩，滿滿曬著甫剝落、削切下來的高麗菜葉，白蘿蔔條，尤其在盛夏時分，日光勤奮，總會在炙熱溫度裡細細打磨著每一片葉片，每一條蘿蔔，使它們白皙的表皮、內裡，顯得更為燦亮。

再抬頭，目光往前拋，道路盡頭由東往西連綿著一座大山，雄偉壯麗，裡頭隱著一處布農聚落。因為龐然，且距離不遠，大山上朵朵簇擁著的樹冠仍是隱約可辨，視野中的濃綠山影遂如油畫般帶著粗糙的顆粒感，也因此，其連綿姿態，宛如一雙滿布肌肉的巨人臂膀從山林深處穿出，緊緊環抱住小鎮。

這條道路，是小鎮裡的主要道路，也是步行至你一星期到訪半日的學校必經之路。

抵達學校之前，你慣常走進路口轉角處的超商，在裡頭一面吃早餐，一面利用時間翻閱筆記，溫習上星期和每一位學生的晤談內容。然而，今日有點不同，學校輔導室通知你，將安排一位新學生和你碰面。

在你的經驗裡，關係良窳是輔導基礎，打從見面初始，關係就被微妙地建立起來，然而，或許是如潮水逼進了又消退卻不知何時能夠止息的疫情仍使你無法全然對人際的交往連結感到放心，況且，你的工作環境又多在密閉空間，對於掛戴口罩這件事自然也就特別敏感，特別在意起來。

坐在用壓克力透明隔板區隔出的單人座位上，你在心底反覆掂拈著該如何與未曾謀面的學生開始一段關係：是否應當先摘下口罩，以全臉示之，完整地讓對方認識，明白將引領何人走入自身故事，之後才將口罩重新戴上？又或者——你想及的是，在需要專心致志捕捉細微靈魂之聲的晤談空間裡，「距離」暗喻著各種心理訊息，友善的，無助的，又或者拒絕。然而，一點五公尺的社交安全距離，將使各種線索在標準化的設定中乍然失去自身意義。

疫情遮蔽下，究竟該如何與靈魂保持親近？太遠，宛如兩人對峙談判；太近，逾越了，你腦中被電視機裡各種令人憂懼的報導所構成的警報器即刻大響，倏而掩去了靈魂聲音。

所以，或許，你也該邀請學生戴上口罩，讓彼此都能心無旁鶩，專注在述說與聆聽的情境中？

其實在疫情初期，這些內心徘徊都不曾存在。那時，各種的不確定性與可能性比病毒還超前蔓延，全球宛如陷在一場神祕大霧之中，看似無傷，優柔，卻令世界失去了既有輪廓；人心亦惶惶，不知病毒藏於霧中何處，深怕一不小心就被捕獲，被消失。於是，那時的你們都好害怕、好規矩地遵循著政府宣導，嚴實地戴上口罩，無一例外。

只是幾個月過去了，隨著島國防疫有成，縱使有零星病例現蹤也即受控制，你開始發現戴口罩的路人明顯減少；接著，新的一年來臨，各式活動有著星星復燃之勢，從張惠妹跨年演唱會到大甲媽祖遶境，辛丑牛一路無絆地奔至甫熱四月。你進出校園工作時，也不再有警衛急忙衝出，將你攔下量測體溫，朝你手心噴灑酒精，而校園裡還戴著口罩的師生業是寥寥可數。這種種，種種，都不禁讓人錯覺生活已經回歸常軌，而疫情遙遙不曾抵達，只是發生在電視機裡的事。

因為不解，更由於不敢輕忽疫情風險（即使同業友人認為你實在過於小心翼翼，庸人自擾），你遂問起輔導室裡的行政助理，學校場所是不是已經不用戴口罩了？他搖頭，沉吟了一下，然後才用著似乎對你感到抱歉卻又理所當然的語氣說，大家只是好像說好似的漸漸就不戴了，漸漸就變成只有進出學校的外來者才需要，不過，等疫情變得嚴峻時，或許又要戴上了吧。

你恍然大悟。原來，在疫情舒緩之際，在感官因長期緊繃而鈍化、鬆懈之時，將風險簡約，由外來者扛負，或是最聰明，最省時省力的做法。

（但，這是移動者的原罪？）

殊不知，在晤談室裡為著脫戴口罩而為難不已的你，才是那個最在意、最憂懼的人。

2

其實，不只是你，口罩帶來的為難（艱難？）也發生在母親身上。

疫情期間，你雖負罪扛責似的戴著口罩，但終究能夠行動自如，移動無虞；可母親不同，她的呼吸道長年多痰，易喘，易引起咳，戴上口罩後更像是有隻大手摀住口鼻，沒半晌就感到呼吸困難，開始盜汗，連寸步移動都顯得辛苦。

漸漸，母親就少出門了，遑論搭乘路程長遠的火車。

一年多以前，疫情未至時，你固定會帶母親搭乘四小時的普悠瑪，到臺北車站附近的一間中醫診所接受治療，每月一次，當天來回。

這也是你和A唯一能夠碰面的時刻。

火車抵達時，A通常已經在月臺出口等待你們，寒暄幾句後，旋即就接過你手上、肩上的行李，讓你能夠專心在看顧母親這件事上。

由於年事已高，母親兩眼茫茫，步履遲緩，你必須牽著她的手才能在熙攘的人群中緩緩前進。時間倉促，一路上，你和A根本無暇好好看看彼此，也無法停下來說些親密的話，但你知道，這些激情已經沉澱在生活底層，是存在的，但A的回應遠超過這些，他記掛著你所記掛的，陪伴你面對生活的責任，以及隨之而來的筋疲力竭。

正如同他亦步亦趨跟在你們後頭，無怨的，沉默的。

至於母親，只當A是你在臺北工作時認識的好友，因為哥倆好，自然也將她視作自己母親對待，故來幫幫忙，來看看她。起初，母親對A還感到抱歉，覺得耽誤了A的時間。幾次之後，兩人逐漸熟稔，話題多了，母親對他的了解也多了。

A的個性溫和，生活節儉，做事情講求務實，這全是母親那一代人重視的特質，你知道假以時日母親終會喜歡他的。果真，時間更久一點，母親的日常言談裡已經開始閃爍出A的身影，很自然就將他歸攏在「自己人」的概念當中。

不知不覺，你與A的碰面時刻，也成了A參與進你和母親世界的時刻。

在這時刻裡，你們不為關係命名，只是用幽微的，顧全彼此的方式慢慢地融入到母親的背景當中，成為她的一部分，然後烘托著她。而在細細，如針織的交融連綴過程裡，你相信你們三人都將因此會有各自的心領神會，在不言明之中尋覓到一個平靜的位置。

這樣的往返，這樣的連結，足足維持了有六年之久。

直到疫情襲來，口罩阻絕了病毒，卻也折騰著母親，北上就診之途就跟著停了下來。少了醫療輔助，你的心裡著實不安，感到匱乏，於是，為了維持母親身體機能，不讓老病造成的衰退速度加快，你更勤於遵循中醫師的教導，日日像領著幼童練功一般，帶著母親學習伸展四肢，一步驟一步驟拆解動作，然後示範，指正，在她受挫或是疲懶時鼓勵著她；也為她進行腳底按摩，推拿，幫助她促進血液循環。你謹記著醫生叮嚀，老人家有三寶，能吃，能睡，加上循環好。

但連帶影響的，是你與A的見面。

過去，你仰賴著就診之途，潛意識裡總認定相見之日猶可期待，雖然少，但不致令你感到無所憑藉，失去線索，無法預想A在形體上的各種變化。

你突然感到不適應，強烈意識到情人身體於你仍是重要，你並沒有自己以為的那麼淡然，那麼柏拉圖。雖然日日在睡前通話，但你還是想聞嗅，想靠近A的身體。即使早早過了不惑之年，A的肚腹已然鬆垮，臉龐失去了年輕時候才有的剛毅稜線，但你還是想帶著自己身體跟它一同慢慢老去。這些，都是迥異於精神層面所能感知到的情感波動。

這種情感不全然指向慾望，較像是經驗著一種存在的不完整感。近十年的感情積累，你和A的關係早有了一份確認，一份篤定，有著休戚與共的一體之感，無法見面並無損於這份情感的篤定；損及的，是只有你自己才知道的那種一體之內有個部分被隔絕開而生出了碎片般的孤獨感受。

或許，並沒有那麼複雜，你只是單純想親眼目睹，有個身體是屬於你的，它接住了你的愛。

當然不是沒想過利用視訊，但老派的A並不喜歡，感到彆扭，詢問了幾次他猶疑幾次，最後你索性不再問了，不再勉強。

有時，你會不禁焦躁起來，任性地想拋下一切；但你終究不能，就像父親驟然離世之後，你決意返家照顧陷在悲傷中而變得委頓不堪的母親時，在租屋裡，最後的那個晚上，曾獨自照顧身癱父親多年直至往生的A，在睡前引用了卡繆的格言安慰你，他說：「幸福不是一切，人猶有責任。」

沒有挽留，沒有十八相送的劇碼，只有如常的牽手入睡。

一切安靜地進行，安靜地離開，因為全然屬於你們的時間尚未抵達。

而在那之前，站在世界因戰爭、瘟疫、數位科技而更迭不息的面貌之前，儘管悵然，你還是必須打起勁來，學習接受，學習安撫自己，學習將眼光看得遼闊，就不會迷失，因為那裡，有著屬於你們的時刻。

那一天，那一年

阿潑

這個世界可粗略分成兩種人：生病的人、沒有生病的人；或者，應該再增加兩種分類：不知道自己生病的人，以及「被生病的人」。

如果「生病」是一種罪刑，我早已在牢獄，沒有什麼自由可言。長年進出醫院的我，在遠行前夕，經朋友提醒口罩之必須，於是道別之後，轉身走向車站裡的藥妝店，蹲在架前，揀選口罩。

說「揀選」也太過。架上口罩之稀，如同這即將打烊的藥妝店內人客一樣，一眼即知數量，我僅能在兩種共四包口罩中選買。正因為存貨太少，即便只買一包，都會感覺自己如在饑荒中搶糧一樣，心有罪咎。只隱隱感覺似乎有要事發生，卻又不明所以。

這包口罩和我準備帶出國的旅行清潔用品一起上了計程車，並在我鼻喉略略瘙癢時，被我打開戴上。不知是否因為如此，駕駛座上有了聲音：「我之前載了一對情侶，女孩子就坐在我後方，從上車就開始咳嗽，咳得很兇。」他摸了摸後頸，說現在都還能感覺到飛沫的存在。

「我們做服務業的，不能夠戴口罩，因為客人會以為你有問題，是不是生病，是不是不想給人看臉，客人會不舒服，不想搭，或是投訴。」司機壓低嗓音，彷彿傾吐祕密：「可是，我也很害怕啊，我擔心客人傳染給我，而且，如果車子沾上病菌，也會傳染給別人。」

他說：「我要在這個密閉的車內跑一整天的車。我生病怎麼辦？我的家還需要我養……」他害怕生病，但也擔心他人（乘客）的眼光。

我無法確知他的滔滔不絕究竟因何而起，但他顯然對於染病很是焦慮。一路上，我任由他的煩惱如天竺鼠在滾輪上跑動那般，無止境迴圈，無法答話。後來我才知，這夜是「嚴重特殊傳染性肺炎中央流行疫情指揮中心」報請成立滿兩天，儘管偶有訊息如落葉花瓣在社群網站漂浮，但不至於在我的世界產生漣漪，因此，一直到隔日醒來，我都把這司機的擔憂，看成是對無禮乘客的抱怨。

下了計程車的十小時後，武漢封城的消息，震動了全世界，我前一晚的疑惑霧盲，此刻變得清晰可明。二〇二〇年一月二十三日下午，一邊關注新聞，一邊拉著行李箱往機場路上前進的我，立刻發現在這座城市生活的人們，瞬間失去了自己的半張臉——從捷運到車站，從車站到機場，交通運輸從業人員、車上的乘客、路上的行人，已自行戴上口罩。這個畫面，我有記憶，那是十七年前你我的曾經。

那一年，同樣疫病來襲，島國輿情鼓譟，恐懼滲進人心。人在花蓮上學的我，因群山之隔，路途之遙，課業之重，遠離新聞核心，不知風暴到底有多大，但因在醫學院讀書，每日必得出入消毒過的大樓，用校方發送的簡易體溫計，天天度量體溫回報。我的生活被課表切分為上課下課，進教室出醫院，身體也被數值化：三十六度、不到三十七度。有段時間我被譏笑為「冷血動物」，因為體溫總是很低，不知為何這竟讓我有些得意：至少我很安全。

然而，這個社會並不那麼安全，也無法以簡單的數值來分界，即便沒有發燒，但只要與染疫員工有關，就被排擠，即便表面安好，也因是職業醫護，就有疑慮。從媒體可知，這塊土地陷入了被體溫數據衡量、依職業、健康排序階級的情狀，恍若失去理性。

像是這樣的標題：

〈隔離者受歧視：我們不是瘟神〉

〈你和恐怖肺炎患者同機！〉

〈中鼎員工哭訴　小孩無校可念　SARS恐慌情緒剝奪小孩就學權〉

人們害怕「那些生病的人」，也擔心那些「不知道自己生病的人」；他們不願自己成為生病的人，也拒絕那些可能會生病的人。凡人都是可懼的，但有些人更可懼。

恐懼綁架了所有人，包含遠在山那一頭的我自己。我在某個回家的週末狠狠地將疫情新聞看過一遍，當時和平醫院被感染的新聞仍未出現，卻有幾起疫情發生，染疫員工的無奈，以及光是隔離者受到歧視的憤怒在媒體奔騰，即已鼓譟人心，我這時才感受到現實世界像被稜鏡映照那般變形。盡是污名。

返回東部途中，站在空曠月臺上、沒戴口罩的我，無法控制地，將周遭乘客的盯視，想成是譴責；一上車，尚未坐穩，聽到後方傳來的猛烈咳嗽聲，只覺整個車廂都震動了，人人將背豎直，神色緊張，甚至有人還站了起來，像是要立刻跳車那樣的慌張。這樣的氣氛催得我翻出口罩戴上，從彰化到花蓮七個小時都無法放鬆，只覺自己不太舒服，全身發熱，一路想著：「可千萬不要感冒，這太冤了。」

平時很少感冒、也不把感冒當一回事的我，這時卻非常害怕自己生病。如何不怕？

同樣是發燒咳嗽，以前無人理你，現在被當瘟神對待，可能被隔離，搞不好還要被責怪：「幹嘛搭火車，幹嘛來看病？幹嘛趴趴走？」

當時我並不知道後來引發和平醫院院內感染的「曹女士」是在火車上被傳染的，就已經在腦中演了一齣驚悚劇，劇情是被「隔離」的我，被全世界「隔離」，我的親友受到社會歧視，又或者像前幾天新聞裡那個倒楣鬼一樣，只是感冒發燒就被公司炒魷魚，甚至像媒體報導的那位感染者一樣，聲聲向大眾認錯：「我對不起社會，生了這種病。」

「得病是否為一種失德的因果關係？」蘇珊．桑塔格會這樣反問，彼時的我禁不住憤世嫉俗也想質疑：誰想要生病？又是誰要為這種病負責？為什麼生病的人該將一切暴露在大眾眼前，為什麼他們該說「對不起」？

對疫病的恐懼綁架了整個社會，比起病毒，染疫者更像是人類的敵人，只要隔離、排拒、犧牲他們，就能保全自己。我們還是健康無病的群體。我想像自己是個口罩怪獸，沒有嘴巴，無法控訴，無能抵抗這一切。二〇二〇年一月二十三日這一天，口罩怪獸再次占據了城市，歷史再現。

是日，恐懼襲來，讓我在每個轉換的交通工具上都不敢大口呼吸，怕是不慎嗆到，咳嗽，會引人注意。一週後，返國時，疫情已升級，隔絕、歧視的話語較之過去依然存在，甚至透過社群媒體更是擴散，慶幸整個社會已懂得節制，且因信任疫情指揮中心的指令，很快就冷靜下來——戴口罩、勤洗手，保持一點五公尺的距離，成為日常生活法則。

歷史雖重來，但那年的教訓，讓我們明白，這不再只是某個醫院的悲劇，不是只有臺商有危機，而是整個國家、整座島乃至整個世界的命運，國界被封閉，日子被強制更換成另一種規律。島國人民習慣下午兩點「聽判」，判決是數字，數字之外還有案例編號，每個編號是某個年紀的男性或女性，他是誰，因何染疫。人們從這微薄的資訊猜測他的故事與心情，甚至，知道他的足跡——再度量自己的生活痕跡。

每個人還是只露半張臉，健保卡決定我們在醫療院所的進出，額溫槍宣判我們自由刑度。

卡繆的《瘟疫》再次成了這個時代的經典，甚至註腳：

「……說黑死病已經吞沒了一切事物和一切人，倒比較接近事實。這時已經不再有所謂個人的命運，只有集體的命運，也就是大家所共同遭遇的黑死病和共同產生的情感。這些情感之中，最為強烈的便是放逐感與被剝奪感，跟這些感覺交雜的，便是那種叛逆和恐懼的感覺。」

我依然頻繁上醫院，每家醫院都在管制，每次都有不同的進出規定，或是刷健保卡，或是確定旅遊史，甚至必須填單說明各種狀況。一次，老實地在單子上填寫流鼻水乾咳——擤掉我一小包面紙——眼見工作人員緊張問原因，還往後靠了一下。

我有些抱歉：「應該是過敏吧？」

「如果你是感冒的話，不要來這裡，去急診。」

工作人員的反應相當合理，於我卻有些衝擊，也有點受傷。但確實，過往常犯的過敏，有時發生的感冒，此時此刻總讓我擔心——會不會其實沒有這麼簡單？與其說擔心自己染疫，其實更是害怕成為「兇手」，破壞別人的健康與生活。以及隨之而來的質疑與污名。並想起武漢封城前一晚計程車司機的喃喃自語：「我不能生病。我不能害別人生病。」

於是，讓人又想到蘇珊．桑塔格，想隨之扣問：得病是否為一種失德的因果關係？

疫期之異與常

利格拉樂．阿𡠄

一切的焦慮要從接到那通簡訊開始說起。

五月十三日的下午，當我正坐在電腦前，和拍攝影帶奮戰的時候，徐徐的電扇微風吹來，稍微能夠散開些許燥熱，一個簡短的音階響起，拿下耳機，慣性地打開簡訊內容觀看，原以為只是尋常的推播傳銷之類的廣告，卻意外地看到一則警告訊息，內容是警示我曾經涉足新冠肺炎的高風險地區，這下讓我不得不暫停手邊所有的工作，開始認真回溯自己的足跡。

這兩年因為正在進行原住民族白色恐怖政治受難者的拍攝，行事曆幾乎滿滿都是採訪和拍攝行程，比對簡訊上標註的高風險地區，採訪團隊果然在約莫十天前，相約前往其中一位家屬住宅拜訪，雖然最後訪問沒順利完成，但我們的確就在附近溜達勘景，還順便吃了一頓午餐。

細細回想當時的行程，心中難免有些僥倖的心態，不過兩、三個小時的時間，雖然途經的地區完全正中警戒範圍，心想總不至於這麼倒楣吧？於是經歷了半個小時的天人交戰與驚慌失措之後，我轉頭又投入了工作，沒多久時間就完全遺忘了這則簡訊。

僥倖只存在兩天的時間；五月十五日，中央疫情指揮中心正式宣布了第三級警戒，這下子我才認真地思考，自己染疫的可能性！巧合的是，隔日身體出現了狀況，先是喉嚨痛、流鼻水，因為平常有抽菸的習慣，這兩種症況偶爾會在生活中出現，雖然與CDC所提出的狀況有部分吻合，當下仍選擇了繼續觀察，再隔一天，除了上述的症狀之外，居然還開始腹瀉，這讓我不得不正視問題了。

於是我迅速地將這十天內所有接觸過的名單建立起來，這才悲催地發現，因為計畫執行的關係，居然和多個業務機關的一、二級主管都有接觸，再加上公司、工作團隊和家人，一整排列下來，居然有幾十個人，這簡直讓人欲哭無淚啊！若是真的不幸染疫，除牽連的人數眾多之外，這些人還多有重要的工作擔負在身上，涉及範圍之廣，一想到就不禁冷汗涔涔。

即便是為了那不知是幾萬分之一的可能，我還是做了最壞的打算，先是通報了自己公司的主管，然後再分別一一與工作團隊成員聯繫，詢問是否有人出現症狀？最後再硬著頭皮，告知十天以來有過會議和接觸的單位，將所有該聯繫的人去電一輪之後，才終於得以稍稍歇息，再度思考接下來該做哪些事情？

租賃的房子位於三樓，巷口是一條附近居民上下班必經的行走路段，短短一百公尺左右的長度，就開了不下十間的餐飲小吃店，每日到了上下班時段，一波波的人潮湧進這條小巷，總習慣地順手在其中一間小店買了吃食，然後再慢慢地晃蕩回家，有神色疲憊的職場婦女，有背著書包的大、小學生，當然也有剛入職場、穿著光鮮的男男女女，我偶爾也會摻雜在這些人群中，像他們一樣，依照心情選定口味，站定某間店家門口之後，排隊推進直到領到食物之後，再姍然離開。

這是我所習慣的日常，也是居住在附近的民眾所習慣的吧？只是當這一天，我準備細細思考可能染疫所需做的準備的夜晚時，才赫然發現，那些即便是我躲在屋子裡，都能清楚聽見的人聲、車聲、吵雜聲，似乎在這一刻全都不見了，就連一樓門對門的兩位老婆婆，總是習慣性地拉大嗓門抬槓，或是隔壁二樓剛上幼稚園的聒噪小妹妹，此時全都安靜了下來，安靜讓人懷疑自己的耳朵，於是我走到陽臺上往外張望，竟是不見了那尋常可見的人群；而為了那個不確定的風險，我更是連門都不出去。

隨著確診病例的急速攀升，心中的焦慮愈發不可遏止，上網查詢確認流程之後，似乎打一九二二就是最直接且快速的方式，於是我拿起手機，期盼這支號碼能一解焦慮，卻沒料到，一九二二這支電話號碼，不僅是我，也成了所有對於疫情有疑慮的人的出口，電話接通後，永遠都處於忙碌需等待的狀態中，最後只能依照語音指示，留下聯絡方式，靜候一九二二的主動回撥。

等待，折磨著人的意志；同住的孩子因著我的不確定，同樣也不敢輕易出門，於是一家進入了飲食全外送時期，這是一種全新的體驗，讓人驚豔的同時也讓人感慨，當食衣住行全都倚賴手機和電腦進行，人與人之間的交際，似乎真的可以做到毫無交流的程度；直到一九二二回撥前，我和家人已經足足有三天不出門戶，只是，一九二二的答案也並不能解決窘境，當被告知儘速前往指定的醫院進行快篩之外，關於身體上的症狀和不適，只能先行服用成藥舒緩，別無它法。

幸運的是，被指定前往的醫院步行可達，我將自己全身包覆好，拉開大門的那一刻，竟不可抑制地呼出一口大氣，疫情上升到三級警戒，對於生活的影響非常明顯，走在馬路上，人人都是口罩覆面，尤有甚者，面罩手套無一避免，站在醫院的快篩處，儘管有著口罩的覆蓋，人們仍無法掩飾眼神中那透出的恐懼與慌張，謹守一．五公尺的社交距離，醫院快篩處前的空地，很快地就被人群所占滿了。

我不知道有多少人和我一樣，不清楚在收到警示簡訊之後，要先預約掛號才能到醫院快篩處等候叫名，我看到的是一個沉默的戰場，各自劍拔弩張地面對著看不見的病毒，虛無又無力，慌亂的醫護人員沒有一個能暫停腳步，面對一群人心中的疑問，只能快速地透過大聲公，一次又一次地對著人群呼喊：「先回家上網預約，沒有預約的趕快離開，身體有不舒服的，自己去藥局買成藥吃。」於是，我見到一個又一個沉默的人如我一般，轉身離去。

家中等候的兩個孩子聽到我的轉述，似乎也頗為驚訝，於是只好同時三臺電腦上網，想盡各種方式預約快篩，最後得到的答案竟是得排到十天之後了，面對這樣的結果，再回頭看看新聞上烽火的醫護戰線，我們只能耐心且安心地，繼續過著自主健康管理的生活。

這樣的日子很容易失去時間感，我詢問女兒有沒有興趣學我的私房菜，她眼睛一亮，突然就有了心思，說是特別對幾道從小吃到大的菜式情有獨鍾，自己還私下試做過，只是總感覺就差了那麼幾味，我倒是很意外，這個我一直以為不願下廚做大菜的女兒，居然會想要嘗試我從父親那裡學來的外省菜，其中有些菜色流程繁複，甚至連我都只在每年過年時才勉為其難地做做，她倒是不計較那些繁瑣的切炸燉煮，躍躍欲試地期待著。

這一天要教女兒做的菜色，是我小學五年級時，父親手把手教會我的紅燒獅子頭，從選肉開始就極其講究，肉的部位、油花的分布和瘦肥肉的比例，都得在採買時就做好決定，那將會影響出鍋後的花色，當年我學做這道菜時，還得自己用大把菜刀，左右手輪流慢慢地、使勁地將其剁碎，每回都能剁到雙手彷彿廢了一般，而現在沒有這個功夫，直接就請肉商用機器絞了，不過還是得要求絞一次即可，否則一般肉商慣性的二次絞，容易就讓肉品過碎失了口感，這些經驗都是從父親處學來。

我將那些待處理的各項材料一一清洗，依照記憶中父親教導的方式，告訴女兒哪些該切段、切絲、剁碎，哪些材料又該先攪和、醃製和靜置，以前屬於我和父親的廚房，現在成了女兒和我的廚房，在同樣名為廚房的空間中，我們手把手地傳承著記憶中的味道和氣息。

讓人心驚的十六天，終於在一通告知篩檢的結果為陰性的簡訊後告一段落，這期間所有的焦慮不安，獲得了釋放，第一時間我立刻將篩檢報告，發給所有這段期間有過接觸的同事友人們，彼此互報平安與祝福；然而，這場疫情的戰爭還在持續著，我珍惜這份幸運，也期盼所有的不常，儘早回到日常。

日常生活的恐怖

郝譽翔

當疫情來臨之時，這一座小小的島嶼上，彷彿只剩下了我和女兒兩個人，就像是銀河系裡的兩顆孤星，而我就負責二十四小時繞著她不停地旋轉，轉到頭昏腦脹，轉到今夕已經不知是何夕。

據說得到重病的症狀之一，就是突然間會感到無法呼吸，而我竟經常也產生類似的錯覺，以為自己是得了病。一大清早，我趁著燒開水煮咖啡的空檔，趕緊去陽臺洗一大籃子昨天換下來的衣服，一邊聽到水壺正在廚房的爐子上咕嚕嚕地響，而響聲愈來愈急，我趕緊加快了手中的動作，一轉頭，卻在無意中瞥見了陽臺以外一大片的城市公寓，有如死寂的靜物一般，灰撲撲地躺在陽光裡，就在那一瞬間，我忽然覺得自己喘不過氣。

但其實沒有，我還在呼吸著，空氣還在胸口的兩片肺葉之間流動，一邊這樣怔忡忐忑，一邊卻不能停下手中的動作，因為眼前還有太多的家事在等著我，從早到晚有煮不完的三餐，洗不完的衣服，還有收拾不完的碗盤和杯子。我生平第一次嘗到了全天候當家庭主婦的滋味，而每一次的呼吸都是在為別人而活，於是就在一吐一吸的空檔之中，我經常陷入哭笑不得的恍惚，幾乎窒息。

今天早餐到底要吃什麼？已經連續吃了一星期的烤吐司，是否該改吃麥片粥？還是水果加優格？而煩惱完了早餐，就該換午餐了，要吃牛肉麵還是咖哩飯？如果吃咖哩飯，那麼晚餐又要吃什麼呢？我已經竭盡所能，把自己會的菜色全部端上餐桌了，但每一天卻都是新的考驗，一張又一張空白的習題等著我去填寫。這是有生以來最漫長的一次考試，沒完沒了，而且看不見底，解封的日子遙遙無期。

不但擔心吃什麼，還得擔心吃多了會發胖。我上網買來一臺跑步機，每天敦促著女兒跑，於是日常生活的軌跡就變成了吃，吃完了去跑，然後跑完了再去吃，我們活像是一對困在鐵籠子中的白老鼠，反覆沒完沒了地自虐。

但我還算是幸運的，捧著有教職的鐵飯碗，不必煩惱少了收入來源，頂多只是在廚房裡坐困愁城罷了，不敢再抱怨，而且也沒時間抱怨。我得趕著在中午一點以前把飯煮好，女兒才來得及上一點半的遠距教學課程，老師會準時上線一一點名。我趕緊啟動搜尋雷達，在冰箱冷凍庫的角落搜到了一盒水餃，這可是緊急時的救命良方，於是急匆匆燒了一鍋子的滾水，再把白白胖胖的餃子全咚咚丟入。餃子在鍋中載浮載沉的，活像是滅頂的人正在掙扎求救，而我一怔忡忘了把爐子轉成小火，最後水滾過度，餃子一瞬間全開了花，皮肉分離，肚破腸流。我只好手忙腳亂把餃子撈起，一邊安慰自己，反正吃到嘴裡全是一樣的，便趕緊喊女兒來吃中飯了。

趁女兒吃飯的空檔，我得轉身回去收拾廚房，一邊盯著時鐘上的分針秒針在滴答競走，居然一轉眼又是一點半了，我於是又得趕緊擦乾雙手，喊女兒去上課。她答應了，一溜煙兒轉進房裡，我也收拾好廚房的戰場，才好不容易可以在自己的電腦前坐下來，收收E-mail，瀏覽一下臉書，順便為好友按幾個讚，同時打開電視收看兩點鐘的疫情記者會。我對官方公布的數字逐漸感到麻痺，於是又轉臺看了幾位名嘴開罵，這時又忽然聽到女兒在房內大喊起來，原來是線上的導師時間結束了，要我去檢查她寫好的功課。

我只好起身來到她的房間，打開她的Google Classroom，總是得要深呼吸好幾次，才能夠耐住性子，一門功課接著一門看下去。也真是難為這些小學老師了，第一次挑戰線上教學，出的作業簡直是五花八門，有的要在線上填寫表單，有的必須拍照上傳，而國語要寫讀書心得，歸納課文大意，數學有習作也有測驗卷，自然課要做實驗還要自製樂器，美術課要摺紙加上素描，音樂課要演奏長笛，錄影上傳唱《丟丟銅》，還規定畫面中要出現可愛的笑臉。

只有體育課最讓人開心，我們什麼都不用做，只要看影片中的老師賣力做體操，就像是在看戲一樣，女兒邊吃點心邊看得哈哈大笑，於是一節課就這樣溜走了。

一天也就這樣過了。我好不容易處理完女兒的線上課程，眨了眨眼，不敢相信窗外居然已是黃昏，豔麗的紅霞布滿了天際，彷彿就和過往的日子沒有什麼兩樣，而地球繼續轉動下去，黑夜依舊在無聲無息之中到來，眼前的一切如常，讓人渾然不覺有病毒的威脅存在。

我看窗外逐漸黯淡的天色發呆，但一個家庭主婦沒有空閒的權利，牆上的時鐘提醒我，又該是晚餐的時間到了。可我該煮什麼才好呢？我心中一邊嘀咕著，一邊不免暗自驚嘆在孤島上的日子，時間居然過得比平常還快，從起床到現在，光在一連串瑣碎的吃喝雜事之中打轉，什麼大事也沒做，而一天竟也就如此過去了。日復一日，日日相同，落花流水，逝者如斯，不捨晝夜，我竟莫名生出了一種歲月靜好的錯覺。

我卻又清清楚楚地明白，這只是錯覺，因為這一回分明是口燥脣乾的大難。而大難於無形之中，更讓人駭然。

但我已經沒有時間再去思考了，因為時鐘的指針已經滴滴答答走到了六點半，我非煮晚餐不可了。我不得不打起勁，提著疲乏的身子走到廚房，再度啟動自己的搜尋雷達，看冰箱中究竟還藏著哪些食材，可以讓我變出一桌神奇的晚餐？就在同時我卻又覺得胃口全無，置身在一個島國典型的夏日夜晚，悶熱潮濕的空氣沉沉包裹住我，周圍有細小的蚊蚋在嗡嗡飛舞，我卻既倦怠，又感到一絲說不出口的冷。當每個人都隔絕在一座自己的小小孤島，彼此相忘於江湖的冷。

這是日常生活中的恐怖，填滿了一個家庭主婦的二十四小時。我們必須努力活下去，並且努力吃飯，從早餐、中餐到晚餐，還得要小心不可發胖，要努力在跑步機上原地奔跑。我們要更努力把口罩戴好戴滿，並且假設所有的人都染了病，只要他們一張開嘴巴，就有可能朝我們噴出致命的病毒。我不禁想起了古代是如何對待痲瘋病人的，就如同傅柯《古典時代瘋狂史》中開宗明義所說，那在「社區邊陲，城市門旁，邪惡停止出沒的地域」，那「以怪誕咒語召喚著邪惡的新化身」。

他給我一團草莓衛生紙／無處安放

廖瞇

他給我一團草莓衛生紙

遠遠地我看到他站在廚房，手拿著一團衛生紙。他將頭湊近衛生紙，用力吸。我聽見他說「好香」，又用力吸了一下。

我不確定他在幹嘛。

我拉開紗門，走進客廳。這時他朝我走來。他朝我走來，我很驚訝，平常他是不可能主動往人的方向走，而現在他竟然朝我走來？他走過來，站定在我面前，又把頭湊近手中的衛生紙，吸了一口。接著他伸出手，他想把那團衛生紙給我。

我不曉得那衛生紙是什麼。

「剛剛你放草莓在上面，現在都是草莓的香味。」

噢，是我放草莓在上面的衛生紙。今天我剛回到老家，我帶了幾顆自己種的草莓，想分給爸媽，也分給他。到家的時候他不在房間。我取了張衛生紙，把草莓擱在上頭，放他桌上。我不確定他會不會吃。

所以他已經吃掉草莓了？我很開心。他願意吃代表他接受。可是給我衛生紙是什麼意思？

他說，好香。「我一進門就聞到草莓的香味。這是你自己種的吧？真的好香，好濃郁。我把草莓吃掉了。這個衛生紙……」他朝我走了一步，手又伸向我，「這個衛生紙好香，都是草莓的味道……」

他要我聞嗎？

我看著他手中揉成一團的衛生紙，我有些猶豫。現在這種時候，好嗎？

那是二〇二〇年春天，正是新冠肺炎疫情剛升溫的時候。雖然我心裡知道，滌平日不與人接觸，不與人同桌吃飯，不在外飲食，不與人交談，不搭電梯，不搭乘大眾交通工具，更不要說去人多的地方——這樣的他，幾乎沒有感染新冠肺炎的可能，但當他把衛生紙遞給我的時候，我還是猶豫了一下。

這種時候你要我聞你聞過的衛生紙，這種近距離的接觸好嗎？但當我腦袋閃過這樣的念頭時，我又想，如果我真的說出這樣的話他大概會歪頭吧，歪頭的意思是覺得我蠢。

滌沒有戴過口罩。

跟滌聊過戴口罩的事，他覺得戴口罩很蠢。「口罩有全部密封嗎？這邊是洞，那邊也是洞……」他用手指著臉頰兩側，描出那口罩無法完全密封的空隙。我試著跟他解釋，這是要減少正面的飛沫。他一臉不以為然的表情。

「戴口罩要怎麼呼吸？是要我死嗎？無敵星星啦，叫你們吃無敵星星不聽。免疫力提高就好啦。」滌說的無敵星星是大蒜。他每天吃大蒜。

我說，要每個人都提高自己的免疫力來對抗病毒太天真，戴口罩減少傳染比較實際。他還是一臉不屑。「戴什麼口罩……」他的臉就是那樣的表情。滌確實不需要戴，他沒有與人近距離接觸的機會。什麼室外一公尺，室內一．五公尺，對他來說那都還太近。他幾乎不會與自己以外的第二個人同時在一個空間裡。爸爸在他的房間裡，媽媽在她的房間裡。媽媽走出來在廚房和客廳的時候，滌在他的房間裡。

真是完全執行防疫期間的社交距離。

當然，對滌來說不是執行，是需求。防疫距離對他人來說是不得不配合遵守的「要求」，而對滌來說，距離是他覺得自在的「需求」。

看到歐美國家的民眾就算可能染疫也要去海灘，人與人擠在沙灘上曬太陽喝啤酒互相擁抱，這樣的事在滌眼中大概很不可思議吧？喔不，搞不好滌根本不在意，他似乎不太在意這個世界發生的事。但真的嗎？如果臺灣是疫情嚴峻的國家，那滌會有什麼變化嗎？

滌似乎，沒有因為疫情而有什麼變化；我的意思是，疫情對他的生活沒有影響。對我來說影響也不大，雖然在初期也曾擔心過口罩夠不夠的問題，也感受過不習慣在口罩裡呼吸的感覺，但除此之外實際的影響不大。我是自由文字工作者，又住鄉下，疫情對我的工作與生活沒有太大影響。與其他國家比較，臺灣的影響相對也算是小，至少牽涉到生死層面的範圍小，但還是影響了人們的移動、人與人之間的距離，以及工作型態——而這些恰恰都與滌無關。

不搭大眾交通工具就沒有移動傳染的問題；不與人接觸就沒有必須保持距離的問題；而不工作……就沒失業的問題，也沒有在哪裡工作的問題。當疫情對人們生活的影響愈大愈久，我愈感覺滌似乎與世隔絕——與世隔絕，與他身處的這個世界隔絕。在疫情之前他就與人保持距離了，他就自我隔離了，他已經讓自己在家裡的小房間，跟這個世界隔離了十多年。這個世界不論有沒有發生疫情，他都「一樣」，一樣不與這個世界建立連結。他明明跟我同樣生存在「這個世界」上，我們卻像是活在平行時空。

可是現在，他距離我不到一公尺，拿著剛剛自己聞過的衛生紙要我聞——這個突然拉近距離的舉動，卻因為他的與世隔絕而不需擔心——因為他不與人接觸不與物接觸，不搭電梯也就不會觸碰到他人按過的電梯按鈕、不進商店也就不需要握住他人曾握過的手把；他唯一會去的就是門會自動叮咚打開的便利商店，而且他只在夜間無人時去……所以我根本不需擔心他有感染的風險？所以我可以放心地聞？因為他在意距離，所以現在我可以不用在意距離？

但究竟有誰會不斷地嗅聞殘留在衛生紙上的味道？有誰會把自己聞過的衛生紙拿給別人聞？他完全用自己的方式活著，在這個世界裡活在自己的世界，像活在一個虛擬的泡泡裡。但如果真的有虛擬的泡泡就好了？他就可以隔絕那些他討厭的聲音和味道？

他與這個世界保持距離，可是又對我遞出了草莓衛生紙。他對我遞出草莓衛生紙，想跟我建立連結，這是兩年前我無法想像的事。在我與滌還未再次建立連結之前，我們是不說話的，更不要說他現在做出的這個難以理解卻又令人感到莫名親密的舉動。

人真的可能與世隔絕嗎？我想著。就算他再怎麼討厭這個世界，但他還是讓自己活在這裡？那麼，這裡應該還是有他喜歡的東西？比如，我帶回來的那幾顆草莓，那張沾染了草莓味道的衛生紙？

他喜歡的方式好奇怪。但他從他的世界伸出了手，想跟我分享草莓衛生紙。他從他的泡泡伸出了手，伸進這個世界。

我看著他。我接過草莓衛生紙（先確認了沒有沾到什麼奇怪汁液），拿近鼻子聞了一下。果然，有草莓的香味。

因為我先推開了那扇門嗎？

作者註：本文寫於二〇二一年五月十三日。但十五日爆發本土單日確診百例之後，防疫進入三級，滌出門也戴口罩了。

無處安放

在寫完上篇後，五月十五日，臺灣爆發本土確診一八〇例，看到消息的那刻，我正在回高雄的火車上。我前面說，疫情對我的生活沒有太大影響，對滌來說也沒有，而一直到確診案例連三日破百，防疫進入三級之後，我才知道什麼叫做「對生活的影響」。

我發現，之所以我能與滌好好說話，跟媽好好說話，跟爸聊天，是因為我有空間的餘裕。我指的餘裕是，我平常並不與他們同住，我不處在那緊張的關係中，我能夠以更接近第三人的位置來面對那些可能的衝突。而當我與滌、與媽媽說完話之後，我需要一個能夠放鬆、自在的空間，所以我常往外跑。我去能夠讓我放鬆自在休憩的店家，點杯咖啡，坐下打開筆電，將腦袋裡劈里啪啦的東西寫下。出外透氣，釋放壓力，這是極為普通的事，對我卻很重要。

但當疫情升溫，店家一間一間關門，我就開始傷腦筋了。因為，我家沒有屬於我個人的空間。爸爸、媽媽、滌，各自有屬於自己的房間。我不可能跟滌同個房間，因為一旦進去就是要跟他講話，而講完後就得出來。當然，我可以跟爸同個房間、跟媽同個房間，但也無法太久，因為房間很小，只有三坪。我這樣描述，有些人可能覺得奇怪，難道我家除了房間，沒有客廳廚房等空間嗎？當然是有，只是無法自在使用。我弟繭居的生活方式，使得我爸媽某種程度也繭居起來，為了不與滌造成太多生活的摩擦，他們回到家裡就是進自己房間。

因為生活習慣差異太大，他們無法自然地共處，因此只能在各自房間，在同一個屋簷下同居。但對沒有自己房間的我來說，幾天沒問題，卻不可能是生活的常態，更不要說當疫情升溫，原本還能讓我短暫放鬆的空間關閉後，我感到無處安放。

不是物質上的影響，不是經濟上的影響、嚴格來說也不是空間的影響，而是心理上的影響。我曾想過，一家人若能自在共處，那麼就算在艱困時期的狹小空間裡，倒也能自得其樂。然而並不是每個家庭都能如此。我也很希望可以長時間待在家裡，而我的家無法。

無處安放，疫情升溫處處關閉我的感覺就是無處安放。

我明白也支持店家為了防疫而關門，但當有店家願意開，我非常感謝，在這艱困的時候在遵守防疫規範的前提下，為心理有需要的人，撐出空間。

——二〇二一．〇五．二二

離・散・聚

上田莉棋

二〇二〇年看似圓滿的數字，卻是長滿荊棘的一年，對香港人來說，更多了一層意義。這一年我們告別的人、事、物不在其數，有的可能本來就會在時代洪流、物換星移中自然更迭，但在疫情催化、或是社會大環境等更上層的力量下，讓每一個道別增添傷感。

・・・

我從智利登上航班來到馬德里，三月中旬的西班牙，已是一片風聲鶴唳。很難想像，才一個多月前，我和同事們從疫情剛爆發的香港來到西班牙轉機，一抵達馬德里，興奮得脫下早戴得厭倦的口罩，深深呼吸每一口沒有阻礙的自由空氣。那種理所當然不載口罩的日子，說起來竟像老人回首前塵。

因出差來到智利，雖然當時歐亞的疫情已每況愈下，但大家始終沒想像過，這波病毒會比SARS的影響更全球性。我從天天戴口罩的香港，飛越了半個地球，到達不用戴口罩的南美，天真地盼望回家前，情況會好轉了吧。直到後來當地開始出現極零星的個案，原本預期會在南美再逗留一個月工作，卻臨時被公司召回香港。因此在旅程接近尾聲前，我去了一家酒莊旅館度週末。那家旅館的晚餐以communal dining形式供餐，住客都聚在一張長飯桌聊天共度。畢竟大家都有看新聞，義大利陷入疫情最慘烈之際，進入封城狀態；陌生人同檯吃飯，難免有點面面相覷。坐我對面的義大利人連忙說明，自己距離最淒慘的倫巴底區有多遠。作為席上唯一的亞洲人，我也煞有介事地解說自己已在南美逾一個月了。大家才又放鬆吃喝、風花雪月，想起來場面真有點滑稽又無奈。

每天追著不斷攀升和擴散的數字，回家之路再經西班牙轉機時，遺憾地當地霍然變成全球最嚴重的疫區之一。機場瀰漫著冷清蕭殺的氣氛，每個人的面容都被口罩遮蓋；眼前的亞洲乘客都謹慎地穿上保護衣、帽、眼罩等，有如太空裝束，超現實得像電影中的末日場景。登上飛機後，一名華裔婦人哭喊著不要坐在外國人旁邊、怕被傳染云云，妨礙著整臺飛機的乘客，那外國人聽不懂，只能一臉茫然。一輪騷動後，好不容易飛機終於起飛，吞下安眠藥的我只期待醒來後，這場驚天鬧劇已結束。順利回到香港的幾天後，南美洲的疫情不幸地一發不可收拾，各國幾乎沒預兆地紛紛封關，不少人在當地滯留逾月。全球各國也陸續封關，然後，大家都正式進入了和出國旅遊說再見的日子。

• • •

二〇一九年維城的社會氣氛熾熱，像一觸即發的花火。從戴口罩保護自己被定性為違法，到疫情驟然而至，變成不戴口罩即違法，這短短幾個月的變化，不無諷刺。然而二〇二〇年除疫情外，一道從天而降的無形紅色布幔，都把城裡聚滿的能量熄盡。整個社會氣氛一時之間像已燒得通紅的鐵，硬生生泡進了冰水中，激起濃厚的白煙又瞬間消散。有些話不能再講，有些歌不許唱，有些事變得不能寫，甚至連有的問題也不該問。在維港旁散步，空蕩的城市沒有了熱絡打卡的遊客，是久違的寂靜。浮華盛世，太陽照常升起，只是口罩下的空氣不一樣了。

香港人大舉移民的高峰期是九〇年代，當時我年紀還小，但記得每年總有一、兩位同學中途輟學、離開香港。然而，光過去一、兩年，我的朋友也好、職場上同儕也好，舉家移民的人比我童年時離開的同學還多。和朋友聊天的話題變成：你會移民嗎？有什麼移民攻略？或誰誰移民了、誰誰什麼時候走。我採訪的題目，也從旅遊專題，變成香港人離散各地的移民故事。

香港因疫情有「限聚令」，不能超過指定人數聚集；餐廳也有「限桌令」，不能超過指定人數同桌。要保持社交距離下，家中有小朋友、長輩的人，也不便招呼外人到家裡一聚。更別說有些朋友真的感到留不下去了，匆匆忙忙地賣房子、辭掉工作，為孩子在異國找學校；移民細節忙不過來，連見面短聚也未能安排就飛走。有的人則是因為工作、家庭因素、和長輩意見不合等，以免解釋太多、計畫有差池，決心悄悄離開；也有朋友成為太空人家庭，媽媽和小孩先去彼方安頓、找學校，爸爸留在原居地工作賺錢。各種形式的離散，就在每個人身邊。

「你那邊天氣如何？」居家抗疫，無事做就整理雜物，翻出了當時和那些移民同學的書信。那是個仍會寫信的年代，稚嫩的字體寫著日常瑣事；現在上網就能知道的資訊，當時也要跨越半個地球，一來一回，差不多一個月才收到回應。每封信的結尾總是那句「期待收到你的回信」，我彷彿能看見當年那個小朋友初到異國，在還未通曉外語下，渴望著遠方朋友捎來的回信，是比糖果還甜、還重要的精神食糧。然而在各自的生活和成長中，這些朋友不再聯絡了。縱使長大後加回了社交媒體帳號，但因中間欠缺共同回憶或話題，也只是陌路人了。

這兩年和這些移民的朋友，連見面親口說聲再見都來不及；幸好有網路，至少能看到朋友的近照。「你那邊天氣如何？」訊息在零點幾秒已環遊世界。有時候幾乎忘了朋友已不在香港，有種似遠還近、時空交錯的錯覺。

・・・

詭異的疫情時代發展至今，疫症已在全球絕大部分國家和地區出現案例。偏遠到連巴西亞馬遜森林也成為重點的疫區，原住民紛紛染疫，守護亞馬遜雨林五十年的原住民酋長帕亞康亦不敵世紀疫情病逝。我不禁想，這世界上還有遺世獨立的地方嗎？

我想起了那片無盡的沙漠。我曾在納米比亞的納米（Namib）沙漠中的研究所做志工，那裡距離首都溫得和克要八小時車程。事實上，納國比臺灣大二十三倍、人口只有兩百萬，人口密度是世界第二低。常居人煙稠密的城市，很難想像研究所的範圍比臺北市大，常駐人員竟只有十六人。在沙漠地帶，連綿幾百公里杳無人煙，別說上網、看電視，連電話訊號也很微弱。如果不是天氣和晝夜的變化，時間在這裡彷彿沒有流動。我常和其他志工打趣，如果當刻地球變成喪屍世界了，我們也無從得知。今天的疫情，連人口密度最低的地區格稜蘭也避不了，更讓我想起了那恍如無人之境的沙漠，遇過的工作人員和當地人，是如何吸收和消化現在的新聞呢？

孤島是個很微妙的形容。疫情之下，我們都像一座座孤島：大家留在家裡的時間增加了，人與人之間的距離也擴闊了。更悲觀一點的說法，無論是自願或被迫，自我封閉的時間都以前所未有的幅度增加。看著新聞中那些連墳場都填滿的國度，又怎麼好意思覺得，孤獨病比疫情更難過。亂世中本來就低落的情緒沒有出口，有沒有口罩，無力感都把心靈抑壓得透不過氣，每個人的心裡或多或少都掉失了一塊。

即使隔離、居家工作或封城等的生活讓我們活得像孤島，但以地質角度來說，再孤絕、偏僻的島，延伸到海底仍和每片土地連接。就像人類終究不是浮萍，在疫情下每個個體，不論身處地球哪個角落，沒有人能獨善其身，都承擔著這波共同的命運和情緒。

• • •

沒有人知道下一次再見是什麼時候，但二〇二〇年注定是和過去說再見的一年，無論好壞，生活和關係必然要割捨或改變。這年開始，我和朋友多了一種前所未有的聚會：在網路上相約見面。不過我們分別身處亞洲、澳洲、歐洲、美洲，要約個克服時差的時間不容易。人生本來就各有選擇，沒有誰的比較簡單；走在不同路上，還能虛擬乾杯，祝福生活美好就不錯了。只是以前一瓶酒一群好友分享，現在各人在家開一瓶，再好的酒，味道都不能比擬。

看著各國疫情下，很多人連家人最後一面都見不到，不能親口道別，成為終生的傷痛和遺憾。生活上很多熟悉的老店結束了，有些工種像藝文、旅遊等行業被迫畫上休止符，失業率大升；而在維城，公司、團體、機構還要被無形的巨手扼斷消失。空氣中添加了讓人恐懼、不安的粒子，世界像被按了暫停，原本以為頂多幾個月，到了一年、又撐到了下一年，看不到完結的一天。

任憑情緒跌至低點，思緒沉澱後，生活必須繼續，仍得靠自己站起來。只是疫情時代還談追夢，好像變得空泛、遙遠又殘酷。在這世道光是用力地生存下去，已不再是簡單的希望。只能自我提醒，把心態轉化，如何在亂世中保持自我、不忘目標、不被外力支配情緒，才是眼下更貼近現實的想法。這時候我總想起宮澤賢治的《不輸給雨》，不要求勇者無懼的勇，不存過分樂觀的期許、也不抱消極悲觀的心情，就如詩中那樣樸素、平靜、堅持，純粹為「我想成為那樣的人」而努力。再傷感也不讓時間被偷走而退步，在風浪中站穩、撐下去，直到未來，下一次再見。

放風

黃怡

巴士經過中藥房，透過車窗，阿偉看見店內的口罩價格開始下降，回到疫情前的六十元，不，五十元一盒。那次在尖沙咀路邊的散貨場，還見過賣二十蚊一盒呢。去年年頭疫情剛開始時炒到五百元一盒，現在似乎變成賣不掉的「蟹貨」了。藥房旁邊那間機鋪，是什麼時候重開的呢？他記得今年農曆新年時，那間因政府的抗疫政策而被迫停業的機鋪，居然化身年花特賣場，好多蘭花、年桔擺在用金色布料隔開的遊戲機前，魔幻至極，還上了新聞。後來過了年，不能再做年花生意，機鋪又再在鐵閘外掛出「我要生存」、「我要營業」、「我要就業」大字報，但當然不能改變什麼。現在似乎放寬了，機鋪又像什麼事都沒有發生過那樣打開門做生意，讓裡面的遊戲機燈光閃啊閃，靜待客人把錢幣投進機器裡。被禁止營業的店鋪漸漸獲准重開，應該是好事吧。阿偉坐在巴士上層穿過鬧市，數著疫情確實地消退的各個指標，感覺自己已經在飛機艙裡扣好安全帶、豎起椅背，再過不了多久，飛機就會起飛，帶他和其他所有人一起衝進廣闊的天空，在自由自在的旅程裡呼吸難得的新鮮空氣。

可是他今天才剛和阿媽吵了一架，今晚回家時都不知道該怎麼辦。以前阿偉和阿媽吵架之後，基本上都不用和好的：吵完了，雙方冷戰幾天，阿偉放工後不馬上回家，盡情約女朋友吃飯看戲、約朋友打波飲嘢，到深夜阿媽睡了才回家避避風頭，過兩日就會等到她又去大陸玩，那就自然而然地不用道歉或是示好。到阿媽玩夠回來，兩人又可以若無其事地回復平常的關係了。但現在不行。現在還未可以免檢疫去大陸，他和無法每星期去大陸玩的阿媽就每天在家裡日對夜對，由疫情開始到現在，都不知道吵過多少次架了。而今次真的，真的吵大鑊。幾個月前新聞一說香港有疫苗可打，阿媽就馬上說要去打疫苗，因為想打完過關去大陸，鄉下有個誰快要結婚，請她去證婚。他說，大陸政府從來都沒說過打了疫苗就讓你不用隔離入境，你那麼心急地一廂情願有屁用。她說，證婚可是很重大的事，在我們那裡，證婚人可是最受尊敬的人才能當的。他說，你以為你這種師奶仔真的有那麼重要嗎，分明是想你從香港幫她買金帶回去才邀你去，搵你笨之嘛。她說，你那麼沒人性，人家結婚一世人一次都叫我去。他說，醫生都說有高血壓的人打疫苗很危險，你不去那些鄉下佬的婚禮真的會死嗎？她說，你老母我都係一個鄉下婆啊，打疫苗又死唔打又死，無得番大陸悶都悶死啦，不如打咗佢。他說，那你先寫了遺囑，把資產算一算，把人壽保險的資料也給我，才去打針，免得你打完暴斃了還留下一堆手尾要我跟。她說，你個衰仔，淨係識得咒我死，咁鬼惡毒，早知我一生你出嚟就捏鬼死你。那樣的爭執，每隔一個星期就進行一次，每次她提起要打疫苗，他就叫她去找律師寫遺囑；每次他給她看新聞說哪個中老年人打完疫苗後死亡，她就叫他不要再咒她，又說，政府專家都話，係啲人本身就有病，唔關疫苗事。這樣來來回回吵過好幾個月，讓阿偉不得不常常到女朋友家避風頭，連和她家人寒暄的話題也早就用光，結果呢？阿媽瞞著他，自己跑去打了疫苗，今天她才告訴他下午她要去打第二針，而且好打唔打，就是打了他反對她打的那款。他氣得都不記得自己罵了什麼她。她說，唔打都打咗啦，你咁多嘢講做乜啫？他氣到摔門離家之後，才想起他也許應該留下來，對她說，從今天起他要每日在家陪著她，萬一她因為疫苗而暴斃，他都至少可以見她最後一面、吃最後的晚餐。但他知道要是他這樣說，她應該會衝過來打死他，而且，他都已經出門了，再回去繼續吵架，也沒有想像中那種氣勢了。

阿偉望向前面的椅背，看見被人撕掉一半的貼紙，留在椅背上的碎片寫著「二〇一九冠狀病毒病疫苗接種計畫」[1]，有兩枝卡通針筒在對著他笑，配色和圖樣都四平八穩得明顯是政府公務員設計的。到底哪個無公德心的人打完疫苗後把政府送的貼紙到處亂貼？他看見了就覺得煩，想把剩下的半張貼紙也撕掉，但是想一想，又不想碰不知道誰人碰過的貼紙和椅背。雖然疫情已經漸退，但始終還是未完全安全，就算終需要死，也不想死在半張貼紙之上。巴士停站，阿偉看見車站的廣告，又是政府在叫人打疫苗，海報上有扮演阿爸阿媽阿爺阿嫲和阿孫的演員在擋開卡通病毒的泡泡中燦爛地笑，上面寫著：護己護人，齊打疫苗。他看見海報角落又是那兩枝卡通針筒就很火大。新研發出來的一切藥物和疫苗，都需要很長時間、很多數據才能知道是否真的安全、有效，有哪些副作用，長遠會不會引起健康問題和後遺症，為什麼阿媽一想到有可能可以免檢疫通關就跑去當白老鼠？平時她買棵菜都驗屍咁驗，為什麼關乎打針這種大事反而就不能至少多等一陣子、觀望一下，只要有個他連見都未見過的人說請她去婚禮，她就連自己親生兒子反對都不理，自把自為偷偷去打針？不去旅行真的會死嗎？

他看見窗外的藥妝店就嬲。在疫情之前，阿媽常常傳給阿偉一張張化妝品、護膚品清單，說她唔識睇英文、叫他幫手買，他特地去她指定的藥房逐項核對才買齊，明明是化妝水還要分什麼清爽型滋潤型美白抗皺型，面霜、眼霜、防曬霜、妝前底霜又是千千萬萬種，明明其實來來去去也是同樣的化學藥水加點色素香料就賣到貴一貴[2]。買了回來，阿媽又逐項驗屍咁驗，問他是不是買對了，傳了照片去大陸又說鄉親說平常用慣的那款瓶子不是這樣的，你到底有無睇清楚啊有無買錯啊係咪呢隻咖。他說，人家換包裝了不行嗎，而且就算買錯了又怎樣，不化妝會死人嗎，她就說，咁大聲做乜，我也不過是問一問，買錯了多不好意思，他們在大陸買不到這些東西，一直要我幫手啊。他想，幫人買、幫人運上去，還得不好意思？你欠了他們的嗎？你開善堂的嗎？他甚至不知道那些叫她買這買哪的人，會不會把代購的錢還給她，還是她直接很慷慨地把一切都當禮物派通街，連同她擔擔抬抬的力氣和他幫她採購的時間一起送贈。那麼喜歡當偉人，留在香港捐錢給慈善團體助養非洲兒童不就好了嗎，有必要這樣貼錢買難受、幫人走水貨嗎？就是為了番大陸見這種人，就算可能會死都要去打疫苗嗎？

也可能不只是這樣的。有時候她心情好，會把她在大陸遊山玩水的照片傳給他，站在什麼古蹟或庭園前面，和穿傳統服飾的什麼少數民族女子一起跳舞，和一群他見都沒見過的什麼鄉親在一整桌飯菜和酒水前合照，把她簇擁在正中間，平時在香港都不見她這種見牙唔見眼的笑容。阿媽總說在上面消費都很便宜啊，十幾蚊就可以吃到好飽，幾

---

1 香港政府將 Covid-19 翻譯為二〇一九冠狀病毒病。

2 廣東話中，有「賣到那麼貴，有那麼了不起嗎？」之意。

十蚊剪個頭髮，按摩也不過百幾蚊，個個當你皇帝咁服侍啊。以阿媽那種連他用多一點洗頭水都會被罵的慳家性格來說，在香港，她怎麼可能捨得花三、四倍價錢去按摩，平時連買件幾十元的衣服都思前想後，她甚至會罵阿偉不肯讓她幫他剪髮、又不肯跟她回大陸去便宜的髮型屋是浪費金錢。阿偉每次都說，係得你呢啲無見識、無美感嘅人先會比人亂咁搞你個頭，她就會說，我都唔知點解我會教出你呢種狗眼看人低嘅敗家仔。阿偉自覺和他阿媽完全不是同一種人，在香港，他總願意每個月花三百五十元確保髮型精緻，而和女朋友去吃頓好一點的晚餐，兩個人就吃掉了七百元。但也算低吧？那天女朋友知道他要帶她去尖沙咀吃西班牙菜，特地穿了件最近流行的方領上衣，在浪漫的昏暗燈光下把白白軟軟的胸部框了起來，讓他整晚都小鹿亂撞，不管那頓飯吃了多少錢都覺得快樂。而那間店旁邊的著名上海菜館，曾經三次爆出有確診食客曾經到訪，但每次都在自行停業十四天後重開，還是那麼多人去吃飯；他經過時看見那裡的員工，仍然是那批老伙計，還把手指伸進口罩裡捽鼻，熟客也見怪不怪。看來疫情第二年，大家已經都不怕死了，像是阿媽，為了可以通關，都把自己的命賭上去了。

他把視線移向窗外，看著巴士繼續往女朋友的家進發的路上，少了很多藥房，多了很多被地產經紀廣告貼得滿滿的空鋪，明明這可是城裡最繁忙的街道之一啊。他常常坐車經過這條街，卻想不起那些店鋪在疫情之前是賣什麼的了。是藥房嗎？賣小熊曲奇的嗎？海味鋪嗎？珠寶鐘錶嗎？他記得那個以前是金鋪的地方，現在有疫情後才湧現的口罩廠賣著各種款式的七彩口罩：以前那間金鋪裡總是那麼多人帶著不知哪來的那麼多錢買那麼多金飾，沒想到現在連金鋪都做不住了。原本總聚在跨境巴士站前拖著大包細包的旅客也不見了，如果通了關，阿媽應該又會是其中一分子吧。巴士經過的名店裡空空的，售貨員無所事事地站著，阿偉想起早前女朋友說，專櫃品牌的化妝品一直割價大平賣，去買東西時，售貨員的態度都好得不得了，真不習慣。那時候他對女朋友說，其實你不化妝都很好看啊，而且不管你塗什麼東西在臉上，最終還不是會被我吃掉。女朋友聽了，就紅著臉搥打他的心口，不過那天稍後，她還是讓他吃掉罩在她口罩下的全部唇膏和胭脂。女朋友喜歡用閃閃亮亮的眼影，春天就用櫻花粉紅色，夏天就用草莓棉花糖粉紅色，秋天就用焦糖蘋果粉紅色，冬天就用節日限定粉紅色，其實在他眼中看來，全都是閃閃亮亮的、差不多一樣的粉紅色，但他很清楚知道，要是他得罪她的化妝品，他就無運行了。每次女朋友問他覺得她今天有什麼不一樣，他都看不出她臉上那些根本千篇一律的粉紅色顏料有什麼特別，但他總會說她今天的妝容很有季節感，很脫俗、很精神、很適合她的氣質和風格和今天天氣，總之用一堆抽象而無實指的字讚她，裝出對她的妝容觀察入微的樣子，通常就可以過關。在疫情期間，他常常跑到女朋友家去無所事事，看她喜歡的韓國綜藝節目，聽她說想去韓國狂買面膜，還要穿韓服、狂吃韓燒和炸雞和人蔘雞，要去看韓劇裡出現的那些場景，去買明星商品，還有那麼多那麼多便宜的流行服裝。他每次都說，好好好，等通關了，就和你去韓國，明明其實不用通關，她在香港已經買了一堆韓國化妝品、護膚品，而且每隔幾個月，總會拉他去叫他給意見，問他應該買粉紅色、粉橙色、酒紅色還是裸膚色的唇膏。其實對他來說，世上所有唇膏都是一樣的，而只要女友高興，無論要他說什麼都無所謂的。所以他總會說，每一款看起來都很好吃，讓她又紅著臉打他的上臂，然後開開心心地又買下一堆明明差不多一樣顏色的化妝品，繼續讓他在她房間裡，試探她願意讓他把她吃到什麼程度，接著才會因為顧慮門外的家人而把他推開。巴士經過某政黨主席掛在路邊欄杆的橫額，上面寫著：「儘快與內地通關，重啟經濟」。阿偉想，港女買韓國化妝品的經濟什麼時候有停過？甚至是因為封了關，街上少了旅客，他才對於陪女朋友選化妝品這件事，多了一點能振興香港經濟的耐性。

想起巴士到站後就能見到女朋友，阿偉的心情好了那麼一點。通關之後，他就可以和她第一次去旅行了。他是她的第一個男朋友，她卻不是他的第一個女朋友，每次她想起他曾經和前女友一起去過日本旅行，她就總是那麼妒忌。可是那都是發生在他和她認識之前的事，而且一起去旅行是再平常不過的情侶之間的事，他又有什麼辦法呢？每次她對過去的他吃醋，他都只可以說，好啦好啦，係我唔啱，等通關之後，我們就去旅行。明明又不是他帶來的疫情，又不是他封了全球的關不讓她跟他去旅行，更加不是他不願意有和她在同一個房間裡過夜的理由，不過無所謂，也不過是道個歉吧。她又會問，通了關之後，你會想去哪裡呢？他知道正確答案是她想去的韓國，但他也不確定韓國的疫情是否已經消退得足以讓他安心。早前政府一直說想和新加坡搞「旅遊氣泡」，但每次到了預定開通的日期，香港或新加坡就會爆發新一波疫情，一再篤爆「氣泡」、讓大家仍無法出境放風，而世界仍在過著各種不同的疫症生活：印度的死亡率高得連火化遺體的柴都不夠用，美國商人在狂派優惠鼓勵國民打疫苗，臺灣的疫情一直控制得很好但又忽然爆出一波社區感染，日本有調查說大部分受訪者同意取消東京奧運會，英國聽說快將解除封城令、重新容許人們擁抱了。世界各國的疫情那麼不一致，就算通了關，他都不知道他敢不敢馬上去旅行。還是連他都應該去打疫苗，只是為了能安心地和女朋友一起去旅行？旅行目的地是什麼好地方，才值得他冒著諸如面癱、血栓、甚至死亡的風險，去把面世才不足一年的新疫苗無法逆轉地打進體內？還是其實，無論目的地是哪裡，他都必需要打針，除非他打算冒著分手的危險讓和女朋友一起去旅行的承諾落空？其實女朋友想不想打針、如果想打會打哪一款？如果她也想打他不認同那款疫苗，他敢像罵阿媽那樣叫她不要做傻事嗎？如果她想打他認同那款疫苗，那他也要陪她一起打嗎？然而如果他也跑去打針，他今天和阿媽吵得那麼僵，又要怎樣下臺呢？阿偉又看見前面椅背上的貼紙，藍色的針筒有著男性化的粗眉並鼓起二頭肌，紫色的針筒有著女性化的幼眉，叉腰拿著盾牌，這兩隻卡通公仔，根本就是在要脅他。他氣得用指甲把貼紙從椅背上刮了下來，貼紙的背膠殘留在指甲邊的縫隙裡，黏黏黑黑的，怎麼擦都擦不掉，等一會又要向愛乾淨的女朋友解釋了；而巴士繼續向前駛去，經過更多賣口罩的新店鋪和叫人打疫苗的政府廣告，繼續把阿偉推向他無法逃避的前方，不打算停下。

輯二、

愛在瘟疫蔓延時

愛在瘟疫蔓延時

廖偉棠

在茶店
他只是輕輕輕輕觸撫
想把一點愛移進皺紋和肉褶裡
沒想到移動了整座島嶼。

其實移動的，是檳榔
回到五十年前少年的初夜
尚未包裹石灰的那顆顫抖喉結；
是黃金回到細腰的後半夜。

蜂群如風起的黃昏，他拍死一隻

在茶杯或者歌唇的旁邊
暮色又蜚短流長了
他的尾指沾了酸掉的蜜。

現在他隔離在失眠女兒和情人的夢裡
我又隔離在他的衰老之中
如一股衰蘭
騰雲之氣

我開門，像疊起一把還淌著水的傘
疊起她，捲入那張停刊的報紙
她消毒過的蒂依然不斷開出花骨朵
心形、也冠冕。

——二〇二一・五・一六

殘響

吳俞萱

每次妳伸手
指著裂縫笑
我就發火
以為妳在傷口上
啟示死亡

妳從不回話
轉身去接
一整天響不停的電話
聽他們墜落不死

餘後的殘響

沒有人把妳當人看
我拔掉電話線
轉身妳接回
默默栽入
他們的哀鳴
願自己碎成夠多的片數
任他們分食

四分五裂之際
妳不忘去藥局排隊
妳說，今天
是我，明天換妳

疫情還沒結束
妳就死了

妳按時買回家的兩片口罩
堆起來
比妳的骨灰罈還高

那天傍晚妳說
我要睡了
隔天清晨七點十九分
妳不再醒來

我在手機上的鬧鐘
設下妳斷氣的時間
每日我在那一刻醒來

戴上妳買回的口罩
去過我墜落不死的人生
分食妳
餘下的殘響

此刻我坐在妳的書房
看妳裱框掛在牆上的唐卡
左腳盤坐的綠度母
向下伸出右腳
踩在一朵蓮花上
隨時要去救渡
受苦的人
而大地裂開
尖刺的破口形成一列觸手
揮舞恭迎

地底湧流而出的大水
緊貼自己的曲折

從不回話，妳笑
因為下一秒妳轉身跳下
化成水
握住裂縫的手

妳眼中沒有傷口與死亡
妳無法不為全新的地貌
露出笑容

來世
對我發火吧
讓我早一點

從自我的殘骸醒來

——寫給我的母親吳蓮娜

如何測量插管的深度

洪明道

1.1

一個住院醫師的養成中，總要學會插管。

插管，正式名稱為氣管內插管，臺灣的醫院裡簡稱endo，近年來又被叫做煙斗，動詞on endo。

「來來來，插管有哪些indication（適應症）？」

如果你是二〇二一年的住院醫師，在傍晚的交班會議裡，時常有資深總醫師這麼問你。所謂值班，是指從早上八點工作了一整天到下午五點，仍然留在醫院過夜處理住院病人。直到隔天早上，你才有下班的可能。

交班會議宣告了值班的開始，住院醫師們向總醫師報告手上狀況不理想的個案，儘早做出應對措施。大家都希望病人穩定，可以睡個幾小時安全下莊。

「那個……病人意識不好、呼吸衰竭、呼吸道阻塞，還有……」

阿乙醫師畏畏縮縮答道。我們猜想，他可能是PGY醫師，也就是剛畢業接受一般醫學訓練的菜鳥。阿乙醫師聽說，這樣的訓練制度起源於十八年前的一場病毒大流行。

「還有？」該名學姊眼神銳利。

「還有……還有血行動力不穩定像shock（休克）、高二氧化碳等。」

阿乙醫師成功的把從書上硬記下來的背誦出來，鬆了一口氣。

「你答得很好，祝你遇不到，我看你體質還不錯。」

「學姊，先別這麼說。」

那像是祝福出征的士兵武運長久一樣。

初入醫院時，阿乙覺得什麼都很新鮮。見習時，他已經被稱為醫師，但大部分時間他只是看。看主治醫師匆忙地走來，看眾人團團圍著手術臺的無影燈。「趕快去玩，享受人生」，學生時期仰慕的學長見他六點還在護理站，這樣對他說。然後，學長的公務手機響起，他便趕忙去處理病人，離開了護理站。

等輪到他領公務手機，成功放進第一支鼻胃管時，才覺得自己有用了起來。剛開始值班，同學們聚在一起分享各種風風火火的經驗，便當擱到晚上十點才吃、半夜三點病人要求開安眠藥、安撫因為譫妄在走廊上逛大街的婆婆。遇上病患過世，有些人還會在社群軟體上寫下感性長文，慨嘆人事無常。

現在的他，只希望手機安安靜靜。

2.1

夜晚，監測器的聲音在病房裡迴盪。

護理師雅惠發現阿嬤昨天還好好的，今天卻愈來愈喘。她將氧氣已經上調到面罩，腹部仍然起伏著。

她趕緊請實習的吳醫師到床邊去看，心裡懷疑著這個實習醫師是否值得信賴。吳醫師在病床邊站了幾分鐘，看情況不對，走回護理站去，查閱貼在白板上的值班表。

四月二十八日，今天二線支援的是林醫師，據說是個不錯的學長。

「嗶嗶嗶……嗶嗶嗶……」

和弦音效從值班室的木門發出來，悶悶的。

也許林醫師正在上廁所，或者躺在床上小憩片刻，無論如何，他都趕緊抓出call機接了起來。在電話上，吳醫師不換氣地講了一長串病人的病史，聽起來不妙。

「會不會是那個？」吳醫師問。

「那個……SARS？」

「嗯。」

「看起來不像，病人因為泌尿道感染住進來，吞嚥能力不好。現在痰多，可能是吸入性肺炎。」

雖然畢業不久，過上這樣值班的日子也一年有餘了。林醫師也經歷過這樣的時期，實習時總會因為最近看到什麼資訊，就猜想病人會是那種疾病。而這陣子大家最常討論的，就是從境外來的未知疫病。不過，個案多集中在北部，病人年紀這麼大不會是臺商。他想，這就像之前無數個值班夜一樣，沒什麼好怕的。

「阿嬤、阿嬤，你敢有聽著？」

他在病床邊，對著病人大喊。阿嬤只稍微動了眼皮，他便朝著她的乳頭使了一點力。還是只稍微動了眼皮，手輕輕撥了一下。

他把聽診器靠在病人胸口，聽見潮水一樣，呼嚕呼嚕的聲音。

「準備來on endo！」他對雅惠護理師說。

過不久，阿嬤身旁已經圍滿了儀器，病床也被搬動了。較資深的總醫師收到通知趕了過來，站在床尾觀看螢幕上的血氧濃度。

林醫師看了總醫師，總醫師點了點頭。

「學長，讓我來on。」

林醫師對放置鼻胃管、尿管已經有些厭倦，好不容易有機會可以做進階的處置，當然得把握住。

他蹲著，左手持喉頭鏡，伸入阿嬤嘴裡。深夜裡，他的瞳孔放大了起來，他看見許多痰、口水和腫脹的粘膜。阿嬤咳了幾下，唾沫飛散在空中，舌頭劇烈擺動。

看來是沒辦法一次成功了，他站起來休息一下。

沒多久，他又將身子蹲了下去。這次，他的手更加用力，把病人的舌頭往上頂住。然後，他看見兩片乳白色的聲帶，V字型一樣在視野中央。

就是它了！

就在要將endo放進去的瞬間，他看見舌根猛然縮了起來。他手一偏，嘔吐物從視野中央噴出來，褲子濕了大半。

是個困難插管的個案，實在沒辦法了。總醫師親自上陣，他在一旁幫忙遞物。期間，call機仍不斷響起，待辦事項累積愈來愈多。等到插管完後，他步出病房要去處理下一件事情，才發現褲子上的嘔吐物已乾成了蔬菜餅乾的樣子。

他心想，還真是個不平靜的夜晚。

2.2

忙了一整晚，林醫師仍然還有病歷沒寫完，只有等電梯的時候可以稍作休息。他從醫院的玻璃窗眺向外頭，陽光照在行道樹上，樹蔭遮蔽著機車騎士。早晨街道的紅綠燈前滿是通勤的汽機車，像無數個細胞停留在血管內。幾秒後，車子一起動起來，遠離醫院的方向流入市區。

馬路的另一邊是湖水，顏色若像故鄉好天時陣的海。

車流中的騎士有些戴了口罩，大部分沒有。不遠處有個小學，汽車沿著學校的紅磚人行道停靠，機車則都堵在正門口，讓通暢的車路慢了下來。後座上的孩子一個一個躍下，手上的便當盒咚咚作響。

「媽，我還沒有量體溫耶！」

一個孩子往前走了幾步，才又想到，趕緊回去叫還在機車上的母親。

三六．三度，母親隨手在他的聯絡簿上寫。

新聞裡說的那個怪病，是只有北部才有的吧！

直到湖面上的太陽轉成黃色，林永祥才步出醫院，走回只有幾百公尺遠的宿舍。他再次感受到外頭的空氣，也許是初春的關係，路上吹來的風有點冷。

回到宿舍，他沖洗了一下，爬到上鋪的床位便睡著了。明天還要上班呢。

這樣工作了一、兩天，醫院告訴他，不用來上班了，到隔離宿舍那邊去休息吧！

也好，能得到幾天的空閒，他這樣安慰自己。在一個人的房間裡，他嘗試著要念點教科書，雖然認得書上文字的外殼，卻一點也記不進腦袋裡。湖水平靜，車聲翻過圍牆進來，他偶爾和自己說話、吃飯、看看電視。主播整天說著疫病的新聞，臺北有愈來愈多醫院出現案例、防水隔離衣不足護理師只能穿布料衣上陣、封院的醫院有病患自殺了。

林永祥告訴母親、太太千萬不要來探訪。值班那天插管的阿嬤，應該是從臺北轉來的。

他察覺到身體愈來愈疲倦，在椅子上聽新聞也支撐不住。

他的眼皮微微震顫，像在做夢一樣。

看見故鄉的海岸了嗎？堤防圍著海濱公路，父親還沒把機車停妥，他就奔向堤防，跳著階梯向上。登到堤頂時，腳底下就是沒有邊際的海。堤防到海之間，只有短短幾百公尺的沙灘。他把鞋子拎起來，沙灘上多了一路嬌小的腳印。

這時，阿爸才剛爬到堤頂。但阿爸沒有走下沙灘，只是在高處看著他遊戲。年復一年，這片沙灘已經退縮了許多。

再大一些，他每天要走兩回這條海濱公路，卻沒有興致停留了。大部分是阿母載他，偶爾是阿爸。

國小導師來家庭訪問時，對他的表現稱讚了一番。阿母來不及準備什麼請老師吃，桌上還擺著指甲刀來不及收。「可以去臺南念書啊！」老師這麼說，鄰居們也都這樣告訴她。她不知道老師到底是認真的，還是只是場面話。

臺南和茄萣，不遠也不近，搭公車到學校將近要一小時，騎機車只需二十分鐘。後來他練就在機車後座上睡覺的功夫，急煞或啟動時，都能自然調整重心。這條路直直通往升學，通往美好的未來去了。

他忽然又看見自己的腳凸出床欄，躺在一張狹小的床上。是一間值班室。他時常夢見自己在急救、忘了開藥、沒接到手機，早已熟悉這樣的場景。不過，這間值班室長得和醫院的不太相同，桌上多出了一片薄薄的螢幕和電腦主機。

推開值班室的門，他看見長長的走廊，一間病房門口擠滿了人。護理師並沒有在發藥車上，而是在那間病房進進出出、打電話。看來病人狀況不太好，護理師們都太忙了，沒時間搭理他，看也不看他一眼。

他朝那間病房走去，想一探究竟。在人群中，他看見一個穿白袍的背影，身型不高。那個年輕醫師戴起防護面罩，從床尾走到床頭，並從護理師手上接下了甦醒球，罩在病人臉上。病人身形結實，看起來年紀不大，但是甦醒球遮住了病人的臉，看不清病人的樣子。

他將頭湊了上去，眾人一樣無視他的存在。他踮起腳尖，從肩膀、氧氣管路、心電圖線路的縫隙之間望了過去。

那是我嗎？

好冷。

是不是窗戶沒關？他睜開雙眼。

他從抽屜裡翻出體溫計，量了自己的體溫，三八·四度。

1.2

才剛離開交班室不久，阿乙醫師的手機就響了。護理師說，有個病人血壓持續低，補過點滴仍然沒有上來，看來是要休克了。

一定是學姊的祝福應驗了！

即使毫無根據，然而在難以預料的病況中有一點可把握的迷信，多多少少能安撫人心。就像相信鳳梨酥會讓病患出狀況一樣。

他記下病床號碼，趕忙走到那裡。

是個四十來歲的年輕病患，家屬應該會救到底，得趕快準備插管、放置中央靜脈導管了。他請護理師趕緊聯絡病患的親人，並打給總醫師學姊。她在電話那頭說她會儘快趕到。

護理師將急救車推了過來，把血壓、血氧、心律監測器都接到病人身上。阿乙戴起了防護面罩，從床尾走到床頭，拔起床頭板。Ambu來，他說，然後從護理師手上接下了甦醒球，把甦醒球罩在病人臉上。

阿乙在心中默默打著節拍，一、二、放，一、二、放。

病患胸口隨著甦醒球起伏，呼吸時發出規則的潮音。

要等到學姊來嗎？還是自己先試試？

看著病患的血氧逐漸穩定，他自己好像有了點自信，決定嘗試一下。

他打開喉頭鏡，左手手持握把，伸入病人嘴裡。深夜裡，他的瞳孔放大了起來，他看見許多痰、口水和腫脹的粘膜。兩片乳白色的聲帶，V字型一樣在視野中央，好像就是它？

他彷彿聽見背後有聲音告訴他。

「就是這個。」

2.3

林醫師發燒後，一行人穿著隔離衣將他從宿舍送到隔離病房。他身體還行，堅持自己用走的，走進平常上班的地方。

頭幾天，他感覺喉嚨腫脹、全身痠痛，他告訴自己只是小感冒罷了。過兩天，吞了好幾顆退燒藥高燒仍不見好轉，咳嗽愈來愈嚴重，肋間的肌肉也咳到痛了起來。他沒辦法做什麼事，整天睡睡醒醒。

護理師原本要替他戴上氧氣面罩，他接下面罩自己戴了上去。過一陣子，他覺得舒服了些。每個護理師都穿戴著全套防護衣，看不清楚他們的眼睛。起先他們都不太說多餘的話，後來他們會告訴他今天的天氣狀況，或者說一些給他信心的話，像是「你打棒球的，身體應該很強壯，撐得過去的」。

病房沒有窗戶，分不出來白天還是晚上。偶爾，他會猜現在幾點，問前來的護理師他猜得對不對。醫院架設了監視器，大概是為了減少護理師出入的頻率，也緩解家屬的憂心。

那天值班一起執行插管的護理師，聽說住到隔壁病房了。

阿母到年年預測漁汛的媽祖廟，為他祈得一張平安符，只能託護理人員送進去給他。

他開始成為新聞報導的對象。謠言說他病況惡化，院方出面駁斥。哪些是真的？哪些是假的？眾人各自猜測，記者潛伏在封院之中帶出末世一般的故事。醫護人力嚴重不足，小兒科、婦產科、皮膚科等各科醫師都被要求要照護SARS病患，但是插管屬於哪一科醫師的職責，始終搞不定。

氧氣面罩的效果減弱，他又喘了起來。供氧的氣流聲愈來愈響，吵得他無法成眠。

照這個狀況，他知道自己不插管是不行的了。

大家都穿著隔離衣，他分不出來誰是誰，只感覺到有手在拍打他的胸口。

「林先生、林先生，有聽見我的聲音嗎？」

他的瞳孔漸漸縮小。他覺得世界開始縮小，是也有些茫然，卻迷迷糊糊得很放鬆。耳邊沙沙作響，他彷彿聽見熟悉的海潮聲，海浪從沙灘退去，氣泡從沙子的縫隙奔跑似的浮出來。

然後，嘴巴有東西伸進來了，是要插管了。

1.3

放完管路後，阿乙的手一邊抖一邊拿起胸前的聽診器，確認自己放的位置到底對不對。

他聽到沙沙的、微弱的風聲，和起伏不定的潮水。

「學姊，我不太有把握插管的深度對不對。」

另一支聽診器也放了上去，學姊側著看著螢幕上的藍色數字。

「去照一張胸部X光吧！」她說。

「嗶！」

放射醫檢師推著行動X光機，來到病床邊，按下照射鈕。

從螢幕上，我們可以看到氣管以白色的線條再現於液晶螢幕上。關於本篇小說標題所提出的問題，可以在各大醫院住院醫師手冊中找到答案。

不過，當映像管螢幕上出現一群醫護，圍在負壓病房病床周圍，為林永祥進行體外心臟按摩時，沒有人知道我們是否做得太多，或者太少。

經過幾年的睡眠不足，當年的實習醫師漸漸有了積蓄，站穩在醫學中心、醫院或診所的位置。儘管醫院的事務繁重，空檔時偶爾還能討論該買哪支股票、哪裡的房子，有很久沒有插管了。煩惱也許是評鑑、論文或是怎麼維持門診量。那些是必經的過程，這些是可以測量的軌跡。

彼岸的信鴿

連明偉

埋設在南洋
我底死，我忘記帶回來
那裡有椰子樹繁茂的島嶼
蜿蜒的海濱，以及
海上，土人操櫓的獨木舟……
我瞞過土人的懷疑
穿過並列的椰子樹
深入蒼鬱的密林
終於把我底死隱藏在密林的一隅
於是

在第二次激烈的世界大戰中
我悠然地活著——

〈信鴿〉陳千武

如此晴朗的日子，想必很多人都活了過來，也將一一死去吧。

海濱蜿蜒毗鄰太平洋，浪潮一波一波漲退，生活漸次遺失指示。內向似的居家，避開時間的校準，像是一條血管與另一條血管悠然錯開。九點半，看了一場全國防疫會議會後記者會；午後從兩點開始，進入另一場中央流行疫情記者會。南北區域首長，端視情況增開緊急會議，說明各地的感染人數、應變措施與相關心理衛教。有人缺氧暴斃，有人重症插管，有人裝設葉克膜，一批一批病患無法送至醫院治療逝於屋宅。這些案例原先只是聽說，直至親友一一患病，才知道這不僅只於聽說。心情逐漸麻痺，當初詫異，如今卻能平淡以對，彷彿早早得知必然的命運。

怎麼會這麼脆弱？心中忽然浮現這樣的念頭。央南注視拿著酒精瓶消毒的妻子，荇戴著一次性手套，仔仔細細在裝滿蔬果的帆布袋、風衣、長褲與鞋子噴灑酒精，慣性且謹慎，憂愁且擔憂。洗手，洗臉，洗滌全身。荇沖完澡，走回廚房，央南戴著口罩走至妻子身後，準備聊聊適才電視播放的疫情消息。荇轉過頭，收斂面容說：「聽說新的疫苗要來了。」

央南沒有回話。

心中時常覺得，其實我們已經死過，生生死死了好幾回。

「把口罩戴上吧。」央南說。

荇瞥視一眼，搖搖頭，「沒必要，新的疫苗要來了，可以自在些，而且我怕你忘了我的樣子。」

央南略微吃驚，好似妻子說中內心深處的暗語。

「我們之前都打過針，不要緊，我等一下就戴上。」荇說，「你去休息，量體溫了嗎？發燒要說。」

央南的左手觸碰額頭量測體溫，臨時想起什麼，「早上的時候，我看見老父回來了。」

這次換苻沒有回話。

老父說，打猴子針。初始，等不到輝瑞和莫德納的mRNA疫苗，不相信滅活疫苗，只能選擇少量的AZ疫苗，將猴子腺病毒打入體內。無人得知，爾後病毒急速變種，加速擴散，早已遠遠超越疫苗研發速度。老父當時笑著表示，之後一定會開始接種不同動物的不同病毒，身體好像變成了動物園。疫苗搭乘飛機，飆速抵臺，卻始終快不過死亡緩慢襲來。何況，輾轉購來的疫苗，都是政府私下以高價向世界各國購買的即期品，實際功效可能遠遠落後再三進化的變種病毒。一次一次接種，一次一次承受發燒、咳嗽與畏寒，乃至各種難以預測的新型病徵。擴大疫苗的接種率——政府的內宣，人民的捲袖，藉此自欺，偏遠的孤立島嶼沒有被世界遺忘。

只是被彼此遺忘。

疫情來得太快，未來的命運即刻改變，遺忘彷彿也失去意義，成為空白，日日填滿染疫、死亡與變異病毒株的Ro值數字。央南額頭滲出薄薄一層汗水，瑟縮發抖，忽冷忽熱，全身肌肉擰絞痠疼無法動彈，時而緊裹棉被時而攤開散熱，昏昏沉沉，意識不斷往湖心沉降。意識清醒時，趕緊吞下退燒藥，等到藥效發作，才有辦法短暫恢復活動。種種一切，強制抹除往昔，迫使日常成為真正具有意義的日常，央南覺得，說不定這是病毒的恩賜，徹底瓦解人們意識時間、自我與現代文明的方式。島嶼的人們都戴上口罩。最初利用圍堵隔離，有效控制疫情，爾後失控，拖延再三終而決議封城。兩到三個禮拜，封城解禁，疫情隨之加速擴散，區域續而封城反覆來回。不知從何時開始，封城與否不再具有意義，人們留駐厝內，等待漫漫無邊的解禁之日。

離家的人沒有回來，不是遺忘回家的路，而是刻意遺忘回家的路。

解脫，鬆綁，斷絕似的離別遺贈。

老父染疫的日子，央南和荇不論居家外出，緊緊戴上口罩，不敢絲毫鬆懈。醫院滿了，接受指令原地待命，照顧的重責大任自然落在家人身上。急救物資不足，醫療專用的藥物、氧氣、血氧機與呼吸器價格，早已飆升數倍。房間鎮日傳出老父咳嗽的聲音，夾雜夢囈，長長短短的哭泣哀號。老父房間的窗戶鎮日敞開，保持通風，正對叢密勃生的夾竹桃。植株革質葉厚，晃漾迷人且野性的蓊綠。一叢一叢夾竹桃在老父的唾沫之中，吐出佛塔似針筒狀的細長花苞。臥病之後，老父不再眷戀手機，對外頭發生的事情十足冷漠，大把時間執意撐起上半身，凝視窗外的天空、夾竹桃與撲飛而來的落葉飛沙。「要不要再看看新聞？世界不一樣了，很多國家解封，也有很多國家再度鎖國。」央南的話語在口罩內悶響。

老父沒有回應，逐漸篩濾生命的話語。

荇放起無薪假。

老父患病，為了避免感染，央南暫時停止臺北的行銷業務，不再晨昏往返。

「我們很像很久沒有好好說話了。」央南說。

「要說些什麼？」荇思索，語句收斂浮動，「其實我們不說話也不會怎樣。」

吃過午飯，兩點，央南固定來到老父房間，打開電視，坐在冰涼床沿。記者會十分漫長，老父在指揮中心各個發言人的話語中沉沉睡去，嚴峻口吻催化睡意，本土案例的主翼，境外移入的副翼，一一穿行記憶的迴旋氣流——這一切不過是一場夢的圖謀。會是怎樣的夢境？夢中的人們是否戴著口罩？施打最新的疫苗了嗎？央南感到分外疲倦，躺在老父覆蓋棉被的床墊上，安靜蜷縮，口水濕黏濕黏流出口罩，潤滑現實的齟齬。央南看見荇，多年前的年輕妻子，肌膚一層乳色，如同木棉花迸裂的蓬鬆緊綳棉絮。孩子都還在身邊呢。兩人微笑說話，絮絮叨叨，討論之後要在家旁開闢小小的農圃，種南瓜、番茄與四季豆。央南恍惚醒來，喉嚨乾渴，頭部沉重，下腹有些久違的腫脹發癢——原來病毒也開始影響生殖器官。

老父仍然待在房間，病情起伏，時好時壞，脾氣倔強起來的時候，不戴口罩，威脅如果不出去走走，就要上吊。兩人極力安撫，甚至想過將老人家鎖在房間。老父身子反覆冷熱，無法承受自行移動的顛簸，央南受不了哀號，還是讓老父坐上輪椅出了家門。央南推動輪椅，沒有走遠，單純繞行屋宅外圍。老父說：「恁老母徛佇遐，有看到無？伊講欲排隊來去注射。咱啥物時陣會使注射？」老父看向夾竹桃，囁嚅著，黃昏赭光從枝葉篩濾下來，染上身子，血液流動似的光影，善意提醒這並非只是一場無足輕重的夢境。老父伸出手，想要撫摸枝葉，病毒唾沫隨風飄散，彷彿透過強弱不一的嘆息，靜靜餵養無所畏懼的夾竹桃。

老父說：「後擺燒燒的就好。」

打了針，一劑，兩劑，始終未能提供全然照護，只得繼續施打新型疫苗，如同候鳥來訪，鳥喙刺入體內產生些微破裂的疼痛。已經無意探究，這次注入體內的是什麼疫苗，或許只是精神上的安慰劑，就像老父尚未生病之前，時常要求小鎮診所醫生替他施打提振精神的「營養針」。央南當時不懂，為何要一次一次疼痛，如今，反倒理解知覺的痛楚，讓人有一種真正活著的感覺。家家戶戶自主隔離，浸濡親友鄰人相繼逝去帶來的憂傷，然而嚴厲封城，必定煩躁，總有一些私下群聚，甚至早早出門，搶著施打即將過期的疫苗。

沒有餘裕回想，種種記憶，都在病情襲擊的危機中流散開來。接到幾通噩耗電話？參加幾次喪禮？準備幾次白帖？已經算不清了。西裝領帶噴灑香水梳起油頭的日子，如今，都是為了告別。反反覆覆，好似參與的不再是親友喪禮，而是單純屬於自己難以言說的祭弔儀式。

姑媽染疫逝去，家祭日，央南代表出席，參與的人非常少，眾人已經對日常的死亡感到麻木。禮堂潦草，儀式簡單，親族靜默對視，點點頭，問候暫且省略。喪禮後的兩、三天，央南開始發燒。荇打了電話，接到的指令仍然沒有變化，醫院滿房，無法跨區收容病患，敬請等候通知，高燒記得服用退燒藥即可。這些日子以來，已經有了不少發燒經驗，並不陌生，好像乘著小舟漂蕩在水面燒燃烈酒的遼闊湖心，焚風陣陣颳來，都是遠方植物的餘香灰燼。只是，央南覺得這次的病毒株比往常兇猛，近乎燒上劇烈搖晃的舟楫。

病得太久，自然而然對世界失去信任，懷疑記憶的真實，疑惑腦海捉摸不定的畫面，甚至覺得在這灼燒內核之中，已經沒有抵抗的必要。

「輪到我們了。」央南全身悶燒，意識朦朧，每一個輕微動作無不內向斷折，吐出的字眼發出灼人的末世煙火。

「我知道，」荇凝視央南，「我很早就知道，你好好躺著休息。」

為了避免感染，央南從二樓的房間搬到老父的房間。房內布置簡單，長桌，衣櫃，電視，圓鐘，泛黃的老舊床墊，一扇可以看見夾竹桃狂恣生長的方窗。躺臥老父曾經躺過的位置，透過難以解釋的形式，占據另一個人的空間。許多埋藏深處的往日，挪借封鎖，前後返回身邊，紛亂細節只能片段讀取。微不足道，卻道足細微，這麼多的時光一擁而上，遂是潰散，荇在吃到輕乳酪蛋糕時的笑容，荇產子時的呼喊，荇走過海灘留下的淺淺腳印，荇伸出纖細而堅定的手，荇轉身留下的模糊影子，荇不小心流出手汗的羞赧表情，荇沉默時的下唇弧線，荇為了孩子課業而滋生的白髮——我以為妳已經離開了。

好多話想說，好多愧疚想要吐露，好多說不出口的都隱隱蓄積而不禁顫動了起來。混亂，躁動，言不由衷只好紛然空缺，如同一個字驟然失去部首。爭執難免，何況兩人早已走在各自歧出的路徑，這次是否只是方向的隨機交錯？央南立起上半身，眨了眨眼，模糊掃視房間辨識所在。荇面露驚慌站立門口，額頭滲出豆大汗珠，囁嚅著，好似等待一個解釋，一個漫長且艱鉅的回覆。央南必須說些什麼，為了此刻，為了不復存在的過往，適切填補兩人對視的尷尬：「能不能給我水喝？」

「你剛才在尖叫，你知道嗎？」荇的話語有著責備，卻又擔憂。

「我不知道，那個不是我——那個真的不是我。」央南試圖安定彼此，「我很好，給我水喝就好，拜託妳了。」

許多事情，終究是來不及挽救了吧。

企圖贖回的時光，存在過敏反應，或強或弱，一次一次喚醒內在機制。微量病毒的注入，窮兵黷武的圍剿，乃至折肱損髀的堅決抵禦。戰役已臨，拋顱獻身，毫不猶豫奮力敞開或內向閉鎖——我們沒有說好，就一一離開了。在這最後亦如最初的時光，重返親密，央南嚴謹戴上口罩，提拿圓盆，毛巾沾濕旋絞，雙腳跪落，用濕潤的毛巾慎重擦拭老父傷痕累累不再熟悉的身軀。央南覺得自己錯了，道別時，不該畏懼不該遮瞞，應該褪下口罩，跪落焚火湖心，攫取泥土、塵灰與草葉敷抹舟身。

「父親去了很遙遠的地方，而我從來就不理解他。」央南喃喃細語，雙眼渙散，嘴唇不自覺顫抖，「我不知道是否應該難過。」

荇淡漠注視央南，眼神之中，存在早已冷卻的憤恨。

這麼多年來，你該難過的。央南似乎聽見荇這麼說著，然而疑惑的是，心中不確定荇的話語是回答，還是對於自我與央南的雙向指責。

央南覺得自己沒錯，卻又覺得自己徹徹底底錯了。

午後，一股炎熱逼了上來。

苻和央南待在房間，落寞雙眼看著中央流行疫情記者會，聆聽本土與境外移入的案例。好不容易壓下的體溫，再次緩慢上升，身體一次一次被注入新的病毒。燥熱的身體受到暗示，反芻記憶，以為過去的時光施予仁慈重新來到眼前，唐突，衝動，卻又自然而然脫下彼此衣褲裸裎懺悔。央南在乞求，在施暴，在報復過去的自己。苻沒有拒絕，怎麼有辦法拒絕一直病著的人？這是同情，是憐憫，是膨脹的自我慰藉，雙腳跪落，肉身代替毛巾，輕柔擦拭央南發紅潮熱的陌生軀幹。「我記不得妳的樣子了。」央南說。苻拿下口罩，抿著唇，臉頰兩側的酒窩不知何時有了皺紋：「我也記不得你的樣子，但是我不敢說。」

很早之前，我們就為彼此戴上口罩。

體溫逐漸降下，苻安安穩穩睡在央南身旁，電視上的記者會依舊以戒慎恐懼的語調持續播放，彷彿努力溫習被塵封的生活。

「我覺得妳做的菜變好吃了。」央南坐在餐桌旁說。

「沒有這回事。」苻夾了炒高麗菜和青椒炒豬肉，配著飯，緩慢咀嚼，「你以前總嫌高麗菜炒得太爛，不記得了嗎？是病毒惹的禍吧，你的味覺變得不正常。」

「我不記得很多事情了。」央南說。

「那你還記得什麼——」荇的話語隱藏埋怨，而在意識內心無意間的坦露，反倒感到無緣由的愧疚，急忙撇過頭，拿著碗筷逕自吃飯。

兩人戴上口罩，走出大門。濱海公路的車潮少了，偶爾才有一輛轎車匆忙駛過，已被遺忘的鄉里，有著不被遺忘的荒涼。吃過晚飯，日光還是那麼亮，亮得像祝福，像詛咒，像心臟安穩的跳動。央南感到喘了，停下腳步大口呼吸。荇在前方，踅了回來，走到央南身邊默默遞上水壺。央南喝了一口水，氣餒地抿著雙唇，轉身往回。兩人回到老厝。

「我們什麼時候還要去打針？」央南說。

「再等等。」荇說，「新的疫苗就快到了，聽說這一次加入鴿子腺病毒，也不知道是真的還是假的，最近太多假消息。網路謠言，說打了新疫苗容易陷入憂鬱，還會做惡夢，我想一定是夢見自己變成了鴿子。」

央南愣了楞，複誦著，「是鴿子啊。」

央南知道自己正在重新學習物種的名稱。

來到後門，不知不覺靠向一欉一欉縱恣的夾竹桃，野蠻，蓊鬱，已結的花苞因為乾旱而枯萎。如果開了花，老父這麼喜愛湊熱鬧的人，一定會特意回來一趟，四處走走看看，央南想著。老父所植花草，央南一向不予插手，何況夾竹桃色澤鮮豔，有桃紅、淺粉、純白與鮮黃等品種，潛藏劇毒，讓人有些畏懼。不知為何，央南發現心中逐漸喜歡這樣的綠，喜歡這樣靜默的生長，不自覺撫摸枝葉，毛細孔立即警戒酥癢了起來。枝幹伸展的深綠葉子，看久了，也能看出端倪，察覺一種野放生養的韌性。

如果沒有開花，如果埋藏死亡，那麼如此晴朗的日子也就可以繼續下去吧。

苻不說話，走向前，腳步輕輕落在滿地的花苞之上。

在記憶力不及的迂迴管線中迴響

牛油小生

五個盥洗盆，五面鏡子，陳先生的五種背影，統一的藍色制服底下，伸出五雙老皺的手，弄著取紙機。

打開罩門，取出紙筒，把剩餘的紙巾接嫁到新紙筒上，轉啊轉，二十五年就過去了。新來的取紙機，出紙長度要比以前少了四分之一，說是環保救地球，其實是行情不好，管理層總能找到細節演練摳門絕技，不過陳先生打包垃圾的經驗是，擦手的人覺得紙巾變小了，每次都多拿一張，反倒浪費。半透明的白色垃圾袋每天都鼓鼓的，再充點氣就會飄起來吧，福康寧山上蔡碧霞舞著水袖，十指幫舉著一團團大氣球過場，好像兩團魔物，閃光燈，快門聲，如果用的是菲林，那還得了？現代人就是浪費。

老婆以前常罵他小氣虧大本，不是沒有道理。

想到老婆，一張肥肥的臉如今住到療養院，有專人照顧，幾好。

報社老總走了進來，照例跟陳先生打招呼，左轉再向右，站到最靠出口的第一個尿盆，灑出熱帶雷陣雨，陳先生趕緊護著相機，躲到野芋大葉底下，魚兒躲起來了，翠鳥也躲起來了，只剩下哐啷啷，瀑布。

太太還好吧？

老樣子。

那就好。

老總一邊洗手一邊禮貌地提問。這是他這禮拜第幾次問這一模一樣的問題了？吃媒體飯的人怎麼這樣沒創意。當然陳先生同樣沒創意，答案來來去去都是老樣子。其實他也說不清，老婆失智到了最後階段，對任何事物早已沒有反應，身子卻一天比一天壯，到底算好事還是壞事？人一旦沒了煩惱，好像身子自然就會健壯起來，果然身心本是相連的。老婆的一張老臉如今變得唐三彩標準仕女模樣，漂亮的女醫生每次過來都要稱讚婆婆愈來愈可愛。可愛嗎？陳先生倒懷念起老婆的潑辣，摔爛他的Rolleiflex，狠狠抽了幾卷菲林。

陳先生每天拎著紅水桶在大廈男廁間走動，裡頭盛著一個燒烤夾、兩塊抹布、一對塑膠手套、一瓶洗潔劑。每天工序：鏡子按部就班，噴一噴，擦一擦，說辛苦不辛苦。

這份工作有很多獨處的時間，不像以前躲在車底下又臭又髒。世道變了，辦公室廁所如今空氣反倒比外頭清新。每天兩班人馬，每三小時洗一次，廁所是最乾淨的地方。

你看那鏡子，裡頭的比外頭的更生動。

凝視鏡中映像，雙頰又多了幾塊老人斑，不過以他的年齡，一頭灰髮算是相當繁茂。躺在家裡那沒用兒子的頭頂早禿了一個洞，他到底遺傳到了什麼？陳先生從西裝褲屁股袋裡抽出梳子，二八分，六十年如一日。年輕那陣流行上厚厚髮蠟，每場舞會都是頭型油亮，襯衫服貼住肚臍塞，苗條的女孩隨著音樂自然就會靠過來，微醺到天明。

陳先生低下頭，圓鼓鼓的肚腩擋住了命根子，四肢瘦瘦的，就只有肚皮掛了塊贅肉，某期副刊封面所謂的「青蛙人」。他嘆口氣，年輕人的用語總讓他摸不著腦袋。擦完鏡子擦盥洗盆，兩隻手像晾衣的竹竿，掛著鬆軟的皮肉，隨著臂擺搖動，看起來就不像人，倒似紅毛猩猩阿明。阿明來了，阿明來了，動物園裡每個訪客都衝著阿明來。阿明走鋼索出場，踩著大家頭頂踩著雲梯踩著全世界，鏡頭對準這位東南亞女王，可惜每張照片洗出來都背光，氣得在暗房銷毀。後來阿明死了，北極熊伊努卡死了，白老虎奧瑪爾也死了，每次動物園傳來噩耗，陳先生都要打開老皮箱，這是阿明，這是伊努卡，這是奧瑪爾……真不相信奧瑪爾會吃人，那個清潔工是有什麼想不開？陳先生想像那清潔工的脖子被奧瑪爾一口咬斷，他肯定有什麼比那老虎咬合力更巨大的痛苦才會選擇這樣慘烈的死法。

思緒被抽水馬桶一聲吸走，疑惑在想像力不及的迂迴管線中迴響。

陳先生，你好！

你好啊。

那個記者從厠間走了出來，手上還捏著手機。

你現在紅了！全世界都在傳你的照片！我說的是，傳那張你拍的照片啦。就連總理也轉發！發財了不要忘了我！

陳先生幽幽抬起頭，什麼那麼扎眼？日頭篩過棚頂通風口，一格一束神光照進來，攤販上漁獲閃閃粼光，冰晶與血水遇熱蒸發，三五魚販置身雲霧之中，陳先生、阿珠和興隆幾乎同時按下了快門，戚戚喳喳。

六十年前碼頭巴剎熱熱鬧鬧，現在沿河堂皇步道，乾淨得不可思議，你看那印度工人每天清晨獨個兒打掃。想像日出新加坡河金碧輝煌，孤獨瘦弱的印度人背影，他必須趕在第一趟地鐵抵達前掃除深夜不歸人留下的齷齪，按下快門定能攀比那首元曲小令的格調。如今整條街都是酒吧和麻辣燙，以前螻蟻般的勞力生活已讓道給旅遊業。從前賣熟食的攤販敲打吆喝，各種鄉音，工人半蹲河邊埋頭果腹，如今餐館門前拉客也是競爭激烈，只是操著其他各種口音。這條河養育又送走了一批批陌生人。

陳先生抬起頭，阿爸年輕時就寄宿在這棟騎樓的估俚間吧，他本想進一步探索，卻被店員東一句「肚子餓嗎？」西一句「今天龍蝦很新鮮喔」搞得心浮氣躁，趕緊脫逃。

哪裡可能發財？又沒有買多多。

你的照片現在值錢了，我認識藏家，可以幫你介紹。

這時陳先生電話響起，瞇著老花眼解鎖，喂喂喂盡說些虛詞，最後告訴記者，我老婆死了，先等一下。

香煙繚繞。那些前來拜祭的男人個個曬得焦黑。他們捏著清香，前臂青筋暴起，眼神堅定，少年陳先生在阿母身後癡癡凝望，心想如果可以拿相機出來拍幾張就好。阿爸很少講話，最後人生臥病床上，阿母說是肺出了問題，如今想起，大概就是癌症之類的絕症吧。那種痛。阿爸的工友們滿嘴當年勇，髒話是他們的形容詞。其中一個說，吃再多豬血粉絲都清不了肺，指著少兩顆門牙的瘦男人，下個就到你。阿母一邊招待一邊埋怨，還不是因為鴉片？缺門牙那人火氣就有點上來，半吼著，三更半夜下水拉船，整個肺都結霜，抽一口鴉片通血氣，可以撐八小時，你懂什麼？每次只為掙那三塊錢，還不是每天都有這種大夜班外快。突然獰笑，沒抽晚上哪來氣力？伸手定定指著陳先生，操雞掰，一句髒話接一句，抽了才有你這小囝仔。他們走的時候滿地花生殼，少年陳先生趴到地上，看螞蟻繞著花生殼思考，一陣清風吹過，花生皮屑紛飛，某個角度和瞬間，飛屑點綴了黑白照中父親模糊的臉，彷彿水晶燈閃耀，舞廳好不熱鬧，阿珠隨著音樂搖擺，一不小心就跌入陳先生的懷抱。他們在大世界舞臺正中央，跳夠了買黃牛票再跳進環球影院看洋片。他們在南方小島上擁抱整座地球。老外卿卿我我，他們一句話都聽不懂，阿珠在他熱辣辣的耳邊說，打仗的時候，日本人把澳洲兵全關在這座遊藝園。阿爸當時躲在柔佛的森林裡避難。電影沒看完，陳先生就拉著阿珠出去，排隊坐鬼車，看看陰曹地府有沒有洋鬼子打擾。

道士搖鈴鐺，人從夢中乍醒。年紀大愛打盹。陳先生看著棺木中的老婆，當真被棺材佬整成一尊粗糙的唐三彩雕塑，突然有股衝動想上樓拿相機拍一拍，卻來了陌生的客人，身旁是報社那小記者。

你有多少照片？我可以幫你辦展。

男人四十多歲，額高髮短眉濃耳招風，嘴角有大痣，表情嚴肅，聲音誠懇。

他們研究照片展的規模，談到賣相片出畫冊，小記者半開玩笑要他趕緊練習簽名，等一切定案就上門拜訪做個深入採訪為個展造勢。

你考慮考慮，說完，給了帛金就要離開。陳先生在他們手裡塞了幾顆綁了紅線的糖，連聲道謝，完全忘記要給老婆拍照的事。

那些舊照片和底片全收在阿爸留下來的大皮箱。皮箱除了邊沿破損，基本保存得宜，只是皮色暗沉，看起來硬邦邦的，若說那是木箱子別人也肯定相信。老皮成了木，陳先生叉起手，那觸感預示著身體就快枯槁。打開記憶寶庫，一九六三年的獨立橋，漁夫撒網的黑白照，那些日常其實沒什麼大不了。生澀的大眼珠來自實龍崗的印度小孩，給他兩毛錢就可以當模特兒拍照。接受訪問的時候，陳先生毫無條理，一會兒講種族暴動時他經過汽水廠被私會黨救了一命，又講到麥克唐納大廈爆炸案人心惶惶的時刻，記者問他拍下來了嗎？他雙手一丟，怎麼可能，跑都來不及。不過和平時期他確實喬裝過報社記者出入火災與命案現場，燒焦的屍體，爆裂的頭顱，他都見過，可都按不下快門。

新世界酒店倒下來，我的一個同學被壓在裡面，怎麼可能拍得下照片？

我是個失敗的攝影師，見過那麼多場面，卻什麼也沒敢拍，只拍了不值錢的東西。

小記者滿臉遺憾，讓陳先生更無地自容了。

陳先生再次拿起那張讓他爆紅的照片，居中那魚販一張白臉，若放大就全是顆粒，如果當時雙手再穩一點就更完美。

或許角度可以再低一點，讓神光在鏡頭中折射出光環。

陳先生印象中有一張更完美的巴刹神光圖，從天窗刷進來的光有種冷冽感，讓人感受到凌晨碼頭巴刹的低溫，更重要的是，居中那魚販，陳先生永遠記得，那魚販舉起刀，魚鱗飛散，每片鱗都反射神光……然後他大吼，刀還高舉著，把我們趕走，好像要殺人。

曾經有人捕捉到了那個更傳神的畫面。

攝影就像犯罪，偷取別人生命的片段。印象中那張照片描繪的是我們被人贓並獲的瞬間。

捕捉到那畫面的人是阿珠。

陳先生告訴記者，他只不過按照前輩的指導，就連構圖與取角都是前輩為他精心設計好的，他只負責按下快門，其實他不知道這算不算是他的創作。

當時阿珠很年輕，飽滿的鮑伯頭，她有雙明亮的眼睛，能為她敏銳地找出最靈動的攝影畫面。她有一種接近仙人的氣質，小動物小昆蟲都願意親近她，無論小孩或老人家都輕易答應她的拍攝要求。

阿珠拍照從不浪費菲林，她是那種一下筆就能勾勒出對象神采的天才畫家。

辦展的人不應該是我。

為什麼會紅？

只因為我是一個七老八十的清潔工。

廉價的同情心。

報導刊登，陳先生到超市買了兩份早報，封面是籃球巨星科比墜機，底下是武漢封城後種種消息。看到自己呆愣的老臉印在副刊內頁，陳先生人生第一次感到虛榮。不出所料，編輯打出了「清潔工攝影師」的標題。內容文字很小，讀起來很吃力，陌生的情節和形容很多，什麼永不放棄……無論如何他還是拿出木尺，把自己占領的版面撕出來。他慎重地抓起剪報，突然看見自己臉蛋出現重影，原來是背面訃告的大頭照透過薄薄紙頁與他重疊。那張臉好熟悉，七十幾歲的老頭子卻用了一張少年時代的黑白相片，興隆盧府君，敬告知交，一時千頭萬緒湧心頭。

治喪處在海峽對岸的新山。

大過年新柔長堤車滿為患，人人穿紅衣捧著柑。陳先生坐在一七〇號巴士，發現好多人都戴上口罩，他覺得自己好赤裸，只好望著被長堤阻斷的柔佛海峽發呆，突然看見兩頭水獺出現在長堤中央的小草坪，乘客紛紛拿出手機拍照錄影，一時間氣氛好歡愉。

偏偏陳先生沒帶相機，手機也沒有攝影功能，你看，水獺扭打成團，好像在打情罵俏。

訃告上沒有阿珠的名字。她怎麼沒有嫁給他？

陳先生以流利的馬來語叫了德士抵達義興路綿裕亭。四號廳很冷清，他走向家屬，確認了這個興隆就是當年和他一起拍照的興隆，確認了這個興隆就是當年帶著阿珠走進森林的興隆。

上香後陳先生並沒有瞻仰遺容，他看著興隆略嫌太年輕的照片自言自語，翠鳥入水捕獵的瞬間會迅速張開翅膀。其實這是後來陳先生在電視節目中看到的。新馬分家不久，興隆就帶著阿珠走進森林。怎麼會去革命？陳先生不記得他們曾談起什麼政治理想，他寧可相信興隆和阿珠只是想去過某種叢林生活。自那以後，陳先生不再涉足野地攝影，他專注於街市的喧囂，他拍最後的牛車水路邊攤，他拍妝藝大遊行，他拍加冷[3]球場馬杯[4]人聲鼎沸，拍駝背老婦撿紙皮。

他們在森林生活那麼久，一定見過翠鳥捕魚了吧？

守靈的胖女人口音不像本地人，一問才知道是泰南少數民族。合艾和平協議簽署不久她就嫁給興隆。當時興隆四十五歲，她三十，已經守寡好幾年。後來他們從和平村輾轉回到興隆新山老家，繼承了老父親的雜貨店，生活還算富足。

阿珠呢？胖女人不清楚，但她請陳先生等一等，她要去找相片。

大雨中他一隻手摟著阿珠一隻手扯著野芋葉勉強擋雨，翠鳥不出現也沒關係，這一刻他好幸福。青年陳先生閉上眼感受她的體溫，手輕輕隨雨水往下探索她的身子，當他睜開眼睛，卻發現阿珠正拿起相機，對著躲在不遠處樹蔭下不敢正眼看他倆的憨憨的興隆，按下快門。

他聽見身體深處也發出一聲清脆快門聲，鬧斷了過去與現在。

道士的鈴鐺叮鈴響，胖女人給他遞了本相簿。他以為會是一些合照之類，方便他認出阿珠，但裡頭一個人影也沒有，全都是失焦的模糊的局部畫面，這是野豬嘴角和獠牙的部位吧，那是榴槤無誤，左邊這個又是什麼呢？大象的尾巴。老虎斑紋？爬滿螞蟻的某種突起的物。一塊粗糙的石頭。移動中的髒皮鞋。

女人從不知道興隆會攝影，認識他的時候甚至抗拒拍照，結婚照拍得半點笑容沒

3　新加坡國家體育場位於加冷。

4　創始於一九二一年的馬來（西）亞杯足球賽，俗稱「大馬金杯」，是當地年度重要賽事。馬來亞於一九五七年獨立，新加坡、沙巴與砂拉越則於一九六三年加盟，形成馬來西亞。一九六五年，新加坡脫離馬來西亞獨立。即便如此，新加坡仍繼續參加馬杯直到一九九四年。

有。直到最近躺在病床，他才吩咐我把兩卷舊菲林洗出來，還沒洗好他就走了，要不你出現，我都忘記要去相館拿。

臨走時女人還說，興隆走前囑咐一定要在新加坡也登訃告，他想見見老朋友，你是唯一來的人。

興隆那些怪照在陳先生心中像病毒瞬速擴散，他咳嗽發燒，吃什麼都沒有味道，焦慮難安，忽然就拿起電話說，我不想辦展了。

丟臉啦！他氣呼呼甩開小記者，策展人在一旁平心靜氣。你應該去看醫生，策展人說，既然這邊簽約了就全權交由我們處理，不必擔心。

展覽原訂四月中旬開幕，沒想到馬來西亞三月中旬先封了關，新加坡接著在四月頭宣布封鎖，冠狀病毒大傳播，行動管制一再延長，個展一延再延，最後就像阿珠那樣，再無消息。

禁足家中，陳先生偶爾還會想起興隆的那些照片，每一張構圖的隨機性，就好像是有人把相機藏在衣服底下偷偷拍下來的結果。為什麼要偷偷摸摸呢？他試著想像那種偷拍模式，在家中穿上跟老婆一起去雲頂旅行穿的外套，半掩著尼康相機，快門亂響，在家遠程辦公的禿頭兒子煩得大吼大叫。

再這樣下去會家暴，陳先生讀著新聞。

陳先生打開電腦，研究實驗結果，確有幾分意思，卻仍不成作品，而興隆那些怪照雖然殘缺但卻是完整的。

你明白我的意思嗎？

興隆明明是我們三人中最沒有天賦的那個。

陳先生體驗到前所未有的嫉妒。

隔幾天陳先生又玩起實驗，再幾天又一次，兒子很煩，問他為什麼一再重複，他卻老說頭一回做就被你吼，你眼裡還有沒有阿爸，鬧得不可開交。可當陳先生打開電腦，卻又有點疑惑，怎麼已經進過了相片？

他喊老婆，老婆沒有回應，房間變得又冷又大。

接下來他不拍照，嚷著要去新山，說要探殯。

封鎖前你不是才去？

我朋友昨天才死。

你哪來那麼多朋友？

陳先生沒戴口罩就衝下樓，最後被警察抓回來，差點被開罰單。禿頭兒子想，跟老媽當時一樣，可現在誰敢去醫院，還是先等等。

等等陳先生就抱著水桶進廁所，仔細擦拭鏡子，動作就像條件反射。
他看著鏡中蒼老的男人，感覺好陌生。
他摸摸屁股的褲袋，叫了起來，我的梳子跑哪裡去了？

出了象牙之塔

張怡微

1.

本來從倫敦直飛香港就可以從深圳口岸入境回廣州父母家，僅一線之差，飛機抵達的前一日，深圳灣口岸封關。於是，昊辰全副武裝、三天三夜沒有合眼。經各種中轉後開始隔離、又隔離的日子。

幾乎每一日，他都被睏意囚禁在既不中國也不英國的時間，一邊刷著隔離群內的資訊，看外國人因為手機沒有安裝微信和支付寶而無法購買食物。瞥到倫敦留學群的同學們繼續被取消機票、或又找到了更高價的回國方案，發現大家都比他從前認識的樣子更有錢。廣州的父母總能從保健群組或旅遊群組裡挑選出令人焦慮的訊息不假思索地轉發，例如某某名人出機場有綠色通道完全不用隔離就直接回家，又如某某部隊大院突擊來了不少防護人員不知道是不是出了新病人。只有保險代理和留學生代購每天喊著早安晚安今天又是嶄新的一天，彷彿活在新冠病毒籠罩的紀元之外。大部分手機訊息，昊辰都不回覆，煩，他佯裝正在倒時差，這虛構的「時差」一倒就是兩個月。除了在視頻裡見見父母和女友，昊辰沒有必要再發出任何人類的聲音。這反而使他獲得了前所未有的自由。他的孤獨是被高昂的經濟成本維護好的壁壘。他甚至對這種隔離的處境產生出謎樣的依戀，比起回國前和回國後，他能預感到這種因離岸而產生的清靜是一生中難得的修整和停頓。

這一個月曾／將是他（這樣一個普通人）生命中孤島一般的存在。非常扎實豐富的三餐、安靜的睡眠、沒有市聲、沒有工作。

在此之前，昊辰在滿箱拒信中收到了一個來自上海的 offer。時隔一年看，這個教職挽救了他瀕死的愛情，甚至，徹底改變了他的命運。他無從判斷這種「挽救」是好是壞，如果沒有它，也許他會滯留在倫敦，就和其他學生一樣，受著互聯網傳遞來的夾板氣，等候封城、等候解禁。他用「手機」維持著戀愛指標，時間到了視訊，時間到了又中斷視訊。轉眼五年。誰都沒想到，這五年過得那麼刻板、又穩健。甜蜜是說不上的，只是機械化的穩健，保持通訊的過程，就像昊辰小時候看的太空電影。太空人和地面上的家屬保持通訊，殊不知，自己是被複製的第六代工具人。那些「家屬」的影像只是欺騙他們繼續奉獻勞動的伎倆。真實的家人早已老去、消亡，唯有這地球之外的時空體，還存續著一點點情感的遺跡。讓人反覆練習、反覆觀摩，漸漸形成對於人類情感風俗的建構與複製。

「愛你哦。晚安。」

愛情在這個時代裡愈來愈像中晚期老年病人喉管中的那口痰液。那些失去生命活力的病人，最終會死於某種堵塞。反正不是這根血管，就是那個器官，不是這口痰，就是那口痰。垂死中途被某個環節（也許是機器或者他人的察覺）救起來續命，遠不是健康時的感受，而是被慢慢地馴化為向死而生的過來人，滿臉寫著可疑的釋然。也有偶然的情況，例如危機的狀況突然就熬過去了，就連醫生都解釋不清指標為何突然好起來了，解釋不清是做對了哪件事，或是做對了哪些放棄。因為做出同樣的判斷，有些人就沒能逃脫死亡的召喚。一切都看起來那麼合理，又那麼偶然。

每天排泄完往馬桶裡丟「清潔片」的時候，昊辰才清楚意識到自己並不是在度假，而是在被檢疫。然而這間隔離病房長得太像他和女友最後一次開房約會的旅館。那還是在兩年前，女友在這個布置相似的小房間裡，向他發出「結婚」的最後通牒。說「最後」

倒也不那麼嚴格，類似的通牒，他收過不下百次，在潛意識中早已形成抗體。即使是從前暑假，兩人在酒店約會，他也會珍惜每一次在廁所裡多待上一陣子的契機，刷一會兒手機。

那種偷來的幽閉愉悅，就是他心中親密關係的最佳隱喻：不是沒有關係，也不是沒有自我，相反，他需要從「關係」中鑿壁偷光，盜取出一些自我來。昊辰總有一種天生的責任感，模仿這個國家無數自欺欺人的年輕人一樣，在求偶期適當限縮自己的訴求，展示他人心中的「進階」風俗。完成一段旅程之後，收穫一枚勳章。每進階一次，都能獲得健身環裡打敗巨龍朵拉貢（通關後才知道原來是dragon的音讀，而且打敗他並不能減重）時金光燦燦跳躍的VICTORY歡呼字元。這很「傳統文化」，很「東亞」，很「唐人街」，很「虛擬」，很「祭祀」。

「進階」，恐怕是人類最喜愛的風俗之一。

離開倫敦時，昊辰千方百計從私立醫院獲得的核酸檢測證明、到機場、隔離飯店、居家隔離的另三次核酸檢測，就像是一種過關斬將的進階歷程。為了以防萬一，他還在公立醫院做了備份的核酸證明。自己預約，自己完成，他十分確定，自己的報告是假陰，因為他根本沒有認真捅自己。好在報告是在他落地之後才收到的，報告的結果是：

「陰」，VICTORY，他又拿到了一個虛擬的「進階」。

昊辰不太理解女友對於婚姻的渴望，女友也不理解他為什麼可以喜歡著她同時卻不喜歡結婚。他們都很「東亞」，戀愛都談得很辛苦、很費勁，東亞人發自內心地相信苦盡會甘來，而不會去質疑有些甘甜的存在根本不需要用吃苦做交換。兩年前，昊辰鼓起勇氣問了女友一個問題，這個問題使得那場告別儀式感超強的約會瞬間清洗了性的意味。他們兩個人，在一張桌子前，彷彿南北韓在喊話，有歷史、有威脅、也有「算了還是明天再說吧」的共同訴求。喊的那些話，也不過是粗略表明戰爭還沒有結束，可以先和平起來。他喊：「你覺得結婚有什麼好處？」她喊：「至少有一個好處，就是不會再被親戚說你倆怎麼還沒結婚。」他喊：「還有第二個嗎？」她說：「沒有第二個好處。」他喊：「只有這一個好處，那為什麼還要結婚。」她說：「因為不結婚就是會被人一直問一直問。」他喊：「可是結了婚就變成夜深人靜時自己問自己我到底為什麼要結婚？」她說：「哇你好像屈原。」他喊：「屈原是同性戀。」

他其實什麼也沒有喊。他們背對背睡了一夜。沒有做愛，也沒有說「晚安」。第二天女友送他去機場，嚶嚶嚶地哭了，說「你真是個渣男」。他問：「為什麼？」女友說「網上的二級心理諮詢師都這麼說。」他就笑了，心想，心理學的工作一定很難找。

「我還付了十六塊錢……」

（比結婚證貴七塊那麼多）

2.

人文學院設於學校的角落，出門就是韓國街。整個學期，韓國街只有一家餐館營業，賣的食物也是日韓混雜，和倫敦很像，不是東北人開的，就是福建人開的。辦公室有四位同事，常見的只有一位，在日本拿的歷史學博士學位。見面第一天，他就很抱歉地表示，自己不愛乾淨，希望如果影響到昊辰可以提出來，但他不一定能改。

「要是能改，我也不會單身至今，不過一個人也挺好，」他又補充道，「你是一個人嗎？」

「我結婚了。」昊辰回答。

「英年早婚啊。」同事自以為幽默地說，「我們在升等以前很難做出結婚的決定。」升等和結婚有什麼關係。升不升等都可以不結婚不是嗎？昊辰心裡這麼想，但自覺沒什麼資格說出口。

昊辰後來聽說，日本博士是早半年進校的師資博士。他口中的「我們」和「升等」都說不清楚到底指的是什麼。這種感覺就像太太到處對別人說「昊辰是因為我才回國的」一樣，一時間令人找不到合適的表情包來傳達內心的複雜感受，總之，既不能共情，又不忍心不共情。他們每天的工作，就是備課、填表、找領導簽字、開會、提意見、泡茶、和學生做交流，包餃子包粽子下湯圓和防疫。他們的收入，怎麼說呢，遠不如「鬼老店找廚房工，給報稅，需要身分，在二區」，或者「西二區，需要一名壽司師傅，沒有身分要求，待遇好」，再不如就「女，五十歲，瀋陽人，會做包子餃子花卷饅頭各式東北菜，因疫情剛到英國，找住家保母工作，電話：〇七九五七－一六一六六八……」有天太太打電話問他幾點回家吃飯，他說「不知道」，她問，「那你現在在幹嘛？」他說，「運動會扛旗」。她說，「哦，那你幾點回家吃飯？」彷彿鬼打牆。三十歲之後，昊辰每一天的生活都像是鬼打牆。他要面對的問題很簡單，一直重複，直到有答案。再被問下一個。

昊辰生活世界裡的聲音基本來自於太太、母親。字元則來自手機群組。這些碎片每天從他睜開眼就開始飄飄蕩蕩，宛如太空垃圾，它總是在那裡，永遠也不會消失。

有一篇論文，他上一次打開的時候還是一個半月前，Word文檔的修改時間提醒他，上班以後的研究生活幾乎就是毀壞的。他的時間被分割成一塊一塊，交給了會議、課程、活動和家庭。它們每個主體，都貪婪地盜竊著他的人生。沒有人問他到底想要研究什麼，沒有人關心他還有什麼事是遺憾的，如果當下感染了病毒，他第一件想做的事情又是什麼。

對昊辰的回國選擇，最高興的還有昊辰母親，她似乎特別感激媳婦，並不反感她的說法，也沒有跟昊辰確認事實是否如此。對母親來說，一切都是次要的，「人回來就好」。然而婚後的第一個年，他們並沒有在一起度過。冬天疫情突然告急，昊辰沒有辦法回家，學校也不建議他們離滬。昊辰在太太的家族中還沒有找到適合的發聲位置，他在過年時做得最多的事就是遛狗和垃圾分類。他發現上海人不是關心股票基金、美股熔斷，就是關心買房、離婚買房、買學區房，有時還關心澳大利亞，總有旁系或姻親住在那裡。昊辰去澳大利亞開過會，但並不喜歡那裡，休息的時候除了把自己灌醉，幾乎找不到喜歡的事做。同行的大佬友善地提醒他，「你就是太老實，不會玩。很多壞事，這裡都可以做。你不會做，就不會覺得有趣。」每天丟垃圾的時候，昊辰都會想到大佬說的話。上海把推廣垃圾分類的市長捐去了武漢，聽說武漢也開始了垃圾分類。他自己本有機會去美國開研討會，簽證在倫敦辦好以後，疫情爆發，所有的正經事都被死亡疑雲和口舌之爭碾成齏粉。

有時昊辰感覺自己的抑鬱症是回家之後才爆發的。雖然他太應該高興了，平安健康、成家立業，但是在昊辰的內心深處，他的理想生活被長得宛如黿粉藥丸的東西丟到洪流中沖散了。

有天太太問他：「花好看嗎？」

他看了一眼，問：「要丟嗎？」

太太白了他一眼，罵他是神經病。

他想著，那就過幾天再丟。

後來太太又問他：「那……你看我的花好看嗎？」

3.

社區隔離時，父母騰出了廣州家裡的一套空屋。按規定，隔離結束前，他們不能見面。但是，母愛如山。昊辰母親想方設法地和社區管理人員疏通關係，最後遠遠地，假裝看熱鬧的民眾一樣，看了他一眼。他也遠遠的，看了母親一眼。情緒的流動和電影裡設定的不太一樣。兩年沒見，母親沒有什麼變化。她還是那麼神采奕奕，邊看他下大巴士，邊和周圍人嘰嘰喳喳說話。昊辰隱約都能聽見母親說的話，「啱啱……十點鐘仲唔起身……食咗飯未……水而已……湯有湯肚啊……幫忙收拾廚房啊……」當然只是調取聲音的記憶，他什麼也沒有聽到。他將這些可被仿擬的女性聲音籠統地定義為「愛」，或者至少是一種他必須承擔的、代表正義的白噪音。他就很難製造出類似的聲音，嚶嚶嚶嗡嗡嗡地重複著一些對於生活的描述。細緻到描述水開了、湯好了、花謝了……最愛、只愛、好愛好愛……

昊辰的房間其實和二十幾歲離開家時相比沒有變化。牆上還掛著科比（居然真的已經走了嗎？）和周杰倫（居然真的那麼胖了嗎？）。書架上一些已經看不懂的教材前，堆著前女友送的木質唐吉訶德手辦（他收到時其實還不認識唐吉訶德是誰，現在也不太認識，知道他的名字，是因為底座上寫了這四個字），球鞋（就連大學時候的球鞋還依然躺在床底）。閒來無事時，他從書桌裡翻出了中學時學校發的國光口琴（他拆開盒套吹了一口氣，嗆得半死，已經發霉），美術課畫竹子用的碳素墨水（已幾乎凝結成碳屑），還有一臺真正的打字機。

打字機年代久遠，已經泛黃。昊辰記得那時候跟著電視大學學打字，從「ffj ddkk」開始訓練（如果沒有記錯，打字機上還留有自慰留下的痕跡，因為掉落在密密麻麻的字臂間難以清潔索性就算了啦哈哈哈）。那一瞬間，昊辰甚至不太明白自己為什麼要離開這間屋子，在十四天以後去上海開始埋頭建設新的生活，還要表現為期待已久的樣子。如果有一線機會，他寧願回到這裡，重新開始。無憂無慮像個動畫人物一樣，不要長大，也不要太多的愛，太複雜的未來。拉肚子就可以不用上學，看到女孩子就想拉她們頭髮讓她們求饒。

我為什麼會做這麼奇怪的事呢？對著打字機……

昊辰好像是看過一個故事，說的是發明打字機的那個人，有天看到太太伏案工作的背影，覺得坐在那裡的不是自己的太太，而是他苦思冥想的打字機的形狀。「如果把妻子的頭當做字鍵，彎曲的臂當做字臂，這種結構不是很理想的設計嗎？」隔離的日子裡，他又找到了那個故事，居然是真實存在過的。它似乎解釋了他最初的愛情觀。那幾近荒謬的，又與書寫符號有關的反覆捶打，變異捶打，捶打至逼到牆角極限後的復歸原位、再繼續捶打，一年又一年，捶打進階、吸金幣過沼澤、遇到㚢拉貢、以腹肌深蹲臂力擠壓捶打㚢拉貢、負傷流血能量降低、直至繼續捶打，看到金色的VICTORY降落。以指紋傳導至主機，感應心跳指數、血壓指數，儲存記錄。留學、異地戀，都無非是如此。

「愛你哦。晚安。」是軍紀嚴明的操練口號。「永遠愛你」是決心。「2019-nCoV」是要面對的巨龍。他每天都擁有不勞而獲、扎實豐富的三餐（母親通過行賄還會給他夾帶一些水果）、安靜的睡眠（身旁沒有人）、沒有市聲、沒有工作。

那段好日子開始的第一天（距離昊辰結婚，只剩不到二十一天。離去學校入職，只剩不到二十八天），短暫又朦朧，第一次也是唯一一次，可真令人想念。

方舟

李欣倫

一進門，她立刻打開電視，電影臺正播放二十年前的電影《時時刻刻》。飾演維吉尼亞．吳爾芙的妮可基嫚，正將大石頭放入口袋，踏入湖水，直到滅頂。

這是她第二次入住方舟旅店，獨自一人。第一次在網路上搜尋到這個名字就毫不猶豫下訂。方舟，避難所，洪水來臨前，動物成雙，步上方舟。連續四十晝夜的大雨改變地表，陸地成為大海，海水過後又恢復成陸地。災難，將現實改寫成神話。初次入住前十天，她和先生大吵一架後，就訂了方舟旅店。

這次則在疫情緊張時入住。清明連假一堆人湧入墾丁，沒戴口罩逛大街，醫生擔憂臺灣即將進入社區感染，親友群組中傳遞著自保方法，例如回到家先換衣服、洗手、噴酒精，儘量不搭乘大眾運輸工具、儘量不外食等，「待在家最安全」，結論簡單有力。她也想待在家，不過自從一架跑車造型的兒童床運送到她家的當天，她又上網預定方舟。

生了小穆後，她就幾乎沒和先生同房。頭幾個月，小穆夜啼討奶確實讓先生躲去客房睡了一陣。小穆喝夜奶到兩歲，那時她早就沒乳汁了，但小穆在夜裡容易醒來，小獸般尋索她的乳房，吸吮幾下才能再入睡。淺眠的她無法再睡，白晝的話語常帶著異質的聲調和重量，強力進入她的腦袋。天濛濛亮才恍惚睡去。

有次小家庭旅行，三人終於睡在同一床。難得出遊，小穆興奮異常，將近午夜才哄睡，夜裡又醒，疲倦的她將乳頭塞入他口中，保持側躺姿勢朦朧睡去。沒多久，右邊伸來一雙大手，用力攫住她單邊乳房，攀上耳垂的濕熱舌頭隨之而來。她從心底湧上強烈的憤怒，週間緊繃的工作、每夜破碎的睡眠已耗盡她，喉間浮現一股噁心酸味，她一面抽出快要從小穆嘴角掉出來的乳頭（每當要抽出時，孩子就本能地緊咬並吸吮，又增加了暈眩的疼痛），一面將鉗住胸乳的大手拔開，低吼：「拜託不要這樣，我真的很累。」

以前先生半夜從客房潛回主臥襲擊她時，她若累到無力反抗，就任由他擺弄。多半時候她推開他，用僅剩的力氣說我真的沒力拜託讓我睡覺，用棉被矇住頭。沒多久就聽到門被打開，又悄悄關上。她真心感謝這樣的體貼。

但這回當她拒斥後，卻聽見黑暗中金屬般的聲音。

「妳是不是有外遇？」

「你說什麼？」她不確定自己聽見了些什麼，於是轉過身面對他。幽暗的夜有浮光流轉，他的側臉如此陌生。

「妳有喜歡的人？妳跟別人上床？」

這次聽得很清楚了。睡意全無。她好震驚，深怕吵醒孩子，只能用氣音說：「你到底在講什麼啊？」

「我累成這樣，你覺得有可能嗎？」她覺得好渴，胸口像塞滿棉花，「你怎麼會這麼想？」

「我媽說的。她說算命的人說的。」頓了一下後補上一句：「那算命的很準。」

她沒說話，繼續讓胸口棉花繁殖，現在喉頭更加乾燥。想及她如何拚命賺錢繳房貸負擔家用，只為了讓他無後顧之憂，嘗試創業夢，他和友伴們侃侃而談遠大理念的同時，她在房間哄睡小穆，或做那些沒完沒了的家事。她想說什麼，堵在喉頭的壓力卻無法順利出聲，她只是背對他，讓眼淚無聲地從眼角滾落而出，流淌，沾濕枕頭。積壓許久的淚水彷彿得到允諾般大量湧出，流進耳蝸，多麼希望淚水匯聚成潭，阻斷聽力，隔絕剛剛聽到的話。

沒多久，身旁傳來他規律的鼾聲。又是無眠的夜。

在浴間徹底洗淨自己。花灑持續投以綿密細絲，她被氤氳的熱霧包圍。這次訂房價錢便宜好多，幾乎不到初次入住時一半的價格，疫情對旅遊業、餐廳業衝擊頗大，剛在客運上滑手機才看到幾家老字號的餐廳不敵疫情而停業的消息。旅館樓下就是間川菜館，剛經過時，透過窗玻璃看到座位都是空的，燈火仍舊開得燦爛，鍋爐想必都是冷的吧，唯一的店員寒著一張臉，帶著末世的絕望。沒料到有這麼一天，尤其在歐美，日日暴增的感染和死亡數字，不能出國甚至無法出門，停課停班，中斷日常。

新的日常被量體溫、噴酒精所取代，剛剛櫃檯的女孩做完這些才向她要證件。如同幾個小時前搭客運，一入座，她就先拿出酒精仔細噴座椅、把手，連前面的小螢幕也不放過。鄰座的女孩和後頭的婦人也這麼做。整輛車就三個人，駕駛一上路就按下防疫措施的語音宣導，乾淨的女聲在空蕩蕩的車廂中迴繞。

也許都沒人來住，她感覺這個綁馬尾的櫃檯女孩用珍稀又驚異的眼神多看了她一眼。但有可能是她在幻想，當口罩遮去了所有臉龐的下半部，好似線索給得太少的謎題，再無法從完整的表情猜度心思。

她從皮夾翻出身分證擱放櫃檯，眼光不自覺停留在配偶欄上。那裡被填入一個名字。至今換了兩次身分證，一次是二十三歲時整個皮夾不知掉落何處，一次則是三十三歲結婚時換發。除了照片不一樣，兩次換證的最大不同就是配偶欄被寫上了一個男人的名字。後來才了解，婚姻的意義之一就是配偶欄被填上一個名字，難以輕易抹除的關係。

洗完澡，她斜倚床頭，拿起電視遙控器隨意轉臺。一則新聞引起她的注意，日本爆發肺炎離婚潮，某律師分享幾個離婚個案，她忽而想起更早之前的訊息：疫情期間夫妻在家工作，衝突與家暴劇增，某文具店將離婚協議書放置顯眼處，照片中，文具店天花板垂落一張大大鮮紅箭頭的指標：在這裡。當時滑到這則訊息的她恰好在一家連鎖文具店，正排隊等結帳，於是她下意識抬起頭來，目光掃向四處，看見天花板垂下繽紛的五彩紙，空調讓紙片上的大字旋轉、舞蹈：大特惠。優惠價。沒看到鮮紅箭頭，也沒有看到「在這裡」。當她試圖轉身去找，店員提醒：「下一位這邊請喔！」

更早前的消息：疫情開始嚴峻時，各國紛紛下達禁足令，夫妻在家工作，朝夕相處，有人預測之後會迎來新冠肺炎嬰兒潮。看來並不如此。

什麼時候開始，她察覺先生和他的父母熱切鎖定她的足跡。

一次在家聚餐，吃完飯，她想出門透氣（每次他們的話題都會讓她想要出門），就說要去藥局領孩子的口罩，先生隨口提議：那順便帶孩子去。

「小孩還是待在家吧，等一下出去又東摸西摸。」她不以為然。

「小穆跟媽媽去！」先生對著正在玩樂高的兒子大叫。

小穆沒有回答，繼續堆疊彩色的樂高。那是一道牆嗎？還是階梯？手中即將成型的是堅強阻隔，還是通往某處的通道？她望著兒子的彩色方塊怔忡了起來。

「小穆，有聽到我說的嗎？穿鞋子跟媽媽去散步。」

「小穆，跟媽媽去，等一下回來給你吃巧克力。要聽話喔。」先生的母親也在旁催促。

小穆繼續建築他的防禦工事。她默許並欣賞了起來。

「快一點！」

「我去拿巧克力囉！」

「小穆！」先生平靜的語氣下，稍微壓制了些許不耐。

「不要！」小穆終於大聲地回應，「我不要！」

簡潔清晰的表達。沒有客套，沒有贅字攀附在這句孩童的宣告。相繼而來的總是成人的多疑、重複和威脅利誘：「真的不要嗎？巧克力好好吃唷！」「陪媽媽去一下下而已啦。」「你再不去等一下把玩具統統收起來。」「怎麼這麼懶出門一下都不要？」小穆以堅定的沉默對抗這些毫無邏輯的枝蔓話語,嘴唇緊閉耳朵關閉,繼續堆疊方塊。她站在門口作勢要等,但其實只是依序將零錢包、墨鏡和竹編帽塞入背包,踏入帆布鞋,戴上口罩,「我自己去就好,很快回來。」

「不然陪你太太去!」母親推了先生一把。

在他回答(或推託)前,她已靈巧溜出家,輕輕帶上厚重的門。隔著門,還聽得見先生的母親不放棄地催促兒子和孫子出門。

前往藥局的路上,她腦海中浮現小穆手中的彩色樂高。想著她和小穆一起度過的許多愉快下午:積木沿著彼此的想像被建築起來,她補上一塊,小穆立刻就著眼前的形狀添加一塊,不依照說明書,也不按顏色分類,就僅是隨手拾起一塊扣上去,沒有非得完成什麼不可,反倒隨時可停下來,即興演出,從不干涉對方腦海中的形狀,也不任意拔除對方已完成的工作,隨心所欲地長成彼此想要的樣子,有時是狗臉,有時是金字塔,有時是拱門,大多時候無以名狀,反正最終這些零件都會被一一拆卸,收妥在置物箱裡,成為家中最忠實的靜物。

她喜歡如斯片刻,只有她和小穆,只有尚未被定型和規範的彩色零件。只有風知曉箇中滋味,陽光也懂得遊戲中的喜悅,因此每當他們坐在客廳木地板堆疊樂高時,窗外的風和陽光似乎極有默契地參與，在他們的建築上流轉和嬉戲，也唯有時間，願意等待並守候著沒有目的的構築與拆卸工事。

想到小穆，胸口便一陣緊，歉疚和罪惡感總是輕易攻擊她的喉嚨和胸口，如果加上名之為「家人」的話語，不適感會更強烈：「把小孩丟在家自己住旅館是怎樣？」「當媽媽了還這麼任性有個性？像我們以前怎樣又怎樣。」「現在疫情這麼嚴重連餐廳都不該去了還去住旅館？」這些話其實聽聽就好，她的閨蜜玲這麼安慰她，甚至分享靠北版上更惡毒的言語暴力。這些就算了，最極致的是看似柔性訴求的情感勒索：「小穆剛剛哭好久說好想媽媽，媽媽去哪裡啊怎麼不帶小穆？」所有的造句裡只要主詞是小穆，她就心軟了，接著自責起來，偶爾出逃成了不可饒恕的叛變。

她想起上週玲在三人閨蜜群組中的抱怨。春節過後都沒回娘家，玲很想念住在C城的母親，婆婆認為疫情期間待在家不要出遠門，玲解釋一個多月沒見母親，還是執意開車回娘家。當天晚上，發現婆婆退了家族群組。「退出也好，」閨蜜卉補上一句：「這樣也不會一天到晚被陰謀論給轟炸。」

那些據說原已在長輩群組擴散的陰謀論、假新聞，隨著疫情升溫而更顯浮誇。完全依靠想像而生的文字，關於死亡、封城、燒屍體等煽動情節，隱匿消息、幕後黑手、生化武器等懸疑線索，比病毒具有更強效的傳播性，深深蠱惑她們的長輩群。當島嶼提前部署和抗疫有成的事蹟獲得國際認肯時，不少人們卻深深著迷於另一套論述，另一套更高潮迭起的敘事弧：美化和隱藏的數據，政府和大國間的同謀，被打壓的言論和真相。這些素材原以最素樸和原始的樣態存在，散落各處，沒有任何關聯，像風、陽光、彩色積木那樣天真，趨近無邪。但故事不該是這樣的，煽動性的故事首先需要重組素材，讓無關的事件在某種設定目標下，被稍微修飾、添加無關宏旨的細節，最終迅速被動員成具有殺傷力的敘事。所有細節不再中立，沒有曖昧，魔幻的陰謀色彩閃爍。

疫情時代，這些說故事的人。這些說故事的人啊。

雖然盯著電視螢幕，但小穆的臉占據了畫面，隨之而來的是風涼話和垃圾話，她愈是不願去想，那些話就愈顯出銳利的邊緣刮搔耳膜。

小穆已經入睡了吧。睡前有哭嗎？會想媽媽嗎？先生又是怎麼跟小穆解釋的？媽媽鬧脾氣？媽媽離家出走？從手機翻找小穆的照片，照片中的他正專注地將棉繩綁在竹子兩端，模糊的景深一片綠意，在竹林中。那是上週在她爺爺家附近拍的。紅磚屋後的整片竹林，小穆尋找合適的竹子，折一小段，充作弓身，撿拾細枝，當作竹箭。小穆找來兩條細棉繩，將兩端接續在一起，綁在弓身頭尾的縫隙，就完成漂亮的竹弓。另一張照片中的小穆，正瞇著一隻眼將弓箭射出。她凝視著他的手。

記得臺灣剛有案例不久，從幼兒園回來的小穆，興奮地解說老師教他們如何洗手。她在浴間看小穆雙手滿是泡沫，邊唸著口訣：內，外，夾，弓，大，立，腕。邊看小穆仔細示範，她邊搓洗自己的雙手。被泡沫包覆的手，錯縱螺旋、交錯紋路和命運掌紋，都在泡沫中曖昧了起來，輪廓消失，好像戴上了雪一般的手套，雲霧一般的。指縫，指尖，手心，手背。從不知道手要這樣洗的，原來是要這樣洗手的啊。「老師說，病毒是看不見的，所以要常常洗手。」小穆學著老師的口吻。洗完手，小穆的手心紅通通的，她看著自己的手，突然覺得陌生起來。

她進浴室又洗了一次手，然後從背包中翻出酒精棉片，仔細擦拭手機。每天外出回家用酒精消毒手機，也成為新的日常。還有用食指第二關節按壓電梯樓層按鈕也是。

她學會清潔自己，保護自己的手。

擦完手機後點開螢幕，家族群組又是鋪天蓋地的陰謀論和養生保健術，兩者似乎雙生且相互增強，陰謀論有多荒唐，養生保健術就有多奇詭。她始終不知道這些該如何清潔與消毒。一開始弟弟還會跟長輩們戰，找出假消息的來源，後來也乾脆放棄。她從不點開來看，直接標註為已讀。

「小穆已經大了，可以自己睡了。」

「小穆想跟我睡。」

「是妳想跟小穆睡。」

「是你想跟我睡吧，但你早睡早起，又打呼。」她想了一下還是對先生說：「睡你旁邊，我睡不著。」

「小穆大了，應該要自己睡。」他也停頓了一下才繼續：「我媽說這樣下去，對我們都不好。她說夫妻就是要睡在一起。」

過了兩天，她就收到一個大型禮物：跑車實木兒童床，高調的造型，搶眼的藍，挑釁並刺痛著她。先生的母親特別打電話來問：收到了嗎？

過幾天，她就入住方舟。

轉回《時時刻刻》，想從婚姻中出逃的女主角，開車到飯店，準備吞藥自盡，接著夢到從四面八方漫淹上來的洪水。水勢上漲，吞沒了床和她，然後她驚醒，哭泣：「我做不到。」

她關掉螢幕，關閉手機（隔離裡頭幾百個未讀的訊息，當然，也包含為數眾多的假新聞），留一盞夜燈，躺在雙人床上。

她不確定做不做得到，但她下定決心告訴自己（如同每日哄小穆那樣）：今晚，好好睡覺。

時鐘旅館

龔萬輝

有時候他覺得，時間的轉速，在這個房間裡是不一樣的。

他躺在夏美的床上，看著床頭上一串小LED燈，像是不合時宜的聖誕燈飾，又像是夜空繁星那樣，不斷地在眼前閃爍著。夏美正在浴室裡洗澡。隔著一層玻璃門，他仍可以清楚聽見花灑的流水不歇。

那是一座時鐘旅館，門口掛著號碼的其中一個房間。外頭仍是午後，陽光普照的熱天。然而似乎為了掩飾更多窗外的細節，房間掩上遮陽的窗簾，燈光也被刻意調暗了，一切都朦朧起來，彷彿有一種置身在幽暗洞穴之中的錯覺。他裸身躺在床上，此刻才覺得有些冷，卻找不到冷氣機的遙控器放在哪裡。他坐起身，看著腳邊的床單亂成一團，像是一座廢墟。他在凹陷的枕頭上發現了一根遺落的長髮。他恍恍仍有一種不踏實的感覺。

浴室傳來吱嘰一聲，夏美把水掣關上了。夏美用毛巾包裹身體，從浴室走了出來，肩膀濕濕的，頭髮也沾了水滴，貼在背後。夏美對著梳妝臺的鏡子，打開了吹風機吹頭髮。他坐在床上，卻隱約也可以感受到一絲暖風吹來，夾著洗髮水的人造香味。

「我們還有一點時間。」夏美把手機翻過來看，轉過頭對他說。

他在吹風機轟轟的吹拂聲中其實聽不清楚夏美在說什麼。「還有時間。」夏美關掉了吹風機，又說了一遍。

對，之前都說好的——

「親，調情按摩、波推、有套吹簫、愛愛。全程六十分鐘激情享受。謝謝。」

他的手機裡仍留著夏美回覆的訊息，以及隨後附上的兩張性感的照片。照片中的少女，穿著一件白色的校服，打扮成學生的樣子，卻伸手把領子而至胸口的兩枚鈕釦都解開了。然而現實中的夏美，此刻在鏡子裡的折影，卻和照片的樣子有些不一樣。這也難怪，現在手機的拍照App，只要按一個鍵，就會自動把膚色調亮，去皺紋、去痣，放大眼瞳，縮尖下巴……，結果讓每個人看起來都差不多，都像是一個假人。

他在手機裡一一掃過那些女孩子的照片。網頁上她們都把自己裝扮成慾望的商品。她們的身世被略化成名字、年齡、三圍和不同的國籍。

「我只是想要，呃，一個真人。」在預約的電話裡，他說了自己唯一的要求。

瘟疫初始的時候，這座城市的時鐘旅館和摩鐵一度無人問津，蕭條、沉靜而至瀕臨倒閉。人人都害怕和陌生人的任何接觸，更何況是肉體和肉體的交接。後來不知什麼時候開始，業者以國外進口的矽膠娃娃做為招徠。在網站上顯著地寫著：衛生、乾淨，紫外線殺菌，阻絕任何病毒傳染——看起來多像是一則消毒水廣告。而原本網頁上的那些人類少女的照片，一夕間全都換成了矽膠娃娃的頭像。那些一比一仿真的假人，被穿上了人類的衣服，安放在一個一個房間裡面，避開了顧忌、道德和法律——

你看，雖然那麼逼真，但這些都只是成人的玩具罷了。

他也曾經在不同的房間裡，像打開一個巨大的禮物那樣，解開那些矽膠娃娃領口的蝴蝶結，剝下她們身上的衣服，進入那些少女樣貌的人造之人。細看那些矽膠娃娃皆恍若真人，但她們精緻的臉上恆常帶著一種漠然的表情，彷彿脫離了現實，眼睛像是永遠看向很遠的地方。

他第一次和矽膠娃娃做的時候，想搬弄她們擺出不同姿勢，才愕然發現和想像中的不一樣，這些娃娃非常之重。他之前沒有想過，人類在床上會本能地用手腳支撐自己的重量，但她們不會。她們也不會嘲笑你結束得太快，或者埋怨任何粗魯、不得體的動作。

她們任由你為所欲為。

在短短的時間裡，這些矽膠假人就迅速地不斷推陳出新。為了讓虛假更趨近真實，他們在那些柔軟的假人肌膚之上噴上昂貴的香水，且在體內看不見的某處裝上了簡陋的人工智能。這使得她們在被擺弄成不同姿勢的時候，會同時在喉嚨深處發出：親愛的，好棒。快一點。不要停……這些簡單但不斷重複的句子。但即使如何地優化，他仍分辨得出那帶著怪異語調的人造嗓音，並不屬於真正的人類。他想起小時候（那已是上個世紀）有一種會說話的玩具娃娃，只要拉一下背後的發條就會開口說：「我愛你」，那種恍若金屬摩擦的聲音。

明明知道眼前這一切都是虛假的，他還是一次一次打開了門，進入了那些房間，不斷重複相同的動作。他一直想知道，所有的虛構最後能不能抵達真實呢？每次做完，在那矽膠柔軟的膣腔裡射出自己的精液之後，他仍會擁抱著那具無語回應、沒有溫度的少女軀體久久不放。他甚至開始和身邊的那具假人說話，告訴她生活的瑣事、煩惱，而至某些深藏心底的祕密。雖然預定的時間還沒到，但他躺在床上，卻不自覺一再去看床頭那跳閃的電子時鐘。他想裝作若無其事，但在那段安靜而疲倦的倒數時光裡，他總會感到一種巨大的孤獨，占據了整個房間。

「我們還有時間。」夏美說，「雖然我們已經無處可去了。」

夏美吹乾了頭髮，爬上床，像貓那樣，曲著背，把身體窩進了他的懷裡。此刻他可以從鼻尖和手指的觸覺，感受到另一個人類的氣味、呼吸，以及久違的裸裎無遮的體溫。這是他久違的感覺。雖然現在的矽膠娃娃已經進化到在體內塞進發熱器，企圖模擬出人類的溫度，但他可以清楚地分辨出，那是不一樣的。也許不在於生物和死物的區別，而是源自同類之間，一種依偎彼此的安然。

房間裡的電視從剛才就一直開著，若有若無的聲量，閃動的光影拂過他們的肉身，他們的臉。電視上正在報導瘟疫確診者的數字，主播一臉嚴肅地面對鏡頭，而身後是不斷流動字幕的新聞畫面。螢幕裡的人都穿著厚重的防護服，戴上口罩，而看不清每一張一晃而過的臉孔。軍隊已經在路口圍上了一圈一圈的鐵蒺藜，像是戰爭電影看到的那樣，代表危險和無法踰越。

然而在那個房間裡，他和夏美彼此因為陌生而短暫無語的時刻裡，瘟疫似乎還在遙遠的地方。肉眼看不見的病毒，近乎虛構的隱喻，像一隻無形之手，拂過每個人的臉龐、深入了脾肺，而無人知曉。

他知道夏美和他一樣，都不是真正屬於這座城市的人。他們只是在這城市裡租借了一個房間，在這個巨大的容器裡安放躺下的身體。他們貼靠著彼此，像是兩柄疊在一起的湯勺。側躺的夏美，耳殼從長髮間露了出來，他忍不住伸手順著耳朵的輪廓摸到耳垂，那溫溫軟軟的部分，像是人類的身體獨有的，一種永遠無法模倣出來的觸感。

——這就是真實吧？他心想。

也許，就是這麼一點細節的不同，就是真實和虛假之間的區別。

但這時夏美的手機發出了滴滴滴的鬧鐘聲音。他明白這是時間到了。像沙漏中的最後一顆砂子跌落彼端，留下巨大的虛無。時間在這個房間裡，是一種看不見而精準的存在。時鐘旅館的時間恆常以一種倒數的方式計算。而夏美的手機如時間之神的法器，掌控著每分每秒。短暫又漫長的六十分鐘已經過去了，故事和想像都到此結束。他起床，將衣物一件一件穿回身上，回過頭，夏美背對著他，反手扣上內衣的小釦子。他想了想，問夏美：「下個禮拜，妳還會待在這裡嗎？」

夏美笑著，拇指靠著耳邊，伸出小指，比了一個打電話的手勢，然後起身為他打開房門。他走出那個房間，突然想到什麼，回過頭，夏美卻已經把房門關上了。

走出時鐘旅館，他才愕然發現，原本喧鬧的市街此刻只有他自己一個人，不知道所有人都去了哪裡。他獨自走在街上，像是不小心走進了一個虛構的都市場景。交叉路口也無一輛車子，而交通燈依舊依著固定的秒數由閃動的綠色轉成紅色。路上空蕩蕩的，失去了都市應有的聲音。但不知為什麼，他孤獨地站在十字路口，仍執意遵守交通規則，等待綠燈，等待可以通行的時刻到來。

而疫情來得太快。病毒潛伏在空氣中的飛沫和彼此交換的體液之中，以等比級數的瘋狂速率在人類之間傳染開來。幾個星期之後，城市淪陷，街巷各處已經被黃色的封條封印起來。所有的市民都困陷在各自的房間裡無法出去。沒有人再回到那座時鐘旅館。那些貼著門號的房間之中，一個一個仿真矽膠娃娃仍安好地平躺在床上，睜大著雙眼，就這樣被人類遺忘在旅館裡面。也沒有人發現，其中的一個房間，還留下了唯一的人類。

夏美一直待在房間裡。當她終於確定整座旅館裡只剩下自己一個人的時候，她已經再也無法走出這座旅館了。整個城市拉滿了警戒線，分割了疫區和安全地帶，分割了真實和虛構。而夏美就這樣被劃到了被遺忘的那一邊。

封城開始的那幾天，夏美一點一點地吃著房間小櫥櫃裡的那些薯片、泡麵和巧克力（原本標價都貴得要死），每天用電水壺接水煮開。她一直讓電視開著，收看報導疫情的新聞，或者電影臺不斷重播的老舊電影。湯漢斯主演的那部流落荒島的影片都已經看了五、六回，幾乎熟悉了每一句對白。她覺得自己也像是被遺棄在孤島上的受難者，但她連一顆可以假裝同類的排球都沒有。

也許有的。夏美曾經闖入那些無人的房間裡，原本只想找些吃的，卻發現床上仍躺著一個一個默然無語的矽膠少女。她走近床邊，第一次這麼靠近去端詳那些安靜的人偶。但不知為什麼，原本那麼精緻可愛的少女之臉，此刻卻有一種疏離而陌生的表情，讓人不安。夏美匆匆退出了那個房間，關上了門。有一瞬間，她意識到自己是這座旅館唯一的人類。會不會有一天，當她終於被人發現的時候，自己的軀體已經枯萎、乾癟，而那些假人卻抵住了時間，仍在稚氣的臉上保留著永恆的笑容……。

後來，夏美索性連電視也不看了，晃動的影像似乎讓人更加煩躁。她一個人躺在床上，在那間旅館裡安靜地生存著，數算一天一天的過去。她知道整座旅館此刻空無一人，但卻不知從什麼時候開始，她會不時聽見隔壁的房間傳來拉動椅子或馬桶抽水的聲音。這是每座旅館皆那麼相似的鬼故事嗎？她其實並不真的害怕，只是好像已經分不出到底是真實或是自己的幻覺了。

有時候她甚至會覺得，躺在床上的自己，有一種愈來愈稀薄、漸漸變成透明的錯覺。必須閉上眼睛，深呼吸一下，再張開眼才能回到現實。她想起了什麼，拿起手機，翻看過去的那些文字訊息，都是和不同客人約定時間的對話，那麼枯燥乏味。原本精確無比的時間，於此似乎變得如霧渙散，失去了度量的必要。一如手機裡那些刻意擺出性感姿勢的自己的照片，變成蒼白而無意義。

像是把瓶中信投進了大海，或者引擎失效的太空船拍出求救信號一樣，夏美用手機向過往的所有客人傳去了相同的訊息——

「救我。」

「救我。」

「救我。」

當他的手機響起了訊息鈴聲，他知道夏美還滯留在那裡。那座時鐘旅館。那個他曾經待過六十分鐘的房間。

但此刻他不能回去了。他躺在一張白色的病床上，罩著呼吸器，無法開口說話。他的肺被輻射光照出各處暗影，皆是因病毒蠶食而纖維化的部分。病毒此刻正在慢慢以他的身軀為食。而他和所有病患一樣，都被置身在那個由體育館匆匆改建成的病院裡。一張一張病床排列成巨大的矩陣，而四周皆拉起了隔絕空氣流動的透明塑料布。

那座時鐘旅館後來被發現是瘟疫的起始，核爆的原爆點，或者被打開了一道隙縫的潘朵拉的盒子。異鄉之人帶來了第一枚病毒，於此繁殖、分裂，充塞在空氣之中，終於滿溢出來，像是匯集的雨點最後都流向了城市的各處。沒有人再願意回去那裡，任由那座旅館空置，慢慢毀壞。

沒有人知道，只有夏美還在那裡，成為了最後一個留守在時鐘旅館的人。

許多年過去，時鐘旅館早已失去了原來的樣子，破敗而孤立在城市的暗影之中。已經多久了呢？夏美，妳知道嗎，外面的世界已經崩塌了。當他再一次走進那座旅館，自己的身體亦殘破如眼前的廢墟。旅館的電梯早已壞去，他沿著破落的階梯艱難地走上樓，廉價的朱紅地毯吸去了他的腳步聲。整座旅館潮濕而悶熱。他目睹所有事物都正在腐朽。不知名的植物盤據了門窗，長出長長的鬚根。有一隻巨大的老鼠從牆縫鑽出來，又逃進了黑暗的角落。

他攀爬了一層又一層樓，終於來到掛著門號的其中一扇房門之前。他伸手想要推開房門，但那門框浸過雨水而發脹，絲毫不動。他在塵埃之中咳嗽不止，用盡了力氣把門頂開，眼前的房間破敗不堪，如一尾擱淺的鯨的骨骸。原本完好的桌椅、梳妝臺皆已然腐朽、搖搖欲墜；天花板湮出巨大的水漬，長出了黑色的黴菌。

夏美不在這裡。她的床鋪凹陷成一個身體的形狀，上面卻平躺著一個裸身的矽膠娃娃。那個矽膠少女有著酷似夏美的臉，卻不帶著任何表情。他走近看，似乎可以辨認得出原屬於夏美身上的那些細節。那臂頭上的痣，以及白瓷那樣的耳朵。他輕聲呼喚：「夏美。」但那個人造之少女仍微張著嘴，睜大著雙眼，一眨也不眨。

那座時鐘旅館早已經變成了一座永恆的廢墟，沒有人把它推倒、重建，也沒有人再為它賦予任何的意義。那些水泥柱樑一點一點朽壞，露出偷工減料的填充物。據說，許多年以後，若有人走進那座荒蕪的旅館，走在房間毗鄰的破爛長廊上，仍不時會聽見一些細微悉索的聲音。

也許只是因為老鼠橫行，跨過了那些矽膠少女的裸身，或者只是單純的熱脹冷縮的物理變化，觸動了某個開關，那些人造的矽膠少女，在無人的安靜時刻裡，仍會自己發出：「好棒哦」、「好舒服」、「不要停」……，那些模擬人類的聲音。

她們彷彿傀儡掙脫了扯線，在荒蕪的時間裡，人類遺棄的夢中，仍在無盡地交歡和繁衍。

稀奇古怪的故事

張亦絢

1. 第一桌

「前幾天，我碰到一件怪事。到現在還不知道該怎麼想。」

「醫生也會碰到奇怪的事嗎？」說這話的男人還有高中生樣，醫生則是年輕醫生，她是店的常客。

「通常是不會。」

「怎麼個奇怪法呢？」

「嗯，就是有個年輕人來看診，擔心自己，嗯，該怎麼說，他說他不會笑。」

「憂鬱症？」

「我反應還沒你那麼快，我以為我聽錯了，也許他說的是別的東西。」

「嗯？」

「通常我都會問病人『哪裡不舒服？』所以我也問他。」

「他是哪裡不舒服？」

「結果他反問我，『妳覺得是哪裡不舒服』？他又說，沒有什麼不舒服，他想他也沒有憂鬱症——真的，現在大家動不動就想到憂鬱症。但幾個月前，他發現自己不會笑。」

「不會笑？」

「他說他知道不該隨便摘下口罩，可他想我會需要看一下他的臉。然後他把口罩摘了下來。」

「結果？」

「我發現我在微笑，因為我很緊張，我想到『裂嘴女』，或者是他的鼻子歪了這類。」

「結果？」

「結果根本沒什麼，就是一張滿普通的臉。是真的，他不笑——可是也不是每個人都笑嘻嘻的，就算病人不笑，我也不會覺得不對勁啊。」

「不是面癱？我聽說面癱就不會笑。」

「不是面癱。我問他『你為什麼想看耳鼻喉科』？」

「對呀，為什麼？」

「他說，但到底該掛哪一科呢？我的嘴跟牙齒沒什麼毛病，我不喜歡看牙醫，又沒有『笑或臉』的科，雖然是耳鼻喉科，但器官總有相連吧？妳到底是醫生，總會給我建議，不是嗎？」

「他的態度是怎樣？很嚴肅或？」

「喔，他不笑，給人感覺確實很嚴肅，可是哪時醫生要治嚴肅啊？」

「他真的不笑？」

「看上去是這樣。你有哪裡會痛嗎？我問他。他說沒有。」

「是因為疫情憂慮？他是做什麼的？」

「他說之前在沖繩的旅館工作了兩年，希望累積經驗，以後自己開一家旅館。」

「如果是觀光業，難怪會不笑。因為疫情回臺灣？」

「——回來的時候還不知道會爆發疫情，大概下飛機不到一個星期，才知道疫情，也覺得害怕。本來要到京都旅館工作的計畫就取消了。但是他說，完全不是因為有什麼煩惱，自己很樂天，只是戴口罩這件事，讓他偶然發現自己天生就不會笑！」

「天生!?」

「他說他自己從來沒注意過，也沒人告訴過他。幾個月前，他發現這事時，他想了很久。」

「太驚人了。不過，也許他只是不愛笑。」

「他說在捷運上，聽到兩個高中女生說話，其中一人說，『我賭等疫情過後，很多人都會變得不會笑了。』」他慢慢地說：「她們說，原本她們戴著口罩時，不自覺地都還是會在口罩底下微笑，可是戴著口罩的關係，慢慢覺得這樣沒有意義，『又沒人看到我笑，這樣很白癡。』兩人爭辯，究竟戴著口罩的時候，人還應不應該微笑，有一個女生說，『戴著口罩就不微笑，等不用戴口罩的時候，也會變得不會笑了。』那會怎樣呢？她們吵個不停，其中一個說，她現在出門戴上口罩前，都會對著鏡子多笑幾次，免得有天根本忘記怎麼笑。她們說，她們會是『面無表情』的一代！」

「真是高中生才會有的話題啊。」他感嘆，「我也覺得戴口罩這事，會有長遠的影響——有段時間我還蠻高興的，覺得戴口罩就像變成『隱形人』，只露眼睛，誰能有把握認出誰？以前不喜歡的人，看到也要打招呼，說一些廢話。戴口罩，反而省了麻煩。」

「你是說，戴口罩反而使人更真實嗎？」

「難道不是嗎？臉也是為別人存在的吧，被別人看著的臉，就必須考慮別人——從好的一面來說，如果是以臉騙人的，這下就行不通了。」他道，「不過，不是說很多東西改成線上了嗎？結果，有些本來沒有注意到自己臉有什麼不好的人，突然對自己的臉變得很挑剔，聽說去整型的人反而爆增了。妳的那個病人，會不會是想整型？」

「如果是那樣，為什麼不直接找醫美？他也有提到整型——他說他先有上網找一些資料，但他大吃一驚，因為跑出來很多，都是醫美的，也有討論『哪種微笑』最得人心的文章。」

「他真的不會笑嗎？」

「我也是覺得要先弄清楚，不笑是什麼意思。他因為聽到人家聊天，回到家後想對著鏡子試，結果才發現，自己應該從來都不笑的，他照鏡子時，都會看臉上有沒有沾了什麼東西，從來沒想過要看自己笑，他在鏡子裡看到的，全都不是笑。在照片裡也沒有找到自己有笑的照片。」

「可是，之前都沒有人注意到嗎？」

「如果是心理醫師，當然可以問很多病人問題，可我是耳鼻喉科，我通常只會問，流鼻水嗎？耳朵痛？喉嚨癢？我都沒問他——因為我覺得他是認真的，雖然不笑，但他令人還蠻有好感——他的人，嗯，很奇怪，屬於讓人信任的那種——這可能也是為什麼，沒人注意到他不笑的原因。」

「他在疫情期間才發現這事，倒是很特別。」

「我跟他說，我還是幫你檢查一下吧，我是醫生，不做檢查，總覺得怪怪的。這段時間，病人少多了——大家怕感染。不然我也不能花那麼多時間，聽他說話。」

「妳從頭到尾沒有懷疑他顏面神經的問題嗎？」

「顏面神經，通常病人會說，『本來好好地，有天怎樣怎樣』，而且多少看得出來。我還是做了檢查，觸診也沒有發現腫瘤的跡象。他不說，一點也感覺不到有毛病。」

「可是妳說他在旅館工作，服務業不會對微笑非常敏感？先前不是還傳出日本有速食店不讓服務生戴口罩，認為口罩戴上，微笑會不見？他在工作時，不笑也可以嗎？」

「他們在沖繩做的是國際背包客的生意，」她道，「客人會問的問題確實很多，有些人語言能力也不很好，所以他常常都在畫圖給客人看。但應該沒有人特別覺得他要笑，他說，他們問的都是關於旅館或旅遊的問題，沒碰到過什麼不愉快。看到旅客結伴去玩，也會覺得寂寞。不過，也不算特別寂寞，他很喜歡看到人來人往。同事人也都很好，不過，大家似乎都沒注意到他不笑。」

「那麼，依妳判斷，他不笑，是生理或心理的毛病呢？」

「嗯，我說，對著鏡子笑，這是刻意的，也許他在不知不覺中，是有笑的，照片不一定準。他說，最困擾他的是，這事對他生活一點影響都沒有——可是，當他想到，人人都會笑，只有他不會，還是太怪了，還是看一下醫生好了。他不會要當演員，也不上電視，如果開不成旅館，他可以開咖啡店，不笑應該沒關係——他說，他聽朋友說，在臺北很多開咖啡店的，從來都不笑。」

聽到這，我不自覺地想摸摸自己的臉，戴口罩那麼久，都不覺得戴著了。不過，我知道，口罩下面，確實沒有笑——也許就像女學生說的，因為笑不會被看到，不知不覺就消失了。這時有人喊我「老闆買單」，我就沒法聽到接下來的部分了。但我想著，也許這個不笑的人，也會進咖啡店來喝咖啡。店就在醫院附近，也許他也住在附近。搞不好我還看過他。可是我看到他時，一定不知道，原來他那麼特別。

2. 第二桌

「我很喜歡柏格森轉述的一個笑話。」她每週三會帶學生作業到店裡批改，說話特別慢，可能是因為方便學生抄筆記。「他說，有天在教堂裡，牧師說了個笑話，所有人都笑了，除了一個人。於是，有人問不笑的那人，笑話不好笑嗎？他說，不，很好笑，但他不是這個教區的。」少年和醫生離開後，坐長桌的這四人搬了過來。我們的客人都喜歡這個沙發區。

「很好的笑話。」穿小飛機圖案襯衫的女人道，「笑跟歸屬感有時是有關係的。」

「柏格森誰？」說這話的女人聲音很特別，會讓人想起木笛，「新網紅嗎？」

「她們會知道網紅才怪，」手上玩著彩虹口罩夾的彩虹妹道，「柏格森是死掉很久的哲學家。」

「難怪我沒聽過！」木笛鬆了一口氣，「妳們都在想剛剛隔壁桌說的那個『不笑的人』？」

小飛機道：「我最近聽了很多稀奇古怪的故事，但都沒有超過這個。」

「還有其他稀奇古怪的故事？」說話很慢的「慢慢」問。

「嗯，」小飛機道，「有人從口罩得到靈感，把口罩的彈力繩跟奶嘴結合起來，讓小孩戴。」

「為什麼？怕小孩搞丟奶嘴嗎？」

「不是。怕小孩吵。」

「在家工作的關係嗎？」彩虹妹問，把手上的口罩夾放下了。

「我聽說是育嬰中心——不過，家長也可能為了方便這樣做，只是我們不知道而已。」

「這不好像刑具嗎？」木笛道，「好恐怖。嘴巴裡放東西不能吐出來，要我就會發瘋。」

「總有人發明一些恐怖的東西。」小飛機長嘆了一口氣。

「一個人真的可能都不笑嗎？」木笛問。

「比如說眼睛，」小飛機道，「弱視不是又叫懶惰眼嗎？其實眼睛並沒有毛病，只是很小的小孩不自覺地只用一邊眼睛，另一邊不用，如果大人沒有發現矯正，不用的那隻眼就會失去功能。」

「也比如說語言，」彩虹妹道，「很久不用也會忘記。」

「所以，」木笛道，「也有人因為很久不笑，就不會笑了。」

「可是，」彩虹妹道，「我不知道該不該說。我覺得那個人沒有跟醫生說出全部的實話。」

「怎麼說？」

「聽起來太巧合了，」彩虹妹道，「但我搞不好知道那個人是誰。」

「怎麼可能？」

「去年我不是去沖繩玩嗎？」彩虹妹道。

「妳住那家旅社？」木笛問。

「不是，那也太巧了吧，」彩虹妹道，「我不是百分百確定，但我回來後加入幾個與沖繩旅遊有關的群組，我在上面看過一篇文，作者也在沖繩的旅館工作，也是疫情爆發之前就回臺灣。而且他也說了一個跟笑有關的故事，但跟他看醫生時，說得完全不一樣。」

「那人是騙子！」木笛驚呼。

「不要太快下結論，」小飛機說，「誰會對醫生全部說實話呢？」

「也對，」木笛道，「故事怎麼不一樣？他其實很會笑？」

彩虹妹噗哧笑了出來，「不過，那是一篇『有點政治』的貼文。」

「作者說他不笑的原因是，」彩虹妹邊說邊想，「是因為他在沖繩路上，可能是在買冰淇淋之類的時候吧，咦，還是在機場？總之，地方不是那麼重要。但他在跟人說話時，突然被不認識的人插嘴道，說『臺灣並不是一個國家』。剛剛我立刻就想到——是因為那篇貼文寫了很長，都是關於『笑』。」

「那一定就是同一個人。」木笛肯定道，「這世上應該沒有那麼多人，會跟笑那麼糾纏。」

「我剛剛說，那篇文章很『政治』，」彩虹妹道，「現在想想又不確定，因為作者好像比較介意的不是『那句話』，而是他『被插嘴』。當下他很想笑，因為他覺得得罪人了，可能想化解一下氣氛。可是不知他是本來就不太笑，還是怎麼了，他發現他不會笑。拚命想笑，但拚命也沒用。」

「該笑的時候笑不出來，」彩虹妹道，「讓他覺得有點危險。」

「該道歉的時候，道不出歉，」小飛機道，「就是這種感覺！真的危險。」

木笛問：「這麼說，他是從那時候發現的？病發的？不是從小就這樣？」

「我也不知道，」彩虹妹道，「也許他有『突然不會笑』的問題，但不確定是從哪時起。」

「如果跟耳鼻喉科醫生說，」彩虹妹又道，「我是因為有人說『臺灣不是一個國家』，我就『笑不出來』，妳想醫生會怎麼想？會覺得這個人太無聊了吧。」

「或是更糟。」小飛機道，「可是，他又真的有『不會笑』的困擾，所以他就利用跟疫情有關的話題，編了一個故事，想要問醫生，或套醫生的話，笑不出來，是什麼毛病……。該怎麼辦。」

「就是嘛，」木笛說，「我就覺得，會對捷運上聊天的內容那麼認真，有點扯。」

「我現在兜起來了。」彩虹妹道，「當時他寫的其實是『求助文』。但我以為是諷刺文！」

「現在想起來，」彩虹妹道，「『不會笑』，應該不是比喻。他可能突然指揮不了自己的肌肉。但他不敢告訴醫生。」

「如果是我，」木笛道，「我也不敢告訴醫生。一定會被笑。」

「不只。」彩虹妹道，「更重要的是，不會被相信。」

彩虹妹接著說：「現在想想，我們好像『口罩下的微笑』。沒有要藏，但也無法出現。」

「醫生只會相信，有人在情緒上『想笑卻又笑不出來』，」小飛機道，「但不會相信，真的有一張臉，一張真實的人臉，會因為一句話就『笑不出來』。」

「不一定。那可不是隨便一句話」，「慢慢」突然很快地說：「我就相信。」

「妳們忘了我也是醫生嗎？」「慢慢」又恢復了她平日比常人慢一倍的語速說道，「這就是另一種真正的疫情，是沒辦法用戴口罩與勤洗手預防的疫情。」

「那麼，請親愛的醫生賜給我真正的疫苗。」木笛道。

「我也要。」彩虹妹道。

「我願意加入研發疫苗的團隊。」小飛機道。

「打疫苗前，讓我們先吃蛋糕吧，」「慢慢」輕鬆地說道，「我想要吃草莓蛋糕，妳們呢？」

我走到桌子旁，把點單遞了過去。草莓蛋糕、起司蛋糕以及黑森林蛋糕，就成了新的主角。

鄰人哥吉拉

陳浩基

「我不依！我要找哥吉拉玩！」

小峰鼓起腮幫子，漲紅了臉，緊握小小的拳頭，一副不肯妥協的樣子。上月剛滿八歲的他彷彿已進入反抗期，明明去年他還只會乖巧地對我和他的母親言聽計從。

「我就說不行！」依玲擋在小峰面前，惡狠狠地瞪著那個平日千依百順的兒子。

「媽媽說話不算數！我考試考了九十分，為什麼還不讓我找哥吉拉玩！」

「我……我是為你好！」依玲一急，眼淚便撲簌撲簌地沿著臉龐滑下。她瞄了正坐在沙發削蘋果的我一眼，我心中嘆一口氣，畢竟這時候還是得由我這個父親出馬處理。

「小峰，」我放下蘋果和刀子，「聽媽媽的話，不要鬧彆扭。」

「可、可是——」

「總之你現在不可以去找哥吉拉，直到我和你媽媽批准為止。你不乖乖聽話，我便收回之前買給你的炭治郎筆盒。」

小峰一臉不忿，紅著眼撅著嘴，無奈地回到他的房間。依玲想跟著進去，但我搖搖頭，阻止了她。

「讓他一個人冷靜一下。」我輕聲道。

小峰口中的哥吉拉並非日本電影中的那隻大怪獸。我們一家三口住在一棟老公寓的四樓，同層還有一個姓葛的先生獨居，葛先生年紀跟我差不多，不過他無論外表和個性都活像個剛剛二十出頭的年輕人，不但沒有成家立室的意欲，更沉迷很多宅男玩意，家裡有一大堆P什麼X什麼的電玩——他甚至有那些我小時候在遊樂場見過的大型機臺，據說是他的珍藏，價值不菲。

我國中時已對電玩失去興趣，沒想到這個跟我同世代的男人卻將收入都花在這嗜好上，小峰某次隨我到葛先生的家作客，看到那些電玩時雙目放光，就像哥倫布發現新大陸。當時剛上國小的他便常常嚷著要去葛先生家遊玩，葛先生倒不介意，十分歡迎小峰，我和依玲也樂得有位親切的鄰居幫忙看顧孩子，畢竟我們收入不多，夫妻倆都要工作——依玲在超商打工，我是個收入不穩定的水電技師。

葛先生身材高大，目測有一九〇以上，小峰叫他哥吉拉，他更笑呵呵地裝成怪獸跟小峰嬉戲。我們不時邀他過來吃晚飯，答謝他照顧小峰，他也常常買些水果糕點送我們，旁人大概以為他是我的弟弟，小峰是他的姪兒。我們兩家一向感情不錯，直到今年年初疫情爆發，我們的關係才生變。

哥吉拉在醫院工作，是資深的護理師。

我不知道他負責照顧哪一科的病人，但我知道他工作的醫院，正是接收、治療染疫患者的那一間。疫情開始時我還沒在乎，讓小峰繼續到哥吉拉家玩，可是隨著全球病例個案暴增，各國政府和醫護人員被病毒害得焦頭爛額，死亡人數急遽上升，我和依玲才意識到當中的嚴重性。我們再沒邀請哥吉拉來家吃飯，也禁止小峰找他，怕他在工作中被病人傳染，成為那些可怕的「無症狀患者」之一，將病毒帶到社區。哥吉拉也幾乎沒聯絡我們，大概疫症增加了護理師的工作負擔，加班更多。我近數月只試過幾次早上在公寓門前碰見下班的他，稍微寒暄兩句。即使他戴著口罩，也難掩剛從「戰場」脫離的一臉倦容。

哥吉拉的職業，令他從昔日街坊鄰舍口中的好好先生，變成如今在背後被人指指點點的眾矢之的。三樓的李太太是個長舌婦，經常抓著鄰居說三道四，某天我受房東所託，替李太太修理馬桶水箱幫浦，她便一直在說哥吉拉的壞話，說他是「防疫破口」，每天出入高危險的病房，就算他身體健壯沒受感染，也難保頭髮或衣服沾上細菌，再傳染給公寓無辜的住客們。

「房東有責任確保其他租客健康，所以應該果斷中止葛先生的租約嘛！萬一我們公寓發生社區爆發，那就為時已晚了！」李太太像機關槍地說道。我一直閉嘴默默地處理手上作業，除了因為我一向話少寡言，更因為李太太家的洗手間臭氣沖天，天曉得她的嗅覺是不是遲鈍到對這股惡臭渾然不覺——縱使我的確很想搭話，告訴她「病毒」和「細菌」是兩種截然不同的微生物。

哥吉拉在公寓的「惡名」，在兩個月前踏入一個新階段。他就職的醫院發生院內感染，有醫生和護士不幸染疫，他們更將病毒帶進居住的社區，傳染了家人。疫情指揮中心人員每天在媒體公布追查進度，匡列一大堆自主隔離個案，一時間人心惶惶，新聞節目將化學兵在醫院消毒的畫面一再重複地播放，更令人膽顫心驚，彷彿好萊塢那些末日題材電影已化成現實，在我們身邊上演。

「我就說危險啊！看，我不是說中了嗎？這次我們走運，葛先生不是那什麼『感染鏈』成員，可是說不定下次便中了。我看我要跟王太太她們討論一下，想想如何給房東施壓……」替李太太修理插座時，她又一次提起這件事。王太太是二樓的住戶，她和丈夫在公寓一樓經營一家小小的早餐店，鄰里人脈很廣，算是社區的意見領袖之一。

從王太太口中再次聽到這話題，是在那之後一個星期的事。

「我想我真的要跟房東先生談一下，看看葛先生是不是適合繼續住在這兒……」那天早上我到早餐店買早餐，聽到王太太跟一個熟客神色凝重地討論著哥吉拉的去留。那熟客不是公寓住客，但他好像就住在街角的一棟電梯大樓。

「可是這不太好吧，我們為求自保趕走對方，不是太過分嗎？」那位上了年紀的客人搖搖頭，像是責備王太太過於自私。

「本來我也是這樣想，但我從李太太那兒還聽到另一個消息，」王太太邊將煎臺上的蛋餅放進客人自備的便當盒邊說，「那個姓葛的身家不太清白。」

「不清白？他是黑道？」客人顯得有點驚訝。

「他不是，但他老爸吃過牢飯，而且不止一次。你知道樓上的李太太吧？她打聽到葛先生的父親混黑，十年前東區那起著名的黑道斬人案，他便是犯人之一。雖然父子已沒來往，但有那種關係，總教人難以安心……萬一仇家有天要『父債子還』，黑道上門找碴，我這店也可能會被砸了。疫情下生意已經慘淡，收入減少，如果還要惹上混混，我們一家恐怕活不下去了……」

哥吉拉父親是黑道我早知道，以前他來我家吃飯，談起家人時就坦白說過，但從沒提及斬人案。他一歲時黑道父親拋妻棄子，哥吉拉由他母親獨力拉拔長大，戶籍上和血緣上二人雖是父子，生活卻毫無交集，王太太的憂慮八成不會成真。

然而比起理性分析，人類更相信情感上的判斷。

「夭壽啦！誰弄出這種鬼東西來？」某天早上窗外傳來王太太的叫聲。我想這不能怪王太太，大概任何人看到那些血紅色的大字，也會不由得高喊出來。

——「疫病瘟神　滾出社區」

八個寫在八張A4紙上的紅色大字，分別貼在公寓大門左右兩邊，恍似過年時的春聯，只是顏色上完全不搭調。雖然沒有指名道姓，但我想這些大字的意思人人都能看懂，針對對象是哥吉拉。

我到街上湊熱鬧時，剛巧哥吉拉下通宵班歸來。我們沒有人有意圖撕下標語，而哥吉拉看到那八個字的一刻，明顯愣住。原來七嘴八舌的討論剎那間止住，公寓門前只有一片異樣的沉默——與其將那份沉默形容為「尷尬」，倒不如說是「充滿敵意」更為貼切。王太太、李太太和其他住客以冷冽的目光射向哥吉拉，雖然這樣說有點失禮，但這令我想起電影中軍隊用激光武器攻擊哥吉拉的場面。唯一分別是，電影中哥吉拉會無情地反擊人類軍隊，現實中的哥吉拉卻低著頭，頂著眾人的敵視，一言不發地爬上樓梯回到自己的家。

翌日早上，我在早餐店遇見房東先生，他夾在王太太和李太太之間，臉色有點難看。

「總之我不會單方面中止葛先生的租約。」房東嚷道。

「哎喲，可是他在醫——」

「別給我來這一套，」房東打斷李太太的話，「就算他感染了，我也不會趕他走。人家是抗疫英雄，為我們冒死在前線打仗，妳們不但沒半分支持，還要落井下石？」

「話可不能這麼說，他領高薪在醫院工作，我們卻是低收入的升斗市民，為什麼要和他承受相同風險——」

「我靠！妳做人怎可以如此涼薄！」房東怒氣爆發，再次打斷李太太的話，「妳再吵我就加妳的租，然後減葛先生的！我們這個社會就是被妳這種短視自私的混蛋拖後腿才會鬧出種種問題！」

當房東拂袖而去後，李太太一臉委屈地和王太太抱團取暖，罵房東裝模作樣，不過是擔心趕跑葛先生後找不到新租客，不想收入減少云云。她們還想拉我加入討論，我連忙接過買給依玲和小峰的蛋餅和豆漿，頭也不回地逃離現場。

小峰多個月來不時嚷著要去找哥吉拉。起初我和依玲還找到藉口，轉移視線，但時間一久，即使是八歲小孩也能察覺當中有異，我們只能恩威並施，一面用禮物利誘，一面丟出苛刻的條件禁止他和哥吉拉見面，害小峰經常哭哭啼啼，和他母親屢生齟齬。依玲有跟我說過，質疑我們是不是做錯了，但數天前的新聞加深了我們的危機感。

醫院感染事件中，出現了第一名死者。

染疫去世的那個七十歲老人家，是一名年輕護士的祖母，護士被傳染後沒有病徵，卻傳給了同住的奶奶。那老婦跟病毒搏鬥了一個多月，最終還是敗下陣來，撒手人寰。因為有這新聞，我們更不敢讓小峰跟哥吉拉接觸。為了兒子，我和依玲甘願飾演壞人，就算小峰恨我們也在所不惜，只求他平安健康……我想，天下間所有父母都會同意我們的決定。

昨天被我警告收回新筆盒後，小峰一整晚在生悶氣，早上對我不瞅不睬，對依玲也十分冷淡。我猜想他晚上便會消氣，所以讓他獨個兒留在房間看漫畫書。

我實在太天真了。

「輝，小峰呢？」依玲下班回來，換過衣服後向正在看電視的我問道。

「在房間，還在發脾氣。」

「不，他不在房間啊？」

依玲的話令我大吃一驚，我急步走進小峰的臥房，的確不見他的蹤影。我以為他鬧彆扭躲進衣櫥嚇唬我們，可是我一一打開，始終沒找到他。

我赫然想起半個鐘頭前我上洗手間，曾經聽到門外傳來一記聲響。我當時沒在意，此刻我才察覺那是什麼聲音——那是故意按著大門門把，不讓它發出響聲的關門聲。

我和依玲衝到玄關，打開大門，結果看到小峰剛從哥吉拉家中走出來，把門帶上。他看到我們時臉色鐵青，一副察覺到大難臨頭的模樣，但我知道我和依玲臉上掛著的不是怒容，而是驚懼。我一把抓住小峰的手臂，將他揪進家裡，慌張地將他身上的衣服扯下，再用蓮蓬頭和肥皂替他徹底沖刷乾淨。依玲撿起小峰的衣服，塞進洗衣機，倒了比平時多一倍的洗衣粉，洗好烘乾後還用消毒酒精噴灑幾遍。

旁人大概會覺得我們小題大作，可是醫院染疫新聞中那幅「感染鏈關係圖」仍歷歷在目，那個寫著案例編號的黑色圓形就像死神的印記，我和依玲都害怕小峰會變成這樣的一個數字、一個圖形。

為了警戒小峰，我沒收了他珍愛的筆盒和Pokemon遊戲卡牌，還禁止他觀看卡通片一個禮拜。出奇地他十分平靜，沒有像平時大吵大鬧，就像了解到自己犯了規，甘心接受懲罰。我擔心他是另有所圖——他可能正盤算下一個時機，再次瞞著我們跑去找哥吉拉。

然而事情發展遠遠超過我的預期，不再受我控制。

翌日我在廚房整理冰箱冷凍室的肉，騰出空間放新買的冰磚時，正在做菜的依玲提議我們搬家。雖然那是一個可行的方法，但老實說以我們的收入，很難找到另一個租金相若的住所，更遑論搬家需要額外開銷。縱使我讓依玲打消了念頭，晚上我懷著複雜的心情入睡，心想搬家或許真的是最後的手段。

「……輝……」

睡到半夜，矇矓中我忽然被依玲叫醒。我還沒來得及睜眼，便被古怪的氣味嗆到，狼狽地邊咳嗽邊按本能伸手打開電燈，燈泡卻沒有點亮。

「輝，發、發生什麼……咳、咳……」黑暗中我感到依玲徬徨地抓住我的手臂。我摸到床邊的手機，打開電筒功能，赫然被眼前的光景嚇倒——房間瀰漫著濃煙，與此同時我聽到窗外傳來叫喊。

「失火啦！」

我拽住依玲，打開房門衝到旁邊的臥室，將仍躺在床上對情況一無所知的小峰一手抱起。我顧不得自己光著腳，打開寓所大門，結果一大團黑煙撲面而來，我們三口子只能用衣袖掩蓋口鼻，靠著手機微弱的光線尋找生路。平時熟悉的樓梯變得好陌生，視野模糊下我們彷彿身處鬼域。

「啊！」

一個不小心，我似乎踏空了。

「爸爸——」

「輝——」

在失去知覺前，我只感到腿上一陣劇痛，以及我兩臂緊緊環抱的妻兒的體溫。

・・・

「小峰！」

我再次睜開眼時，不自覺地叫嚷著兒子的名字。可是眼前不再是我家那殘破公寓的梯間，而是一片光潔明亮的天花板。

「輝哥！你終於醒來了！」

我轉頭一看，哥吉拉站在旁邊。他額上貼了OK繃，身上穿著護士服——這時我才發現我身處醫院病房。

「輝哥，小峰沒事，他在兒童病房，沒有大礙。」哥吉拉朝我點點頭，輕拍我肩膀，示意我放心。他通知醫生我已甦醒，一頭白髮的醫生替我檢查後，說我看來沒有腦損傷，他指在那環境跌倒摔到頭，可能會有腦震盪或腦積血。

「還好阿葛當時在場，進行急救。你要好好答謝他啊。」老醫生指了指哥吉拉。

哥吉拉複述他從員警和消防員聽來的消息，說公寓一樓老舊的配電箱失火，點燃了堆積的雜物，火勢沒有蔓延，卻因為公寓設計不良，黑煙困在大樓裡，沿著樓梯湧進各戶。哥吉拉半夜發現黑煙，沒有魯莽地逃跑，反而準備了濕毛巾和充當頭罩的透明膠袋，確保能通過滿布濃煙甚至火焰的樓梯。他在三樓梯間看到我們，好不容易才將我們一一拖到街上，施行急救。醫生說小峰年幼，假如等到救護車到場才處理，後果可能很嚴重。

「謝謝你救了小峰一命……」醫生離開後，我對哥吉拉說。我心中有愧，無法直視他。

「不，我反過來要謝謝小峰救我一命。」哥吉拉拉過一張椅子，坐在病床旁。

「他救你？」我大惑不解。

「我……我最近一直打算自殺。」哥吉拉有點結巴。

「自、自殺？」我吃了一驚。

「醫院感染事件中那位死者的孫女護士，是我的後輩。她是個新人，經驗不足，本來不該照顧那些高傳染性的病患，但負責編配值班表的我無視這一點，認定她能從中學習，結果意外地害死她的奶奶。」哥吉拉說話時，聲調比平日低沉。

「那……那也不是你的責任吧？」

「或許不是，但我這個後輩跟她的奶奶感情很好，我也曾跟這位阿嬤見過面，她請我好好指導她的孫女。我的後輩沒有怪責編班表的我，只自責害死祖母，這創傷可能令她無法繼續這工作，我的一個錯誤決定不止害死一位老人家，更讓一位護理師前途盡毀，令她留下永不磨滅的陰影。在醫院我見過不少生離死別，但這一回我實在受不了，加上我為鄰里添了這麼多麻煩，我已準備好遺書和藥物，決定這幾天自殺。」哥吉拉頓了一頓，「但小峰救回我了。」

「小峰他……」

「前天他按我家門鈴，我打開大門後，他二話不說抱著我，臉孔埋在我的肚皮上。我以為他受了什麼委屈，他卻說出一句我意想不到的話——『我看到你不開心，所以想給你一個抱抱。』原來公寓門前被貼大字報、我被街坊們瞪視的時候，小峰在窗前看到一切。小孩子真聰明啊，就算我戴了口罩，看不到我的表情，他也能從大家的態度體會到我如何難受。」

我為此啞然。我一直以為小峰是因為想打電玩所以老嚷著要去找哥吉拉玩，但他心裡只是單純地想安慰難過的玩伴。

「小峰是個善良的孩子，我一想到假如我自殺死去，他一定傷心得不得了，之後我便沒再動過死念。大概因為疫情所害，人與人之間一直保持社交距離，令我們內心被孤獨感占據……小峰讓我清醒了。雖然我也擔心自己是高危人士，小峰擁抱我有一定危險，但我認為他小小的腦袋裡明白一切，比我們這些墨守成規的成年人更懂得分黑白、知輕重。」

哥吉拉的告白，令我察覺自己如何渺小。我羞愧得無地自容，良久才能找到回應的話語。

「待我出院後，我和依玲要好好答謝你，對小峰來說你比我這個父親更稱職……」

忽然間，我察覺哥吉拉整個人僵住。

「怎麼了？」我問。

「輝哥，你先冷靜聽我說。」哥吉拉握著我的手。「玲姐她……已經不在了。」

我花了三秒才理解哥吉拉的意思。

「煙霧有毒，玲姐送院時還清醒的，但在急診室陷入昏迷，搶救無效，三個鐘頭前離開了……」

我感到腦海一片空白，頭皮發麻。我似乎正在嚎哭，但我對此毫不自覺，只聽到心底的另一道聲音。

——這是報應。

不……

——是你使用卑鄙手段意圖趕走哥吉拉的報應。

兩個月前醫院爆疫後，我便決定狠下心腸，無視情義，用計逼哥吉拉離開公寓，好讓小峰不再跟他接觸。李太太王太太的擔憂或許是多餘的，非同住的成年人之間不會有什麼密切接觸，但小孩子缺乏防疫常識，平日要他們多洗手也難若登天，身為醫護的哥吉拉再謹慎，也難保小峰不會意外碰到感染源頭。

為了兒子我可以飾演壞人，甚至下地獄也沒關係。

以前哥吉拉告訴我他父親的事後，我在網路搜查過，發現那男人涉及十年前的斬人案。我在修理插座期間將這情報洩露給長舌的李太太，就是想她製造輿論，以群眾力量逼走哥吉拉。那些Ａ４紙也是我偷偷貼的，心想正好令事情發酵，讓房東受更大壓力。

只是我沒想到房東這麼耿直無私，沒向群眾屈服。

小峰偷偷跑去找哥吉拉，是壓垮駱駝的最後一根稻草。我心想再不快刀斬亂麻，小峰染疫的可能性便愈來愈大。房東不會因為無根據的謠言趕走哥吉拉，但如果是實際的麻煩，他便不得不面對。

於是我昨天在公寓的配電箱動了手腳。

要令電箱短路跳電，對我這個水電技師來說簡直易如反掌。我原來的計畫是半夜整棟公寓跳電，住戶們一定會向房東投訴，而他必定會找我這個熟人來檢查。我到時只要謊稱哥吉拉那些電玩機臺耗電過大，公寓的老舊電箱難以負荷，修好後也無法治本，哥吉拉搬離公寓便是最好的解決辦法——哥吉拉不可能放棄他的珍藏，房東不會願意花大錢重整供電設施，而王先生夫婦的早餐店冰箱因為跳電令食材變壞蒙受損失也是事實，房東不得不正視他們的訴求。

我當時想，這是損害最小、皆大歡喜的計策。

我沒料到跳電後引起小火，更沒留意配電箱旁有易燃的雜物。

為了保護孩子，我害孩子失去母親。

為了保護家人，我間接殺死了妻子。

依玲……

「……輝哥你別太傷心，先專心養傷，我替你安排處理玲姐的事……」

我沒法聽清楚哥吉拉的每句話。

比起他，我更像一頭醜陋的怪獸吧。

歡樂時光

洪昊賢

我有一個朋友叫丹尼爾，三年前突然辭職去阿根廷工作假期。幾年間音訊全無，人間蒸發。丹尼爾放棄使用任何社交媒體，只給我們留下一個電郵地址。不過，沒有人成功聯絡過他。有些口賤的朋友笑說，他可能已經死了。這只是個沒什麼惡意的玩笑。我們當然知道他尚在人世。

疫情比較嚴重的那陣子，我有想過丹尼爾說不定真的客死異鄉了。沒有想到，去年年底在尖沙咀碰見他。丹尼爾背著一個粉紅色的外賣箱，曬得非常黑。我從遠處大聲叫，丹尼爾，丹尼爾。他的視線移動了很久，彷彿要逐一確定了身邊的事物後，才將眼光鎖定在我身上。我發現他笑了。他應該也發現我笑了。隔著口罩，大家的笑容都變得很牽強。

我們找了一間茶餐廳，因為限聚令的緣故，人都很少。丹尼爾說好不習慣，從未見過香港如此安靜。我說，是的，這幾年大家都講太多話了。有時候安靜一下未必是壞事。

丹尼爾一邊吃公仔麵，一邊給我描述了他這些年在阿根廷的日子。剛到的前半年他到處遊玩。這幾年間他住過布宜諾斯艾利斯，住過羅薩尼奧，去過智利，去過蘇利南。蘇利南原來華人眾多，以前有個華裔總統。丹尼爾沒有學過西班牙語，不過現在可以流利地講西班牙髒話了。他告訴我一個西班牙文，叫coño，很髒的髒話。意思和「他媽的」差不多，實際上更低劣。

花光積蓄後，他開始在華人餐廳和超市打工。接下來就是不少旅居者都會遇過的暴力事件。每個地方都有一個類似「罪惡溫床」的區域，他那時住過的博卡舊城區就是其中之一。妓女，毒品，綁架，所有你從電影裡看到的犯罪場景。他說，這並非刻板印象，它就是真實地存在著，發生著。當地有一種叫「茄汁黨」或者「潑糞黨」的犯罪組織會潑廚餘和髒物到你身上，趁你不注意從你身上摸走手機和銀包。被盜了兩次手機，他索性換成諾基亞那種只能打電話和傳短訊的古早手機。

總之，日子過得很疲勞，但很踏實。很少想起香港。他學會了很多亂七八糟的技能，譬如做墨西哥捲餅，修電線杆之類的。偶爾他會去國立圖書館或者網吧用電腦，看看影片，回一下電子郵件。假日休閒的時候去踢球。錢存夠了就辭工去玩。錢花光就回到布宜諾斯艾利斯繼續打工。

有一天他發現自己忘記了電郵密碼。很奇怪，無論如何都想不起。不過也是從遺失密碼的那刻起，他變成一個真正自由的人。他有一個感悟：自由的天敵就是過去。一個人要活得快樂，最好不要記得太多事。

去年年初他決定要回香港，沒有什麼特別的原因，只是單純有點厭倦。阿根廷很長一段時間都禁止出入境，所以他直到年底才回來。從飛機下來的時候他發覺，就像《春光乍洩》裡拍的，世界原來真的會顛倒。

他從來沒有講過當初去阿根廷的原因。其實並不奇怪。生命之中總有某個瞬間或者時刻，內心真正的渴求會被喚醒。然後，有一些人極力壓抑，另一些人選擇解放。追求和逃避本質上差別不大。

這些年很多人想離開香港。原因各自不同。對丹尼爾來說，他似乎很早就打定主意要和香港的一切揮手告別。他靜靜地計畫著一切，不曾和任何人道別，也不渴望任何重逢。如果沒有意外地碰到他，我想他這輩子都不會主動聯絡我。

我最想念香港的應該只有食物。他說。回到香港之後，他花了很長時間適應。最初經常失眠，失眠的時候想念阿根廷的陽光。回來的時機不太好。因為香港現在經濟不好，找工作很難。他決定暫時先做兼職外送員。

步出茶餐廳，我們在窄巷裡吸了幾支菸。他說，要跑下一張單了。我看著他戴上頭盔，騎上摩托車，很快消失在街道上。

那段日子我們經常見面。丹尼爾會跟我分享一些外送員的行業內情。現在已經過了送外賣最好賺的時期，每天都要跑二、三十張單才賺到點錢。疫情期間好多人轉行送外賣，包括不少失業的白領和專業人才。但這種工可替代性太強，最易被人剥削。有些沒有代步工具的「步兵」一日實際上賺到的錢少得可憐。冒著隨時被感染的風險，只能勉強拿到最低工資。

丹尼爾時常給我一種錯覺。好像他剛從一個很遠的地方來到，又好像他從未離開過這個地方。

一次偶然的機會他告訴我，自己在布宜諾斯艾利斯曾經擁有過一把真實的槍。三・五口徑的左輪手槍。剛開始他有點害怕。具有形狀，易於把握的暴力就在他手上。只需要一個恰當的理由，他就可以去支配這種暴力。他有時會去海邊，把槍上膛，瞄著遠處。想像著某個既定物，某種對立或某個敵人。他開槍，結束這一切。不過，那個機會始終沒有來到。手槍他一次都沒有用過。但他覺得自己與手槍建立了一種詭異的情感連結。

離開阿根廷前，他去黑市賣掉那把手槍，才發現那是把假槍。

他帶去阿根廷的東西不多，有價值，可以被奪取的東西大多都已失去。隨他回來的只有一部不太值錢的底片相機。那是一部香港製造，但停產很久的底片相機。回來後他也經常用這部相機到處拍照。他經過一些留有示威痕跡的地方，快速拍攝，然後低著頭，類似在思索。或許只是我錯覺。他說，我好像錯過了好多必須記錄下來的事。我說，好像發生了好多事。其實可能也沒有發生什麼。總之，同一件事對每個人的意義都不同。不是有句話叫「他人即地獄」？所以，其實處處都是地獄。或者說，地獄存在於日常生活，在人與人接觸的瞬間。

丹尼爾提到過一件事。這件事是促使他離開阿根廷的原因之一。

當時，他參加過一次集會。嚴格來說，是阿根廷球王馬勒當拿的追悼會。市民跟隨著馬勒當拿的遺體被運到市郊貝拉維斯塔的公墓。一開始，市民平靜地排隊。後來，防暴警察發射橡皮子彈。場面開始變得躁動。他聽到聚集的市民用西班牙語破口大罵。他們說，我們只想和迪亞高說再見。告別活動延長了好多個小時，很多悼念者始終無法看見馬勒當拿的棺柩。

其實他不是馬勒當拿的球迷。也不是所有人都喜歡他。他只是覺得很熱鬧。他說，當時有一個年輕女子，應該不是阿根廷人。可能是西班牙人，也可能是巴西人，是阿根廷人也不奇怪。她高舉著一個牌子，上面寫著，拒絕為一個強姦犯、戀童癖、施虐者默哀。他看見激烈的爭吵，預感即將會發生更暴力的事件。然而，他被人群擠向前方，那個女子漸漸消失在他視野裡。

馬勒當拿的足球原始而靈性。在球場上，無論遭到任何侵犯，他從不跌倒。他的足球有種令人興奮的欲力。馬勒當拿曾經是一代人的信仰，是民族英雄，但他未必是一個好人。所以就是這樣。對某些人來講，他是英雄是上帝，對另一些人來講，他是惡魔。「上帝之手」同時也是「姦淫之手」和「暴虐之手」。

這些日子大家都不太好過。政府發放的津貼治標不治本。很多店鋪結業，街上一片蕭條。疫情掩蓋了一個矛盾，卻又揭開了另外一個。新聞報導裡總會看到很多不可思議的事，譬如底層小學生因為沒有電腦無法上網課，打工仔無處進食要躲在後巷裡食飯盒。這座城市總在喧囂中暴露脆弱，卻又在這種脆弱之中找到存活的力量。

丹尼爾始終像一個隨時準備離開的外來者，觀察著這座城市的漩渦。他騎著摩托車，鑽進每個隱密的角落。他形容自己像一隻老鼠，穿梭在城市中。慢慢他發現，一座城市其實是兩座甚至幾十座城市偶爾碰撞出來的結果。

前陣子他給我分享了一個故事。普通平常的一個下午，他去一幢高級住宅送餐，在屋苑的走廊裡看到一個男人放聲痛哭。

你能想像出那個情景嗎？一個衣著體面的大男人，坐在屋苑的走廊裡放聲大哭。沒有一個人打開門，問問他發生什麼事。為何哭得這麼傷心。有沒有可以幫到你的地方。沒有人。門關得牢牢的。黑色的外賣箱就那樣放在走廊中間，好像它本身就放在那裡。好像它就應該放在那裡。

後來呢，我問。他說，我看著他，突然也覺得很氣餒。也想一屁股坐下去，從此不用再起身。那十多分鐘裡，我聽到電梯不斷升降的聲音，聽到離得最近的屋子傳來歡聲笑語。突然我明白了一些事情。那個男人不知何時離開，留下了黑色的外賣箱。地上光滑的瓷磚留下了圓形的汗跡。事情就是這樣。也沒有然後了。他看著那個汗跡慢慢乾涸。不知過了多久，直到有人慢慢打開門。這只是一個很尋常，說不上故事的故事。

丹尼爾回港後仍在使用國際儲值卡。這是他隨時準備離開的訊息。有時你找得到他，有時找不到。除了送外賣，他平日在做什麼，他打算幾時走，我都不太清楚。我不覺得疫症可以限制他的行蹤，也不認為他會害怕死亡或者類似死亡的東西。

某天晚上，我收到他寄來的一封電子郵件，裡面有個壓縮檔。檔名叫「Happy Together」，檔案裡幾乎都是黑白的底片照片。拍攝的地方有阿根廷，有香港，也可能有智利，蘇利南。全是些失焦、模糊、粗糙的街拍照片。那幾組照片記錄了他這些年的蹤跡。透過這些粗粒子的圖像。我看到大瀑布，球場，教堂，不同膚色的人們，無法辨別情緒的臉孔。

其中僅有一組攝影是彩色的。那組照片我看了很久。那是個類似徙置區的地方。臨時搭建的簡陋棚屋，掛著大幅的女性泳衣海報。海報上有穿泳裝的白人女性，也有拉丁人還有日本的AV女優。屋內吊掛著迪斯科舞燈，有很多把塑膠椅。幾個皮膚偏黑的男性坐成一排，耐心地等待著。

下一張照片是個皮膚偏白的女性，穿著紅色背心，翹著腳在抽菸。迪斯科舞燈投射在她失焦的臉上。還有一張照片，穿著黃色背心的女性抱著一棵樹，身體擺出奇怪的姿勢。她的臉介乎於痛苦與快樂之間，無法以語言描述。

另外一組攝影，色調是泥黃色的。幾個裸露著上身的黑皮膚男性，站在一片乾涸的泥河之中。每個人都低著頭，彷彿在尋找些什麼。另外一張照片是個大概六、七歲的小孩，在一片濁黃色的河流之中游泳。河上漂著塑膠瓶子和垃圾袋，還有一截斷掉的枯枝。上面掛著藍色內褲。

這到底是哪裡？這些是什麼人？丹尼爾為什麼要去那裡？照片並不說明任何故事，它只是客觀地反映出一些景象和情緒。拍攝者總是謹慎地保持著距離。這些照片讓我愈發覺得丹尼爾很遙遠。那種遙遠不是空間上或時間上的。它發生於接觸的瞬間，讓人驚覺我們一直錯誤地理解著「距離」。

檔案裡只有一張照片，被單獨放置在文件夾。這張照片曝光不足，非常昏暗。幾乎只能看到一些黑色的像素團塊。我用軟件調高了亮度，勉強認出一條走廊，和一個黑色的箱子。事實上，也可能是其他東西。

關於丹尼爾的事情差不多已經講完。這個疫情沒完沒了，給人一種不會終結的感覺。某日，我看到一架摩托車在公路上飛馳，外賣箱不知被誰打開。東西不斷往外掉落。我看不清楚都是些什麼。也可能只有我一個人看到。

輯三、病從所願

病從所願

隱匿

——叔本華：「沒有一種行動、思想和疾病，不是自願的。」

自古以來
瘟疫總是來自他方
來自那空氣混濁滿是蚊蚋
餐桌上盡是野生動物的
蠻荒之地

而不是體內那

無法直視的
深淵
如果
您曾經有過
這樣的念頭

「如果可以不用出門，那就好了。」
「如果可以蒙面，就不會再因臭臉而遭受責難。」
「如果可以和人群保持距離，我的呼吸將會變得多麼順暢。」
「如果可以不用看見朋友們出國旅行的自拍，我就能心平氣和地度過每一天。」
「如果人類滅絕，地球就可以恢復安靜而美麗。」

如果如果
有這麼多的如果
從集體的心願中

萌芽
最終開出了
豔麗的花

那是開在
肺葉上的火花
是掩蓋與摧毀一切的
雪花與浪花
或許還有那
婆娑的
淚花

除此之外
那從深淵裡
回望著我們的

難道還有其他
更大的陰謀？

雨雲裡的閃電
水底的漩渦
從天而降的石頭
在此之後
儘管已經
回不去了

但世界並未停頓
時間在我們的手腕上
刻下了
12個終點

在人的底部抵達神的地步

葉覓覓

我們都踩在地球上
地上的球我們都踩
球踩在我們的地上

靈魂裡冒出手風琴般的秘密夾層
有正隔離也有負壓力
有內外也有高低
有陰性也有陽性
有關係也沒有關係

去把熱鬧的什麼剝開然後轉動星盤吧
於是就會有人給你送來一個烤過的什麼
或者把兩個生冷的什麼混入另外三個勾芡的什麼
再裹上一圈錦蛇的舊皮
斑斕雄偉地把他們油炸過六點六六次

時光倒退五萬步
你的憂鬱在他的頂輪寄居
牠們的飢餓在我們的腸道裡群聚
口罩的反面印著吉兆
有誰會去妳的婚禮避孕嗎
有誰會去祂的國度旅行嗎

我想我會添加七個雙數讓地址變得虛無
就好像從溪流裡萃取牛奶

從光的軌跡裡抽出愛的遺跡
這樣或許恐怕說不定會比較安全一些

讓你停電麻木的通常不是酒
不是病毒更不是豪賭
是一種看不見盡頭的永久
永不見盡頭的那種久久久
久到你誤以為你也會成為萬惡的源頭
或者乾脆也被它活活活帶走

那天
我在夢裡飄浮上升到北緯八十八點五度
我深深深擁抱一頭溫馨的彩色麋鹿
沒有感覺把誰辜負而且牙根鞏固
一切都正在開始也正在結束

黎明前的夜

宋尚緯

0.

彷彿進入黑夜
隱密的鬼怪開始遊蕩
我們是安全的嗎
你自問自答
也許是的，也許
鬼怪也會是人類

1.

我們帶著恐懼

指認每一個初生的符號
為他們命名
為他們分派類別
為他們惶恐
為他們封鎖
所有國境的邊界

2.

我們囤積生活所需
將門窗緊閉
將影子也鎖在屋內
風推開門鎖
將燭火吹滅
世界彷彿只剩夜晚
彷彿再也沒有白晝

3.

有些老舊的謊
換上嶄新的衣裳
像死神披上白袍
流下幾滴淚
人們便以為
那是治病的聖水

4.

夜十分漫長
風的聲音像鬼的嚎叫
路上的燭火明滅不定
我們像是浸在
黑暗的河水中，水波不停晃蕩
我們也跟著動搖

5.

我們仍在黑夜
但彷彿能看見日光在遠處
知道夜有許多縫隙
也經過許多暗流
我打開屋內的燈
看著窗外，文明的秩序
如此脆弱，卻又隱隱發著光
等待夜晚過去的時刻

阿基里斯的腳踝

騷夏

#口罩富翁

二〇二〇農曆年前一檔特惠活動，我檢視完折扣變價，想說要不要自己也來試買一波，一來消化掉即將要到期的紅利點數，順便想湊免運門檻，瞄到中衛醫療口罩酷黑三盒五百，不加思索就結了帳，隔天收到貨，和衛生紙丟在整理箱。

過了兩天覺得聞嗅到一些消息，再打開三盒特價組的商品頁，早已沒有庫存了，單盒還有，當時嫌貴花色又醜，拉入購物車不想結帳。經歷過SARS事件，口罩稀缺這件事讓我的身體有反射動作，小年夜收假前，我懷著田野調查的心，騎著機車巡一輪附近藥局，當時還天真地懷著買口罩要比價的心，散裝醫療口罩和消毒酒精還買得勉勉強強，一度自我懷疑：會不會買太多啊？

接下來除夕、初一、初二……整個農曆假期，新聞只有肺炎和「黑曼巴」Kobe Bean Bryant墜機，收假回來，世界已經改變，想到我購物車裡沒結帳的口罩，我知道不用抱著什麼希望，果然連商品頁都已整個被移除。

我拉出整理箱我看著那三盒口罩，一時無心結果買到三盒黃金，再加上那些在藥局買到的零零星星，瞬間覺得自己是口罩富翁。

儘管我在第一時間已擁有三個月口罩的庫存，口罩事件同時也讓我見識到自己的貧窮，後來我發現，口罩是一則可被帶入的隱喻，疫情以來，要搶的東西太多：口罩之後還有諸多防疫物資、囤糧買菜、Switch遊戲機、血氧機、航運股……

如果疫情能給我這渺小個人什麼正面肯定，我想鄉愿地謝謝我的身體直覺、我的好運；謝謝我每次莫名的靈感，忽然著魔般進攻某物，身體像戰無不克的阿基里斯。但我也不斷悔恨，為何總是在每個「可買」的時間點，沒有買到最大值。

匱乏感才是我一直被箭命中的腳踝。

#阿基里斯的腳踝

「所以，到底是要消毒到哪一種程度？」

「還有，為什麼PCR檢驗要那麼久？不是和驗孕一樣快嘛！」

細節太多，病毒停留在各種材質的時間不一，例如紙大約一天……所以圖書館借書回來最好放一天再看，塑膠大約三天……做生科研究的友人耐心幫我解釋，卻被一個又一個的問題接連打斷，我猜她最近應該常有碰到文盲的感覺？她說生科忽然變成全民運動，最近連她在學校開的線上課程，都多了親友帳號插花旁聽。

太平盛世的時候，可以詩意唯美的說：病毒介於有生物和無生物之間；平行時空一整年，三級警戒說來就來，現在連我的貓聞了聞宅配的紙箱也緊張兮兮。什麼都要噴酒精，螢幕消毒了嗎？滑鼠消毒了嗎？鍵盤消毒了嗎？就怕哪裡疏忽了，像是阿基里斯沒有被浸到冥河之水的腳踝。

後來我才漸漸明白若真能一箭斃命，那也未免把死想得太簡單。

三級延長又延長，離開辦公室的時候太匆匆，沒把辦公桌上的空氣鳳梨帶走，死對它來說就是緩慢，一天一天慢慢，但也或許它活得很好？死只是我的想像。

又例如有一天我忽然很想吃某間早午餐店的焦糖巴斯克蛋糕，打開店家的LINE下訂，留了幾次言都未讀未回，心裡已有數。一日出門購物專程繞去那間店看，緊閉的店門像是死去的蛤，我心裡有嘀咕的聲音，為什麼這麼突然？連貼文告別都沒有……

想想，自己好像沒有資格說別人，我也欠我的空氣鳳梨一聲再見。

#一個人的疫後

確診者的疫調足跡，常會被看成劇情片。看別人生活如此多采，一早去海釣中午餐聚下午唱歌隔天又能去進香，清單這麼長，連逗點都沒有，該有不少人會和我一樣這樣想：如果這疫調換成自己，應該多乏善可陳：上班加班下班、公司餐廳、頂多公司附近咖啡店。

隨著疫情的嚴峻，孤僻獨居的我，忽有一絲清幽。至少在每日回報公司的體溫健康調查表單，無同住親友家人的我，可以少填幾題。

自從「人與人的連結」變成疫情的敏感詞，以往屬於正面表述的社交力忽然變成顛倒。當「群聚」、「群體」開始變得危險，自己一個人吃飯，變成主流，房子自己住、交通有自己的車，代表你有辦法。「國際孤獨等級表」上的一個人逛超市、吃火鍋、看電影、去遊樂園……到去醫院手術，如果解封開放可以做，如今看起來每一件都合理。

病毒會變種，或許也會推動人類也進化？「一個人的疫後」或許會超車上野千鶴子教授提到的「一個人的老後」觀念，更迫切逼著人去面對吧？

胡亂看著動物星球頻道發現個冷知識：同樣都是貓科動物，野生獅群家族，會比獨來獨往的豹和虎更容易遭受流行病攻擊，不喜合群的「個體性」或許是活下來的關鍵……

深夜一個人坐在電腦螢幕前的我，用力點頭。

#沒有過的生日

其實，我過得還不錯，就算今年沒有辦法過生日。

但平心而論，我生日的「規格」並沒有因為疫情變小，往年也都是線上傳訊來傳訊去，社交軟體不會放過你，各式店家優惠券也不會放過你，朋友的禮物都宅配，我又用生日折扣碼又幫自己買一輪。占星大師在說六月運勢的時候嘲笑一下雙子沒法慶生，解封延後又延後，想不到連七月的巨蟹座也不能了……

居家上班的第一天，人整天膩著貓，貓似乎也很快樂。貓與人的社交距離從原本在我腿上，然後在我桌上，頭靠在手上伴我打字好甜蜜，然後貓就改去睡窗臺了，接下來的情節我想不用多說，人變成貓討厭，我才滑步想靠近，在窗臺熟睡的貓，就充滿情緒地大力敲尾巴，意思像是：好了，不要再來了。

漸漸習慣數日才出門一次的日子，自煮變成重要課題，我給自己買的生日禮物就是一個理想的電子鍋。之前一公斤的白米冰在冰箱一年吃不完，現在的用量，讓我毫不猶豫下單直接訂四公斤高雄一四七。一杯米我大概會吃兩天，隔餐飯我最愛拿來煮鹹粥。

鹹粥對我來說，代表的是原生家庭的味道，每家的口味都不一樣，靠山吃山靠海吃海。我家的鹹粥記憶必定有海鮮，我媽下料從不手軟，魚蝦蛤蜊透抽偶爾還有螃蟹或龍蝦，都丟下去就對了，我常笑她這是流刺網海鮮粥，什麼都一網打盡。而我一個人在臺北要複製這樣的海鮮粥實在不可能，蝦殼蟹殼後續還有惱人的倒垃圾的問題，有餘裕可以丟幾顆干貝下鍋象徵一下，其他的我願意腦補遙想。

不錯的還有，我容易過敏的壞鼻子，長年吹著辦公室冷氣，今年夏天意外得到了特赦，早上若起得早，就幫自己熬薑湯，這或許也是助攻。

還有什麼比好好呼吸更重要的？

間隔與旋轉的裝置

馬翊航

我忘記那個下午原本要做什麼了。我待在羅斯福路上，一樓是麵包店的那間星巴克三樓臨窗的座位。萬安演習的鳴聲隔著玻璃傳來，留下某種原地迴旋的波動。室內交談的背景音，一時像緩緩下降的水位，強迫儲蓄那樣收斂起來。陸續有人從座位站立，主動貼近門窗觀察。一臺公車輕輕壓在號誌線，使人留意其後，八線道上工整漆字的狹長變形。人馬被抽空，蒲葵樹葉搖動，下方墓園維持它自然的安靜與陸沉。那是智慧型手機還不普及的時代，沒有人擁有上傳分享的能力與壓力。我的三十分鐘既被演習挪動，就著手另一項工作：記憶眼前這條路。

多年後，我在某個展覽看見袁廣鳴二〇一八年的作品《日常演習》，驚奇於眼前的動態影像，如何復現了我在那個下午的部分體驗。藝術家也是在萬安演習時，以空拍機穿越城市，跨越橋頭，追逐十二線道。他在二〇〇二年的作品《城市失格》，則是拍攝了數百張西門町照片，再將無人車的部分拼接，製造出空無一人的西門町。末日，終局，祕密，預感。兩個作品都將外於日常視覺體驗的畫面「擺」在觀者眼前，以寂靜發送陣陣電擊。疑慮的，麻木的，挑釁的，沉湎的，世俗的物質與（無）聲（無）息裡，有了近乎聖潔的提示。介於冒犯與除錯之間，使人疑慮與恐懼。近期因為臺北市區升級三級警戒，路面上看不太到什麼人的時候，也令我想起這幾個畫面。

上星期三時候，我與男友已連續在家工作七天。兩人開會後公告：今天是假日。顯然精神比身體需要散步，我提議去敦化南路上的安全島。那裡是和平敦南生活圈行人最少，最接近叢林的地帶。欒樹下步道舒舒蛇行，棕漆鋼條椅久無人坐，降下薄薄的細塵與頑強的菓漬。安全島體現安全性，臉書上數度滑過「同島一命」。眼前此島此徑，草木則是兇猛地生長，一大家族群聚的龜背芋，一大家族群聚的山蘇。網路新聞也說，美東的十七年蟬大規模地走上路面。假日是假的日子，或假以時日的縮減、自我處置。我們雖對彼此說「放假了」，大概也只是在衛生紙、音響、水杯、鳳梨等等實物群中，放下一個假想的裝置，檢驗其間的信任關係。上了兩個月的族語課也中斷了，只好日日自主複習。我查詢卑南語辭典裡kasede'an（假日）與saliwsan（星期）這兩個詞的詞源：前者來自間隔，後者來自旋轉。

二〇二〇年的一月二十三日，我搭火車準備返回臺東過農曆年，再前一天的新聞是，臺灣出現第一名確診病患。路上行人已有一些開始戴起口罩。我在臺北車站近臺鐵轉乘區的康是美買了一盒一九九元的粉紅色口罩，並且在火車上間歇地，偷偷翻開口罩，與一起返鄉的好友對飲啤酒，自我安慰殺菌殺菌啦！幾天後通路上口罩供不應求，過了兩個星期後進入了實名制購買。市場供應幾個月後也逐漸滿足，開始搜集花色各異口罩應對不同場合。只有最初那盒粉色口罩至今仍沒有用完，有點起家厝不能賣的那種心情。在我預備的各種防疫工具中，最精美前衛的，是募資平臺上購買的UVC燈管折疊消毒罩。芭蕾粉霧面PP材質加皮革提把，冷光觸碰定時。放在地毯上像一個太空小帳篷，七〇公分乘五〇公分的範圍裡，降落嚴厲的射線，照死也照活。

今年初，島內移動尚無疑慮時，我在國立臺灣美術館，看見彭奕軒的作品「太陽曬過的味道」。房間內架設UVC消毒燈，定時消毒結束後方能進入參觀（或嗅聞）。進入潔白展間內，我驚呼「誒——真的有耶。」很少有氣味，是因為「沒有」什麼而產生的。同一個展覽中，藝術家還製作了另一個燈光作品：七七四十九個捕蚊燈，排列成正方陣型。基本款式捕蚊燈，產生線香環，紙蓮花，金爐，壇城的印象。冷藍UVA在地面接合成一片超渡光霧，腦中浮現陣陣蚊蟲的爆擊聲：也是因為「沒有」而產生的聲音。返回臺北後，再次把珍愛的擬真海豹布偶，罩在消毒小帳篷三十分鐘，像蒸籠一樣掀開，驚呼「誒——真的有耶。」我緊抱著令人安心的無菌海豹（與它肚子裡的太空棉）反覆揉捏，「是太陽，是太陽的味道」那樣想著。

居家工作後，看影片的時間多了，甚至可以用星期為單位自行安排導演專題。我的上週是阿莫多瓦。飲酒，接吻，排戲，做愛，爭吵，謀殺，遮掩祕密——而且不用戴口罩——我與男友被他們的自由分心了。安東尼奧班德拉斯在《慾望法則》裡，是一個純情霸道到場面失控的可愛青年。為了占有他心愛的導演帕布羅，不惜做掉諸多其他讓帕布羅分心的。帕布羅在最後成為了安東尼奧的人質（當然反之亦然），他們自主隔離在公寓中，換取最後一小時的春光。安東尼奧最終如聖子死在帕布羅懷裡。我是有一些暫時告別人群的欣喜與投機，一些把對方困鎖在身邊的私想（威尼斯之死？傾城之戀？海邊的房間？），但死亡，或者被識破……我淚流滿面，男友詫異（但也不無平常心地）看著我。

城市對於間隔的需求逐漸加壓了，臉書上一張一張信義區，西門町的無人相片，人人都可以是袁廣鳴。那些預言與既視，現世與作品的對流與旋轉，也是一吋一吋地磨損，一點一點地剪取。我們陸續感冒，彼此觀測呼吸的狀況；或為了把一張三天後到期的抵用劵花掉，全副武裝地前往百貨。都是雙人精神品質上的考驗。（考：我不太懂的。驗：脆弱的浮現出來。）居家期間意外讀到資料，喜歡的香氛品牌diptyque，命名來自diptych：雙聯畫。左右對稱的雕刻，連接與雙鄰對應的繪畫，或相互產生關聯的兩部文學作品。我與男友日日背靠著背睡眠，白日共用一張書桌，觀察對方寫作狀態，對自己的刺激或襲奪。有時一隻白蟻闖入，才讓那考驗有一時半刻的鬆懈。

定為假日的那天，男友也為此日誠懇地留下了一張紙條，作為日常的演練腳本：「放鬆，盤點，拉伸，修水電，過十二點後上網買書……」母親同日傳來一個影片檔，是上週末的臺北城空拍。而在我的遙想中，母親在池上的廟中，仍在勤勉執行她的會計，緊戴口罩，大殿的香還在運轉，走上廟的二樓同樣可以看到靜謐的山與街道。三級警戒的第十六天下起了大雨。我把手伸出陽臺，手腕朝上，一滴一滴雨水與我產生接觸。接觸雨水其實也令人緊張，可能因為它們曾看過數座城市的壓縮與空蕩，也唧著比我們更重更纏綿的東西向上移動。

夜行與日走

林俊頴

在四樓的剪接室蟄伏了十一個小時之後，我重回地面，前後是屋齡將近半世紀的老公寓，夜氣沉濁，似乎一顆頭栽落壕溝底。

過了午夜一點鐘的忠孝東路，三月的濕氣重，霉味彷彿夜遊神披著的百衲衣，灰翳的霧氣讓插著幾棟大樓的夜空有一種好疲怠的魔幻感。唯獨路旁花壇突兀的一棵風鈴木，枝頭簇生的黃花還是灼灼其華地鮮亮著。每天下午經過，我看見新的落花萎地，無聲無息，驚訝那黃色的亮度與彩度可以醒滌人心。我查了，風鈴木的花期正好到這個月結束。

我立在紅磚道上等綠燈，眼前大路的東西兩端全無車流，即使對面的五星級大飯店門口也是人息悄悄一如灰燼。這黯淡蕭疏的四線道貫穿深夜，無疑將直抵幾小時後的清晨，那時，會有灑水車像是地母的化身為它梳洗嗎？嘶嘶清響的灑水車為城市開始新的一天，那是興發的意象，「渭城朝雨浥輕塵，客舍青青柳色新」的現代版，大清早的太陽，水色閃著金光，路樹取代垂柳，但一樣是綠色。我迷信顏色的力量。

然而，深夜的馬路畢竟在沉澱一整天的喧囂、廢氣、懸浮微粒，不知何處襲來的腥臭，讓人不得不以冥河來比擬。所以我收斂平常愛闖紅燈的壞習慣，耐心等待，一輛送餐機車魔鬼魚般滑來；望東，理所當然條直串起的是半空中的紅綠燈。每個城市都是如此，白日操勞得傷痕累累，必須趁入夜最少人察覺的時刻，趕快嘔吐、排泄他的淤積與潰爛。

幻覺如此真實，凡夜行者走過之處皆是廢墟，觸目另有一種柔靡。荒地上怒長著野草野花。

已經很多年，我沒再見過屋簷與曬衣竿滴落的露水，換成可憎的冷氣機的排水。也很多年了，我的白目本性不時發作，不放過任一機會，指給同行的熟識或新認識的友人，數落臺北市的老衰凋敝，尤其醜陋。那從不清洗維護的樓房外牆，吊掛的空調主機及其管線，甚至三十年前有線電視纜線亂糟糟的也還在，一旦颳颱風極可能成為血滴子的雨遮，二丁掛瓷磚大片剝落因而蔓延黑黴、水漬、鏽斑，有那憂患意識強的屋主則貼牆架設了護網，唯恐落磚砸死傷了路人。除此，是那無所不在的反射太陽強光的白鐵圓筒水塔，提醒人們這裡是亞熱帶的島國。美學來自於無用之用，為此，我們或許得再等上一百年。我曾經對著一整面才揭掉整大片廣告的四層樓外牆，左半，右半呈蒼黃底色——我很猶豫是否稱之為秋香色，涎著黴絲，有著國畫的解索皴、牛毛皴的神韻；一樓店名「單身貴族」。

癡望時，聯想——我猶豫是否要說神往、哈瓦那髹漆著明麗夢幻色彩的老建築。難怪我輩以降的每一世代如此熱愛出國旅遊，暫時逃離。

有徒步習慣的，很容易發現臺北市的小而便利，很撫慰人心的幅員，因而贏得宜居的美名。實例從西門町走到城南六張犁，八千步；迪化街大稻埕或民生社區，拉鍊式遊走看來有意思的每一巷道，一萬步即可完成，一個風日和煦的下午便過去了，一如漫步社區公園的麻鷺，一察覺人蹤隨即裝死不動如塑像；一樣，沿路幾乎遇不到人，少子化、不生育的鐵證。我真慶幸小確幸是一個快過時的流行語。然而，不是幻覺，更不是自我催眠，信仰天行健之說的日行者夜行者，如果緣河行，儘管河水幽暗有腥臭，知道大海就在不遠卻看不見，忘路之遠近，抬頭是天際白雲下的大屯山系徐緩起伏，似乎伸手觸得，不得不承認很大的程度這是一座封閉的島城。

肺炎瘟疫落實了我一己這討人厭的封閉之感。老實說，權且以孤僻為名，我甚歡喜也享受這一份封閉感。當然，它不等同數年前當對岸的觀光客不來了，島民沾沾自喜國境的景點與祕境獲救了、將不再遭人蹂躪，正好我們自家人獨享，那兩岸彎腰的大樹合攏水面上方，遂與靜靜河流成了一條森綠隧道。島民豈肯徹底了悟，最美的風景竟是沒有人，不是嗎？

據說早早在八世紀，蓮花生大師給過這樣的預言，「當鐵鳥在天空飛翔，鐵馬在大地奔馳的時候，藏人將像螞蟻流散世界各地，佛法也將傳入紅人的國度。」於我，這從不是問題：每個人——市民？國民？包不包括合法與非法的移入者？與他定居的城市是怎樣的關係？得以怎樣的感情來維繫？是否總須意識到彼此有一條無形臍帶？我仍然不時深深懷念紐約市曼哈坦島，一九八九年底的某日，我在下城走了整整一下午，灰暗銷魂的傍晚，我在世貿大樓前的拼磚廣場，仰望得脖子痠，顫慄它宛如冰與晶石雕砌的通天星艦，奇幻的是那一刻，雪花開始落下。我再也不曾像那一刻透澈覺得自己是個異鄉異國人。

友人年輕時的奢望狂想，每一季挑一個大城市住，可回可不回的才是家鄉。我認為是狂想，因為除非有著一張黑卡。讓夢想的歸夢想，它與雲氣霧霾同一國；也讓堅實的歸堅實，好比老牌威士忌的廣告詞，繼續行走（Keep Walking）。不需質疑，路絕對是走出來的。我祖母總愛取笑我祖父每走在小鎮大街，一路與人點頭打招呼像蚼蟻，因為他識得他出生到老死的小鎮的每一個人。像蚼蟻的形容，令我欣然嚮往。我相信行走的基因來自人類的始祖好比露西祖母，儘管她還不能完全直立行走，但幾百萬年前的東非大草原，何其壯闊。因此，我有必要模仿勵志文體如此小結：眼睛是雙腳的延伸，記憶更是，何以解憂，唯有走路。

雖然，習醫的朋友難免憂心，試圖委婉勸阻我：疫病非常時期，你看得到病毒？還是要小心點，別亂走。

就在我晝伏夜出剪接室期間，曾經懷有狂想的友人結夥去了一趟東部兩天一夜，預計每天走三十公里。這樣的行走目的是為了倡導校園犬貓，有纖維肌痛症卻脊梁骨與意志必定如鋼筋的發起人立志走遍全島每一所小學，臉書打卡，希望不久將來得到校方回應，若每一校能收養浪貓浪犬當作友伴，毋寧是給小學生最好的生命教育。類似愚公與精衛鳥的壯舉嗎？五里一徘徊，傳來即時照片，護岸工程顯然已經完工的東海岸，烈陽將天空打得極稀薄，海天淼淼，金光爍爍，讓人錯覺必有神力加持可以向海平線直直走去。除了車輛，沿途罕見人影，公路旁的一株野生桑葚結果纍纍，半數紫黑，另一半仍是白綠未熟。

離我五步遠，突然來了一對年輕男女細碎偶語，兩人沒有絲毫異性間的微妙張力，一身白衣裙的女孩豐腴得像是小飛象。我們都忘了口罩的必要。

我與兩男女無視對方的存在。藏族諺語：「如果我讓你進入我的夢，那也會成為你的夢。」我快步走過斑馬線，這棋盤式的城市一角只有我一人走動，大樓陰影裡轉了兩個彎，左手邊小面積綠地有幾棵山櫻，一個月前的花季，輕盈抖擻的粉紅與緋紅有層次地包覆整樹，等待城市的曠風將它們吹成殉美的風暴，在在提醒人們春光易逝。現在滿樹換成密密的果子，深夜裡一個個黑色橢圓小點，落果地磚上被踩成一塌塌髒污。科學界的爭論，露西祖母更多時候是爬樹、棲樹高手，還不能夠長時間地行走，是以路還沒有走出來。因為直立啟動的進化機制，改變的是腳板的弧度、腿與臀部及其肌肉群、腰、內臟、脊椎，百萬年一瞬間，彷彿聽到變化的炮仗聲啪啪啪啪，俄然，直立人的目光在星群裡放光。我彷彿看到自己與友人趁夜深在山櫻樹下踮腳尖伸長手，噤聲，低處的果子摘光了，進而爬上樹採收。果肉不多也不甜，稍苦之後卻有回甘的韻味。

鼴鼠雨果

川貝母

每個人都在搶理髮師。

疫情肆虐一陣子後理髮師變得稀少又珍貴，像某種珍獸，不可求得的神職。盯著鏡子中蓬頭垢面的自己，簡直就要抓狂，劉海失序猶如癱軟在礁岩上的海草，既難纏又無法掙脫。失去完美弧度又讓自己的笨手修剪後成了不忍直視的樣貌，好像病毒透過另一種形式在摧毀自己：讓你不成人形。

或許會說，反正又不能出門，在家蓬頭垢面，如何的邋遢、在沙發睡出人形、臉上長了難纏的膿瘡、縱慾過度眼神渙散、整天追劇面目僵硬等等，這些都不會有人看見，又何必在意呢？

就是會。那是一種找回昔日生活的重要依據。沒有人預料隔離會那麼久，一開始說一個月，然後三個月，最後一年過去了疫情始終還沒有舒緩的跡象。身體逐漸變形，一切都在擴散、蔓延，驚覺自己怎麼會是這個樣子。也因此才明白，生活得不斷地修剪才能維持原狀。不管是任何形式，抽象或是具象，身體或房子，維持所耗費的力氣比想像還多。

這些東西也很會挑時間故障：無法控制音量的電視機、發出巨響的冷氣、讀取緩慢的網路、刀柄分離、馬桶阻塞，就連白水木也被紅蜘蛛襲擊，一切都需要有人來解救。但街已經是無法前往的禁區，出去的不是染病就是被強制帶往醫院從此音訊全無。而頭髮呢，身體逐漸用緩慢的方式奪回他的控制權，讓自己脫離文明回到原始的狀態。所有緩慢生長的東西最後都會奪得勝利，如攀附纏繞佛身的藤蔓、長滿真菌的動物腐屍、海底被珊瑚覆蓋的沉船、在潮濕陰暗的膀胱聚集的結石、洞穴裡想要觸摸彼此的鐘乳石，牠們以眼睛無法察覺的速度增長。頭髮像是提醒自己別被那些染劑與理髮師的修剪技巧讓你遺忘來自何處，裸著身披著亂髮的樣貌甚至讓人想起遠古時期的人類，自己在地球上雙腳站立起來的歷史不過是幾萬年前，只占據地球生命一小個指節的長度。

理髮師戴維在軍隊的保護下進入大樓。有鑑於先前曾發生居民不管隔離禁令衝到街上搶奪理髮師的事件，理髮師的人身安全一律由政府保護，並統一造冊輪流修剪。暴動仍然歷歷在目，數名披頭散髮的居民爭奪著理髮師該去誰家的優先順序，像野生動物般吼叫、扯髮、亂舞。食物短缺尚未引起抗爭，反而因為頭髮無法修剪而暴動了，令政府感到吃驚，隨即召集所有僅存的理髮師，給予優先的疫苗施打與各種可防治病毒的藥物與裝備。

理髮師戴維這次拜訪的是比利先生。比利距離上次剪髮已經是五個月前了，當時很快就輪到他理髮，他不懂為什麼其他人會把頭髮看得那麼重要，直到結束後一個多禮拜才後悔，終於明白並不只是單純的理髮，而是面前有一個可以說話的對象，可碰觸活生生的身體，這種人與人近距離在同一個空間現今幾乎不可能存在。疫情之前，比利剪頭髮時通常不跟理髮師說話，他在意與人過於親密的接觸，尤其當一雙手在脖子間來回游移，陌生的雙眼直直盯著自己看的時候，總會感到坐立不安。比利會懷疑理髮師在剪髮時也在盤算什麼，猜測自己的職業，透過鼻樑臆想性器，或者觀看眼神就能知道自己的祕密：有多少懊悔的事盤旋在裡頭而顯得混濁。因此比利理髮時追求快速俐落，最好能像圖書館般的靜默。

疫情前比利覺得自己能夠獨自生活，但隔離後卻覺得一段時間還是需要對著某人說話，跟攤販買東西也好，與鄰居爭論樓梯間擺放私人物品也罷，好或不好至少都是人與人的交流。這之間的差別是什麼，自由嗎？還是人本來就需要靠對話來獲取一些能量，因為身體感覺有某種東西正在急劇消失。胸悶，喉嚨緊，悲傷隨時在側。

先前戴維來時，比利只比劃了一下頭顱說「修短。」之後便闔眼獨自休息起來。戴維說你是我遇過最安靜的人，大家都對她說個不停。童年回憶、喜歡的電影、對疫情的推測與小道消息、末世論、夢境的啟示、身體的變化、未來想去哪玩（已鉅細靡遺地列出觀光行程、列車班次、祕境餐廳的預約、踏上海浪時該選擇哪一件泳裝）。其中「隔離的前一天」最多人說，也最無聊，但大家普遍對那一天最為留念，彷彿帶有某種神聖性。因為是如此的平凡、自由，想去哪就去哪，不會有人突然缺氧倒下，也不會因為染疫而被當成四處散播的惡人。「隔離的前一天」在記憶中被緊急凝結下來，原本以為是不重要的日子，突然發現它的重要性了，用盡各種方式緊急回溯當天的吉光片羽，再微小瑣碎的事都不能放過，然後仔細地咀嚼再反芻，試圖在裡面找出值得紀念的事。

比利再次見到理髮師戴維時過於緊張，他是說話的生手，該如何把想說的事情在三十分鐘內講完對他來說是不可能的任務，想法總是在浮現之前便消失無蹤。至於戴維，經歷過無數人的洗禮後顯得老手般的冷靜，對於比利的慌張不以為然，好整以暇地繼續準備理髮流程。無論每個人的房間擺飾如何不同、身材高矮胖瘦、頭髮乾燥或油膩、滔滔不絕或沉默都不會影響到她，戴維只需要一把椅子請對方坐下便可以將工作完成。

「我知道現在應該跟你說些什麼，但短時間內實在想不到什麼好說的。你看這房間就知道，除了生活必須品外其餘的休閒娛樂或興趣都沒有。最近供電的時間不穩定，網路中斷，電視頻道關了好幾臺，是那些人都染病了嗎？對外界一無所知。你可以想像嗎，日子過了那麼久居然沒有任何資訊累積，時間都黏在一起了。」比利看著鏡中的自己說話。鏡子的污垢加上五個月未剪的頭髮，使得比利看上去比三十六歲老了許多。

「你可以說說回憶、童年、初戀、一直糾纏自己的夢境、最懷念的旅遊景點或者大家最感興趣的『隔離的前一天在做什麼』。」戴維說。戴維拿著梳子用力刷順比利的亂髮，像是在對馬匹梳毛一樣，力道之大使得比利斜斜歪著頭，梳子纏繞頭髮像是被吞食似的。

「我沒什麼值得一提的回憶，盡是些生活小事，牢騷成分居多。我總是看別人不滿，家人朋友鄰居都離我遠遠的。我知道大家私底下都叫我怪人比利，因為我有一大堆規矩……這些就別提了，總之我花太多時間在抱怨，設立自己的小圈圈不讓人靠近。」比利說。

戴維的剪刀俐落地劃下一戳頭髮，順勢再補個幾刀，比利就顯得年輕起來。鏡子裡的比利感覺有光，這時比利才感受到時間如何在身上變化。關於比利的自白戴維只有嗯哼一聲便繼續剪著頭髮。這些日子以來戴維都不用開口，因為根本就沒有機會說話，每個隔離者都成為演說家。

「如果可以，我希望你能跟我說說故事，什麼都好，外面的世界、疫情發展、星象變化等等都可。」比利求助於戴維。

「外面的世界我知道的並不會比你多，我也是隔離者的一員，只是碰巧是理髮師就被拉出來打一些疫苗。但誰知道能撐多久？據我所知，仍然有打完疫苗的理髮師染疫死亡。理髮師只是被政府推出來延緩民眾的躁動罷了。美其名施打疫苗接受保護，其實像工具一樣。」戴維說。

「那說說隔離者的事好嗎？他們都跟你說些什麼有趣的事？」比利說。

「他們說的那些瑣事我早就忘了，有時也沒在聽。聆聽時不能照單全收，身體要清出一個軌道，讓這些字句順著排出去。有滿多理髮師新手因為不懂排解之道而崩潰。聆聽從來就不是一件輕鬆的事。」戴維拿起剃刀準備處理最後的細毛。「但有一件事，可能說不上有趣而是有點奇怪，倒是可以說說看。」

「就如同我先前所說的，任何事都可以，願聞其詳。」比利如釋重負的說。

那是關於鼴鼠雨果的事。

「鼴鼠」是雨果對自己的稱呼，因為隔離居住的地方沒什麼窗景，總是暗暗的，像是住在洞穴裡的鼴鼠。睡覺，進食，無所事事，準備冬眠似的。鼴鼠雨果就跟一般人一樣，已經無法負荷隔離獨居處於發狂邊緣。日子每天都一樣毫無變化，就連夢境也無聊，這讓鼴鼠雨果感到悲傷。自從戴維第一次去幫他理髮後又更加深了他的憂慮，因為離別後不知道過多久才能再次與人對談。

某日，鼴鼠雨果對著茶壺說話。一開始還沒發覺，等到水燒開發出汽笛聲的時候才將幻覺打破般地清醒過來。鼴鼠雨果訝異自己在不知不覺中成了自言自語的人了，但另一方面心裡面卻感到悸動，有某種沉積在胸口霧狀的東西散開的感覺。

那是說話的力量，鼴鼠雨果想著。

鼴鼠雨果開始習慣在生水煮滾前把話講完，過程中茶壺呼嚕呼嚕的，像是配合自己所說的事唯唯諾諾，語畢之後熱情地發出嚎叫。鼴鼠雨果原本以為自己已經喪失了語言，因為喉嚨時常發不出聲音，那是長期缺少發聲所造成的緊縮，就算自吟自唱喉嚨也會感到疼痛。如同橡膠失去彈力，過了冬季的電扇風速不如以往。直到對著茶壺說話這個症狀才不藥而癒。鼴鼠雨果也試著跟其他物品說話，掃把、茶杯、垃圾桶、衣櫃等，但效果都沒有茶壺那麼好，也許是茶壺漸漸煮沸的特質讓它具有某種靈性？

戴維再次去幫鼴鼠雨果理髮的時候，發現他跟上次有點不一樣。雖然是一頭亂髮，但眼神明顯跟其他獨居隔離者不太相同，那是有著正常社交生活者所擁有的眼神：明亮、有活力、情感豐富、有故事的雙眼。正當戴維感到不解的時候，鼴鼠雨果向戴維說他跟茶壺說話的事，同時分享這幾個月來更近一步的發展。

「這是在閉上眼睛時觸發的。」鼴鼠雨果說，「我發現不能侷限於視覺，視覺是表象，我們會受困於此。只要閉上眼轉往內在，就會發現那是無限廣袤的平原。而且平原上不只有自己，茶壺也在裡面喔。」戴維聽不懂，只能繼續側耳傾聽。

「茶壺站在遠方，我朝著他跑過去，雖然不曾見過人形狀態的他，但我心裡立刻就知道他是茶壺本人沒錯。我的腳下是翠綠的草皮，鼠麴草、球序卷耳、蛇莓和馬蘭等開著細花遍遍，沒見過如此生氣勃勃又平靜的地方。天空有低矮肥碩的積雨雲緩緩滑過，雲的影子在草原上像是悠遊而過的儒艮，當影子儒艮滑向自己的時候，感受到一股夏日溪水邊的沁涼。我向茶壺打招呼，茶壺本人也像多年熟識的好友般回應我。」鼴鼠雨果眼神發亮地說，「也就是我不再是一個人了。你知道嗎？我不再是一個人孤單在這裡了。」

之後戴維再去找鼴鼠雨果時，發現他神色安詳閉著眼睛站在房子中間，偶爾開口但也不是跟她說話，想必是跟平原裡的茶壺說話吧。戴維就這樣靜靜地替鼴鼠雨果理髮，感覺像是在修剪植物一樣。

頭髮理好了，戴維用柔軟的毛刷輕撫撥掉比利臉頰與脖子上的髮屑。

「所以他不再是孤單一個人隔離，而是在內心平原上有茶壺的陪伴嗎？」比利說。

「照他的講法似乎是這樣。後來我把這件事呈報給軍方，其他地方也有零星類似的案子，閉著眼睛跟看不到的人說話。不約而同的是他們都有提到『平原』。這些人彼此不認識，僅存的電臺也沒有播送類似的訊息，為何有這樣的現象產生，軍方還在深入調查有沒有可能是病毒產生的異變幻覺。」戴維說。

「不知道他們的平原是否相通？」比利說。

「若能相通就太好了，他們可以一起在平原群聚，喝著美味的琴酒看著夕陽聊聊天，不像我們被隔離著。天曉得還會持續多久。」戴維收拾好理髮工具箱後便離開了。

理完頭髮的比利呆坐在鏡子前，思緒還停留在鼴鼠雨果的平原上。比利看著鏡中理完頭髮的自己，變得跟隔離前沒什麼兩樣，彷彿疫情完全沒有發生，他待會就可以出門到街上去似的。平原啊平原，鼴鼠雨果所說的平原是什麼樣貌呢，比利心想若能看一眼有多好。

比利緩緩轉頭看向桌子上的茶壺。閉上眼睛，試著找尋平原的蛛絲馬跡。

空琴演奏會

韓麗珠

窗外無人的街道，像一座「空琴」。木森自淩晨五時半，一直坐在窗臺，察視天色從微亮的深藍，褪至淺藍，然後漸漸由白天完全接管這世界。街燈陸續熄滅。他的肚腹深處升起一種欲望，想要彈奏被恐懼凍結了的街道。

「空琴」是木森發現的名詞，指的是那些被冷落經年、失去主人的、在一所廢棄的房屋裡的、多年沒有調音的以至音準失調、被時間和現實腐蝕了的鋼琴。後來，木森的樂團，以及演奏的朋友，全都把「空琴」掛在嘴邊，就像那是某個流行用語，他對這個名詞便產生了一種陌生的，近乎羞愧的感受。

那天，他第一次把琳帶到自己的家，讓她看他的琴。琴陪伴他度過了生命裡接近三分之二的光陰。他的家人分布在不同的國家，只有琴跟他經歷了幾次搬遷，就像一個後天的，沒有血緣關係的理想家人。他對琳說，琴的名字是「林」，英文是Forrest, the piano。琳逕自坐在琴椅上，用食指隨意敲了幾個鍵，林木以為這是她和鋼琴握手問好的方式，但她轉過頭來，對他說：「你知道嗎？其實我是一座空琴。」琳的臉一半暴露在陽光下，另一半埋在陰影裡，她的鎖骨瘦削像懸崖上嶙峋的石塊，使他想要攀爬她。琳並不是一個容易相處的伴侶。她不是勒索似地苛求他，就是尖刻地評斷他，而在這兩者之間的空隙，就會向他裸裎出脆弱。她說：「我是荒廢多年的空琴。」她當時並不知道，他把她寫給他的卡片、信、貼在飯桌和冰箱門上的便條，都收藏在鋼琴的肚腹之中。他每天都在彈奏他們的關係。那時候，他還沒有察覺，對於原諒（很久以後，他才明白那其實是退讓）的厭倦。因為當時的他擁有那麼多——「林」琴、聽眾、巡迴演奏的機會、房子和車子——他才會那麼慷慨而不自知。

他始終沒有告訴琳，對他來說，「林」琴是他通向她的橋樑。她有著屬於自己的「王」，而他的祕密空間是「木」，「林」就是他們得以共處的部分。

根據偉達的轉述，事情發生時，他正在演奏會的臺上。他認為，必定是在他彈奏李斯特的《死之舞》期間，那曲子高低錯落的，使他必須掏盡內在所有，而在那時刻，他確切地感到一股灼人的熱力，從他身體深處噴發出來，絕望、悲哀、悸動，情緒的頂點。

偉達對他說，他應該感到慶幸，房子失火的時候，他身處在音樂廳，而琳在一週前已遷出那單位。「否則，以你奔跑的速度，以及猶豫不決的個性，你一定會抱著琴，寧死也不放開。」偉達提醒他，房子和琴都有保險賠償，他的損失已減至最低。

只是那些畫面仍然無法抑止地湧上他的腦海，例如一群跟他素未謀面的小孩，為了慶祝新年的到臨，手上捏著帶著火尾巴的穿雲箭，漫無目的地射向天空，驚擾了正在樹叢中棲息的鳥。他們並不知道，其中一根小火箭，插進他那沒有關上窗子的單位，窗簾被火燃燒，接著是沙發，或許還有他放在飯桌上的一堆未及拆開的信件和待繳的帳單。火勢猛烈得像肆無忌憚的客人，掠奪了伴隨他多年，跟他密不可分的三角鋼琴，又把整個房子據為己有。

他沒有見過那幾個小孩。他早已沒有跟琳見面。他再也無法回到那房子。他在一種猝不及防的情況下，跟「林」琴永別。在隔離的旅館房間裡，他站在浴室，看著鏡中的自己，他想：「為何我還沒有消失？」

那時候，人們還不知道，新年的演奏會，是最後一場實體的音樂表演。演奏會結束後，偉達走進後臺，告訴他房子失火的消息。他看進鏡子裡，自己那張為了演奏而設置的假面，陷入了長久的呆怔之中。一星期後，疫症在他居住的城市爆發，而且迅速蔓延。「這種原因未明的病症，最可怕之處，並非類似感冒的症狀，而是會引發沮喪、失眠、食欲下降和記憶力衰退等憂鬱的反應，導致他們工作效率持續減慢，有些人會失去活力，也有人失去生存的意欲。」晚間新聞記者，引述傳染病學家的分析作出報導。疫症在國家和國家之間流竄，國界陸續封閉，劇院、博物館、美容院、理髮店和遊樂場也封閉，餐廳封閉，不久後，人們也一個接著一個把自己嚴嚴實實地封閉起來。

不過，偉達不是其中一員。多年前，木森和他一起從大學的音樂系畢業，木森一邊接洽公開表演的工作，一邊應徵加入樂團。偉達卻寄信到市場推廣公司，申請見習行政助理的職位。「我一輩子都喜歡音樂，但，鋼琴的世界太狹小。」他說。離開大學之後，對於不必再把一天之中大部分時間耗在練習鋼琴之上，他感到鬆一口氣。幾年後，木森在鋼琴演奏界累積了一定的知名度，隨團表演和獨奏的機會愈來愈多，近乎應接不暇，偉達辭去了原本的工作，成了木森的經紀人。畢竟，沒有人比他更了解木森和琴。直至所有表演場所關閉，偉達使用自己的車子，提供電召接載服務，又成了一名暫時的司機。

木森完成最後一場演奏會，回到原居地，住在偉達給他預訂的隔離旅館，之後，又遷進了偉達替他挑選然後租下的單位。那時候，木森只有肩上的背包和手裡的皮箱，然而，他仍然感到異常沉重，痠痛從筋骨蔓延至全身的肌肉。

新的房子有一個很小的陽臺，偉達在那裡放置了幾盆紫羅蘭和茉莉花，提醒他按時澆水。屋子裡的基本家具一應俱全，但對木森來說，沒有「林」琴的房子，就是一無所有。

保險經紀在木森遷進新居後的第三個週末，帶著文件進入那個家。那是戴著眼鏡的清瘦女子，他想不起曾經見過她，可是她用那雙已見過他的房子付諸一炬的眼睛一直盯著他看，那種過度的關切使他不適。然而，她微微向上彎的嘴角，一直滲出一種充滿同情的職業性微笑，他便明白，那是工作附在她身上的枷鎖。經紀給他遞上所有需要簽署的文件，同時承諾將會把保險金盡快送到他手上。

經紀離開後，木森發現，空蕩蕩的居所，像被撕去了一層薄膜，呈現出一種更深層次的空洞。彷彿從原來的密封、令人窒息的空洞，再破開一個微小的孔洞，光從那裡透進來。兩個月以來，他第一次暢順地呼吸到清新的氧氣。不久，因放鬆而來的疲憊把他包圍，他躺在偉達買給他的沙發上，感到那柔軟而具有承托力。他經歷了一次短暫而無夢的睡眠，再次睜開眼睛時，發現下午四時的金色陽光，透過窗櫺落在米白色的牆壁上。他湊前觀察它，看到「林」琴的影子，一種本能從他的盤骨底部升起，他不由得一顫，那是彈奏的衝動。他在那片光上奏起李斯特的《愛之夢》，在曲子完結之前，光就像盡了本份似地，在牆壁上慢慢地消隱。他揉了揉眼睛，看到房子露出了一種擠擁，幾乎每一件家具和用品，都帶著琴的姿態，他知道，恢復練習的時刻已經到達。

次日，天色還沒有亮，他便起來，為了本能的呼喚，也為了在他身子裡沉睡很久的東西，隨著日出而甦醒。他推開陽臺的門，坐在椅子上，低頭檢視紫羅蘭，確認了它正在健康地生長，便閉上眼睛，彈奏它的花瓣和葉片，最後是泥土。

他端詳著那盤黃色的仙人掌很久。他並不懼怕它身上密密麻麻的尖刺，也不會迴避痛苦，可是他知道，仙人掌每次使用尖刺去防禦外界的凶險，都會耗掉一些生命能量，漸漸會變得虛弱不堪。但他還是硬起心腸，彈奏了仙人掌，一首短促的曲子。

陽光燒痛了他的皮膚後，他退回室內，走進房間，打開衣櫥，用手隨意掃了一下整齊地垂直懸掛著的襯衣。他已經很久沒有穿上它們，久得使他忘記了某個被他塑造的自己，那陌生感使他舉起發麻的手指，在衣服上奏起了《月光曲》。他從不曾感到，彈奏是如此深刻近乎無情的挖掘。琳跟他分別前，對他說的一句話再次湧上他的心：「或許在某天，你會找到一個，讓你甘願放棄鋼琴的人。」

他曾經彈奏過琳的身體無數遍，而琳回應他的力度是一種敲鑿。她並不知道，對於自七歲開始習琴的木森來說，琴是他整個世界的源頭，琴以外的一切，無論那是學業、關係、房子、父母、朋友、伴侶，甚至是他的身體，都只是琴的仿製品或延伸罷了。琳所說的，無疑是在告訴他，她一直渴望他放棄的不（止）是琴，而是他和她的關係。無疑，琳並不真正了解自己說了什麼。木森必須對她公允，畢竟，這世上沒有一個人能完全覺察自己所言所行的終極意義和影響。

那天下午，木森終於生出了踏出家門的勇氣，到居所附近的菜市場採購食品，他發現，街上迎面而來的路人，看著他的眼神，就像在看著一個身障者（例如一個失去雙腿或半個腦袋的人）、喪偶者（無論以何種方式和伴侶分離）或意外中的倖存者。那種眼神摻雜著憐憫、幸災樂禍和一點點恐懼。他們的眼神成了一堵透明的牆，圍攏他，使他不得不面對自己的嚴刑拷問。

「失去了相伴多年的琴的奏琴者，等於斷了一條手臂。」有一雙眼睛這樣說，即使沒有聲音，他也能聽到，正如他難以忽略演奏會中走調的琴音。

「你不是失去它，」他時常聽到自己的聲音，「你蓄意丟棄了它。」他無法迴避自己的質問。

他並沒有責怪那場大火，只是，席捲整個地球的疫症，使每個人的臉面都掛上了口罩，那讓他們的眉眼看起來更咄咄逼人，而他已經無法低著頭，把視線集中在黑白分明的琴鍵之上。他對世界的驚懼忽然無處收藏。在他看來，人們的眼白和黑眼珠，全都像活動的琴鍵，對他作出了不同程度的指責。

木森並非認為，人們像琴，而是，琴有著人的特質，它們可以在某個層面和人相通，卻又沒有人性之中令他懼怕的部分。鋼琴是一種機械。他的手掌溫厚有力，手指修長，指和指之間可以跨越的寬度，足以讓他從一個世界逃到另一個世界，像一個跑手，征服山巒起伏不定的部分。

「你買到新的琴了嗎？」偉達在電話的另一端問他。

「這不是一件容易的事。」他說，在這樣的環境下，不僅是人，連店子裡的鋼琴都進入了自我封閉的狀態。「我聽不到它們真正的聲音。」他認為偉達會理解，奏琴者遇上屬於自己的琴，比碰到靈魂伴侶更難。

「這是不妙的事。」偉達沉吟片刻後吐出，收到一個線上演奏會的邀請。獨奏者在家中進行演出，同步直播。「你要使用自己的琴，可是現在的你是個無琴者。」

「無論如何，答應他們。」木森斬釘截鐵地作出定案。這是偉達不曾目睹過的面目。

木森放下電話的時候，腦海已湧現了演奏會的名字：「空琴演奏會。」

就在那一刻，他的專屬的琴出現了。他看不到它，卻可以確切地感受和聽見它。那也是一座三角鋼琴，但它的肚腹是空的，簇新、乾淨，剛剛誕生。他觸摸到它冰涼的琴鍵，手指就在琴上舞動，跋涉了一座又一座山峰。他彈奏著虛無。那虛無自宇宙初始之時已存在，他只是在偶然的機會下取用了它。在虛無中，粒子根據他的想像聚合成了琴的形狀。不久後，在空琴演奏會中，聽眾將看到他激昂地彈奏看不見的鋼琴。

他有一個新的計畫，那就是，彈奏一切。彈奏風、彈奏雨、彈奏梨子和蘋果、彈奏牆壁、地板、桌布和燈罩、彈奏蓮蓬頭灑下的水串、彈奏碟子和碗、彈奏掉落的木棉花和在空中飄浮的棉絮。

另一天，他也是在日出前醒來，在一片混沌之中，再次想起琳的話：「在某天，你會找到一個，讓你甘願放棄琴的人。」他忽然聽懂了，那話中的話：「你會找到一個讓你甘願放棄性命的人。」

他知道，這是他最後一次想起琳。

役年·疫年——窗外·窗內

潘國靈

1、塵埃／屏幕

本來無一物，何處惹塵埃。佛偈很清明，但我很迷濛。

於我，生命就是不斷積累塵埃。塵埃偶爾飛揚，然而終歸落定。在陽光穿透玻璃窗灑落之時分外得見，此刻我在居所中（我不稱「家」，如塵不言根）打量著，十五分鐘後我便要開Zoom上課了。

這樣的日子持續了多久呢？說來也有一年多，然而時間意識愈發模糊了。回想最初，面授課在我城的腰斬非出於疫情，在我任教的大學裡，在二〇一九年十一月十三日，在大學淪為戰場後兩天，大學學期突然中斷，儘管我在班房內已守到最後一兵一卒。城中戰火處處蔓燃。才一個多月後，二〇二〇年一月，新學期開始，面授課才剛恢復不久，然後忽然，疫情來襲，二月轉為網上授課。別的城市因疫情擺盪於面授課與網課之間，而我城，之前的「反修例運動」一役卻彷彿先來了一場預演。但說是延續嗎？又不然。如果時空也有旋律，在我城，「抗爭年」滑向「抗疫年」，方才沸騰，忽然沉落，兩段旋律分明迥異，急劇變調卻又相互糾纏。

政府最初還跟世界衛生組織一鼻孔出氣，呼籲市民不用過分緊張，不用戴口罩（我們的木偶首長，還訓斥官員公開戴口罩）。是的，世界衛生組織，有誰記得十七年前，中國指控它將醫學政治化，一個陳馮富珍後，敵者變成友好。人是不應太好記性的。這城市從來不然。

我看著塵埃落定。分針一步一跳地踏到「VI」上（是的，我又重新戴手錶了，幽明送我的），我收起思緒，我打開嗓門——沙啞的嗓子，開始網課。不少老師喜歡開著鏡頭，我在電腦屏幕那窺視人的孔眼中貼上封條。同學們，你無需看到我我也無需看到你，你已經不是小學生而我從來沒想過要做YouTuber。

我對牢屏幕說足三小時（恍如我寫作獨對書桌嗎？），有時說著說著另一個分裂遙距的自己打量著自己，拽著頭髮張開口洞也不是不像一個瘋子。可幸不用戴上口罩，飛沫只會投向面前屏幕。可幸聊天室中同學也偶爾傳來回應，讓我知道我演的也全非一場無人聆聽的獨腳戲。

生命到一定年紀，就要學習與無數隱形的東西共存，包括幽靈、影子、病毒。影子可以在Zoom上照見嗎？我看了一看，只見屏幕上也鋪了一片塵埃。

2、劏房／世界

幽明已經離開校園，但她仍有上我的網課。特別於此時此刻，這一科目。我授的是一門叫「香港論述」的課。（那你應明白，何以授課竟也有守著陣線之感，十多年來我不曾有過。）

十七年前，幽明仍是一個小女孩。踏入二十一世紀，第一場突發傳染病，最初也是無以名之，姑且叫作「非典」（非典型肺炎），後來有了一個醫學名字，簡稱SARS，跟我身處的特別行政區（SAR）幾近同名。那年病毒來襲也夾雜著很多東西。無腳鳥在四月一日墮地，自此改變了四月一日（愚人節）的意義。七月一日五十萬人上街，自此改變了七月一日（回歸日）的意義。街道上浩浩蕩蕩的人群中，有微小的我。那時幽明在哪？她還未來到我城，不知在韶城還是小學生的她，對當時疫情又有何印象。

我不在懷舊（但我也難以忘懷），想起以上，只是幽明一次跟我說到她姨媽，在疫情爆發之初對她說：「你們還真年少，當時SARS，社會比現在更為嚴峻！」「怎可如此簡單比較呢？」我說。十七年前的病毒與十七年後的病毒，都是頭戴皇冠，都是開出肺花，都是自某一國度飄來，但，怎可如此簡單一說呢。沒錯論死亡率SARS更高，旋風式短短一個春季，在我城奪去二百九十九條人命。但論傳播率，武漢病毒，不，後來也給醫學正名為COVID-19，傳播力卻高多了，並蔓延全球。病毒跨越物種界線（上回是果子狸，今回是蝙蝠嗎）。又是野味，華南海鮮市場。武漢實驗室。可防可控，不會人傳人。有限人傳人。僅飛沫傳播。不排除空氣傳播的可能。到木偶特首打倒昨日親自示範戴上被戲稱貌似內褲的「銅芯口罩」時，時間又彷彿走了許多步，以另一刻度單位，前進或後退。二〇一九年還青筋暴現說就算感冒也不戴口罩的姨媽如今也戴上口罩了。禁蒙面法名義上仍在生效。

幽明本來與母住在天水圍城。二〇一九年碩士畢業幾月後，她便離開圍城，搬進長沙灣的一個劏房單位獨住。劏房在長沙灣道上的一幢唐樓，拾級步上五樓，好端端一個單位被切割成六份出租，也不算太差，放得下一張床、一張桌椅，還能容納一個書架和衣櫃，有自己獨立的廁所，獨立電錶水錶，出租者在這城中也堪稱「良心業主」。窗簾也不錯，傍晚時分拉開可以看到樓下肉食檔的紅燈罩亮光，拉上，幾十平方呎就成一個世界。活在我城是多麼卑微的事，只是自由找換成呎價，比許多真偽豪宅更要高昂。我說你那麼急著搬出來住，棄單親母親於不顧，她只回我那匈牙利名詩：「生命誠可貴，愛情價更高。若為自由故，二者皆可拋。」我知那年自由塵土飛揚，人人都或多或少受到感染。她唸著當兒，我悄然想起曾經也有人跟我說過，自由與愛情，若有一天也出現張力，以至衝突，不得不選時，她的選擇也已經寫在此詩中。關上窗簾就是一個世界，此刻同在，有一天這世界也會把我摒諸門外。如病毒重臨，被離棄的經驗我也曾經有過。但有了經驗就會產生抗體比較強壯嗎，又很難說。

掛好窗簾後幽明帶我到附近一間叫Neighbor的餐廳吃漢堡加薯條。她一早查好這店是「黃店」，手打漢堡包加雙色薯條。此時「黃色經濟圈」正在城中蓬勃發展。吃著薯條時不知何故說到美國開國歷史，聯邦制如何產生諸如此類。我無意將課堂帶到食店，不過話說回來，如此言談，昔日看似「離地」的，當時都變成生活日常。都說打國際戰嘛，不久前美國才通過了香港人權法案。「We Connect」，木偶特首數年前參加「選舉」時的口號，某程度在民間，以意想不到史無前例的方式達成了。

加速師紀元。後真相年代。此時二〇一九年已走近年底，有誰料到當時，在某個國度某個暗角，悄然無聲地暗生著一種自行加冕的隱形病毒，正準備或已然加入了「加速師」、「後真相」行列，並將以另一方式進行更無遠弗屆的「We Connect」。一戰未平一戰又起，役疫相碰，二〇二〇年以另一戰幔揭幕，密謀叛變。

飯後你拉我到深水埗散步。途經也一格一方土的排檔，南亞人擺地攤售賣舊家居電器用品。再經楓樹街球場，我說這球場的名字很美，我仍然會被美的東西迷惑，即便只是一個名字。我們在第一號看臺上喝著啤酒看著球場上的人為著一個圓球追逐，這也是另一世界。不出數月，這球場連同我城不同的休憩空間設施，都將圍上封條，閒人免進。拉丁諺語，carpe diem，活於當下，及時行樂。在我城，與其說是生之態度，不如說是生之必然。非如此不可。

3、失林／失語

失林的鳥，方向莫辨。白鴿撞在玻璃上，噗一聲，痛嗎？此時我打量著窗。從沒想過白鴿也會飛得那麼高，竟可與麻鷹共舞。高樓外牆上的支架為白鴿製造新的落腳點。白鴿不築巢，暫棲空中樓閣，一時看著以為幻覺。活在我城，別說人，連白鴿都要學習適應。

從窗戶轉回視窗，哪扇窗才更真實，通向更廣闊的世界呢。Zoom上顯示已「出現」的學生數字，老師常常是等候的人。我慣於等待。今趟「香港論述」課講到我城人身分和少數族裔。少數族裔在我城中一直都在，有過客的有難民的有移居的有幾代人早已在此地落戶一出生就說著我城語言的。來自菲律賓印尼尼泊爾巴基斯坦印度等等不一而足，也曾有顯赫家族，占多數的則是基層。明明同在，但有學者曾說我城「目中無鄰」，即對「他們」視而不見。二〇一九年那場風暴意外地增加了少數族裔在我城的「能見度」。何謂我城人不囿於血緣而也可以公民價值論斷。不少少數族裔也為那場運動打氣，以至投身其中。不過，認同不該是強加的，如果有人始終欲與城市保持距離，這應該也是一種自由。強迫投入也是一種微權力，（有時甚至包括「社群主義」？）當然，有些疏離並非出於個人意願而是社會因素或制度結構使然。是以距離也不一而足。最強的距離叫心牆，也是隱形的。

課堂上說的話，我不作錄音，離線後便隨即解體。我想到感情。離開也有不同形態吧。主動的離開叫撤離，被動的離開叫放逐。徹底的離開叫斷裂，不徹底的離開叫糾纏。我被放逐於自己的居所裡頭，與陰影同在。聲音的沙啞由斯時開始，二〇一九年，詩人艾略特說的最殘酷月份。一度，一生以來，首次，完完全全地，失聲。英瑪褒曼《假面》（*Persona*）愛上多年，這回深切體會。室內劇中的失語，戲中飾演演員的 Elisabet 終於演回了自己嗎？只是不願說話跟不能說話到底有著本質不同。是以失語也有不同狀態，自願或非自願，物理或心理，失能或可能，被命運之手緊扼咽喉無以發聲，在靜默中沉落至生命之底，過濾時代雜聲，聽回隱密的心音。是的，這年自由塵土飛揚。自由有積極爭取的面向，但自由也有從喪失而獲得。如我喪失了聲音，找回了寫。如我喪失了你，斗室成了廣闊無邊的荒原。

只是藝術可以極端，生活始終是一場妥協。是以我也必須接受治療，極其緩慢地讓自己的聲帶復原（真有復原這回事嗎），因為大學課堂，容不下三小時的室內默劇。我對牢屏幕必須保持發聲，聲音愈發稀薄有好幾處拉扯走音如弓在小提琴的弦上鋸。我戴著耳塞聽著自己碎裂的聲音很是討厭，隔空遙傳到學生的耳中多少會留意並關注當中的變調呢。聲音的損毀，不過是生命荒腔走板的一個徵狀。（今回病毒卻進化到，入侵人體可毫無症狀。）

還是課後幽明把我拉回來。她先發牢騷說我聲音至此何必還要超時說課。我想告訴幽明此時課堂於我也是「虎度門」，踏上臺板便不能自已。而且，只要有一人，一專注者聽著，就勝過百個散漫無心的。幾句責備話後你也延續話題，說劏房鄰居就有不止一戶是少數族裔的。你是個體戶而他們卻是一家幾口擠在一個豆腐方塊。你說起早前參加了重慶大廈一個由非洲社群策劃的文化導賞，其中包括親嚐那裡一間非洲餐館的地道菜。我說這樣的體驗也不錯。其實我想問的是「早前」是甚麼時候，城中不是有限聚令嗎？文化導賞團在城中暫也停頓。不過，想想，限聚令也朝令夕改二人限聚四人限聚酒樓最多八人一枱禁晚間堂食等等，時間一長時間意識就愈發模糊起來，是以也無須弄得太清。課後給我最多回應的還是你，一個不是學生的旁聽生。

於是我也告訴你，早前姊姊叫她的菲律賓姊姊假日不要外出了。我當時覺得那是剝削呀，難道限聚令中他們就沒有放假結聚的自由嗎。但我還是把話收回來。二〇一九年的政見爭吵無謂延續至二〇二〇年的疫症爭論了（其實二者又如何分清），是以無言，或者這也是另一種失語。

4、逆行／散步

在疫情中我們也不是沒做過逆行者，不過在微小生活上，無須表揚。二〇二〇年初，疫情初冒但尚未人心惶惶，加上早前一年的亂局，不少連鎖店鋪關門，遊客稀少，城市久沒如此舒暢過，我們在街道上走了很多的路。一次，相約在你當時還屬新居的劏房樓下等。一步一腳印，走到你喜歡的深水埗。嘉頓麵包廠（一九五六年雙十暴動汽車被焚）。香港薩凡納藝術設計大學（前北九龍裁判法院）。轉臉看到上李屋花園內的倒拱型涼亭煞是可愛。深水埗警署的殖民建築你說甚美，門外仍圍滿水馬我們只好掠過。「棚仔」布匹市場仍守得多久呢。新亞書院舊址，如今變了丰匯，有老人在門外的休憩空間獨看報紙，與豪宅隔著一塊厚實玻璃的距離。天后廟香火尚盛。北河街舊街牌。舊物店。南昌押。錦記理髮。咔嚓，咔嚓，你按下快門。桂林街舊書攤有人在尋找寶藏。黃昏時分，你怕人多，離開街市。走到大馬路，左邊對面是西九龍中心，右邊見梁添刀廠（那高高懸掛的大刀招牌確是一絕）。隨便一個方向，走著走著去了太子酒吧街。臨時挑了一間 Color Pub。斯時酒吧尚未被勒令停業。Gin Tonic 太無味，再叫威士忌加冰，一杯又一杯。酒吧的室內玻璃把你分裂成二人。破碎者遇著破碎者，因而得以親近，有言或無聲。個人之傷疊加城市之傷，何者為大何者為小，何為私密何為集體。人人殊異，卻又類同。飲到凌晨五時許，暈頭轉向。行到一個口袋公園，有人在遛狗，有人手拖擴音器播著音樂經過。城市夜色詭異，也沒刻意擇日，那天原來是九百年難得一遇的「迴文日」：二〇二〇〇二〇二一。

在那年初戲院仍照常營業尚未受疫情嚴重影響之時，我們進戲院看了一齣《戲棚》，記錄的是香港獨有的竹棚技藝。首次戴著口罩看電影，全場觀眾，名副其實，屏息靜氣地。後來更多則獨個觀看，沒多久看《擁抱美好時光》（*La Belle Époque*）時，戲院已冷清許多。「美好時光」在戲中其實是搭建的，時光無以回返，但如今想來，尤其經歷戲院幾度停業復業，更感在漆黑中集體做夢之可貴。不過疫情期間，更多人「移民」往Netflix去了。你告訴我在Netflix看戲，原來可自行變速的，我聽著覺得疑惑，若時間可被任意扭曲，那作品還有它的節奏嗎？一切擠在小屏幕裡，仍有所謂「大於生命」之感嗎？經此一疫，一切化整為零，政府呼籲市民適應「新常態」，細想，這句話也並非沒有道理。

5、口罩／過渡

疫情開始在城中升溫，重慶森林的〇・〇一公分距離，換作每張餐枱的一・五米距離。餐店按政府防疫措施增設隔板，有時獨個進餐，彷彿坐進一個罩子。這樣的感覺也不錯。但最初的陌生感很快便被習慣化取代。

二〇二〇年的農曆新年來得較早，記憶中仍是陰冷的。城中一時鬧起口罩荒、廁紙荒，你母與姨媽也曾到圍城中的屈臣氏搶購。晨早八時起來，卻有更早前夜通宵便拿著摺凳以至帳篷搶頭位的。買口罩竟要派籌。三十六、三十七、三十八……，你母與姨媽拿了三十九和四十。不是說保持社交距離嗎？戴著口罩排隊的人卻臉貼背地，恐防有人穿進縫隙「插隊」。忽然傳來「噩耗」：今天只能滿足頭二十個籌。你母與姨媽一時激動也加入與職員爭論，終究鎩羽而歸。你在電話中勸說母親不必恐慌，母親氣憤，為此還發生口角。你罵了母親一聲愚民、羊群，事後也有點後悔，想想，或者這社會也有「口罩懸殊」，跟資訊間隔（information divide）重疊。你於是上網不惜以高價，從世界各地訂購口罩，你母才因此放下心來。

你看著卡繆《瘟疫》，十七年前我也看過的。小說早說到即使在瘟疫，也總有從中得利者。果然未幾，百業蕭條，特色口罩店卻在城中異軍突起如泡沫增生。也有標榜「香港製造」的。黃色經濟圈內加一個黃色口罩圈。你給我買了一些，連同其他設計款式。如果有甚麼物件，將二〇一九與二〇二〇緊密相接，那在我城，必是口罩無二。口罩仍是口罩，只是背後的社會狀態殊異，前者，「一半的人」在硝煙戰場上以口罩隱藏身分，後者，幾乎全民，在疫症戰場上以口罩遮擋病毒。由一九（都說「九」字尾年是多事之秋）

滑進二十一世紀第二個十年，你我都可說在口罩上「順利過渡」。

口罩成時裝款式，成本土文化，成立場宣示，但我有時也畏於過分鮮明。表態也有分自願和強制的，竟如同檢疫。有時又換回最正常的白和淺藍。經歷SARS一役／疫，口罩於我城並不陌生。它掛在臉上，遮掩我的表情，以及這段日子無須見人而任其恣意蔓生的鬍碴。不僅口罩，我也戴上了cap帽，將帽沿拉下來以為就可跟外間視野隔絕。這段日子，只有在你面前，我不介意將敗相展露，你並且也曾以手指擦過我的下巴，以肌膚感受鬍碴之刺，皺著眉頭說：你快要變成深山野人了。或者下意識地，如果時間意識愈發模糊，我只是以鬚根的長度，作時間的另一認辨，好讓我知道，世界仍未完全停擺。

6、創傷／病情

夏天，為大地帶來雨水。雨水打在窗上，你也曾經跟我，看過同樣的雨景聽過同樣的雨聲。打量窗戶如靜觀，忽然看到更早些年，超級颱風山竹襲港，至今仍未剝落的防風膠紙。距離就是從那時滋長嗎？（如果裂縫也有所謂源頭。）傷害就是從那時開始嗎？

（山竹，當倉頡碼輸入就成一個「匕」字）。山竹如匕，一下一下插下來，毫不留手，風太淩厲，也捲走一整個的你。時間意識因距離而愈發模糊？其實當時日子與情景，我都記得清清楚楚。如果防風膠紙尚在，是出於我的疏懶，還是我有意無意將它留住？

明明應該在課前靜下心神，卻因觀窗而心生騷動。「虎度門」，「虎度門」，我如唸咒般，從透明窗戶轉臉向屏幕視窗，Zoom如無形戲棚，我又開始講學。今天課題談到雨傘運動，也會論及那些年世界一些地方風起雲湧的占領運動。社會運動一向多研究運動理念，但近來一些學者帶入情緒社會學，簡言之，一場社會運動要有理念支撐，但串連大眾的，運動中所孕育的情感聯繫（affective connections）更不容忽視。理念與情感當然並非互相切割，但二者也不必然同步扣連。刻下社會都談情緒、集體創傷，但運動中的情緒也可以非常複雜，如在二〇一九年中，情緒除了道德感召的力量，也夾雜恐懼、悲鬱、憤怒、仇恨，百味紛陳。如學者所言情緒在運動發揮極大的政治動能，但情緒會否也有其危險，尤其當情緒先於理念，以至與理念脫鉤，由情緒所結聚的力量會否也會捆綁前行乃至失控？情緒也具傳染性，刻下坊間都說創傷，情緒治療刻不容緩，但它會否也可被強化、塑造成一種集體需要，以至本身也是一種系統性機制？這些我在課上當然沒多說，事實上，我自己也是一個迷惘不安的人。說課時在內心想到，Affection 一字，既可解作情愛、感情、愛慕，也可解作感染、疾病、病情。字裡常常藏有玄機，似乎造字者一早已明瞭，溺愛，本身就是一種病情。不是一詞兩解，是兩義共生。窗上仍殘留的防風膠紙便是affection的隱密印記，不說便無人知曉。不止一次姊姊來我家時都說都這麼久了怎麼還不擦去，她甚至給我買來一支神奇去漬液兼納米海綿擦，我也遲遲未用。山竹是我和她在這斗室中經歷的最後一場颱風，防風膠紙是一起貼的。我如何告知姊姊，那些看在她眼內如污漬的膠紙印痕，卻是情感消亡後的灰燼殘餘，擦去便連蹤跡也沒了。

當康復之路駛向遺忘，我應該加速，還是儘量延遲。當復原等於沒了感覺，我應該放棄你，還是放棄自己。

這些又如何納進情緒社會學來談呢。但我終究還是與社會妥協，事隔多年，我又踏進精神科醫生診所。是醫治我聲帶的耳鼻喉專科醫生轉介，他只能開開胃藥，抑制胃酸倒流湧上喉頭如同火山噴發。健康申報表照例要填。門口的壁報板上貼了多張主診醫生接受報章的訪談及他親撰的報紙專欄文章。等候時我看了一看。「治療抑鬱症　藥物結合心理輔導」。「When I closed my eyes, I hear gunshots.」。「精神病？被鬼附？情緒病？」。「相同畫面夢中重複浮現患『創傷後遺症』重要線索？」。「逆（疫）境得力之源」。

「四成市民現抗疫創傷壓力症」。壁報板不大，足夠將幾年來不同的情緒創傷壓縮裝載。

7、復原／清洗

當我開始聽從精神科醫生指示，嘗試放下緩慢洗刷山竹痕跡時，城市也進行著大規模的記憶清洗。限聚令下無人可再在街頭示威集結，形跡可疑二人都可被即時票控。二〇一九年全城散布的塗鴉標語蓋上另一層油漆，在燈柱，在街牌，在電車站，在牆上及馬路上。曾經遍地開花的連儂牆全部撕掉，回復空白，上加「不准標貼」告示。人行道旁的臨時橙色膠帶或黃色塑膠鍊逐一除去，拆去的欄杆被換上新一批加固的，地上被撬去的磚頭也換上新的磚塊或混凝土。被搗毀的交通燈回復正常，綠燈轉紅燈前回復規律地發出「噠噠噠」聲。在政府即興演練各種防疫措施之時，它同時給破損了的城市修復身體，在疫症的「新常態」下試圖讓城市面貌回復「正常」。只是何謂康復，人的身體，或城市的軀體？我與幽明走在街上，總看到在後巷或暗角仍殘存的塗鴉、噴漆或標語，一些人眼中看以為毒瘤，一些人眼中看以為「野草吹不盡，春風吹又生」。曾經的抗爭標語被顏色不一的色塊蓋上，我跟你走在入夜的街頭上，看著如此景象，我說：可以給城市寫一個小說，就叫「補丁」之城。

我們也各自在康復與放下之間拔河。有時向對方傾訴，更多時只能默默，獨自承受。你說最希望自己做到「不為所動」，那麼就沒有東西可以傷害到自己。我說我想真正的復原是沒可能的，我試圖轉化，或者超越。轉化的意思是，不驅除，不擦掉。如果陰影常在，我嘗試學習與種種幽靈之物（包括記憶）共存，眼前鬼影幢幢我或者還可與之共舞，如「良性飛蚊症」患者飄在眼前的幻影透明條狀，在陽光下分外得見如同塵埃飛舞。你說我根本不想好起來放任自己沉溺。我想你或者是對的。如果微微的不安是我所需要的如果性格裡本就有著沉溺因子，我如何自我更新又保存自我？

病毒不斷變種，一波完了又一波，如果無法驅除，或者，我們也只能學習與之共存。如種種隱形之物。隱形病毒傳播鏈在城中穿牆過壁。只有病毒可以隨意基因突變，性格的因子卻異常頑固。人有包袱，病毒沒有。

8、自由／變種

四月尾網課終於來到尾聲。最後一堂「香港論述」課，課題談到近年冒起的本土主義乃至香港民族論。我不鼓吹，老師也是戴上面具的角色，我收起立場，我只鋪陳論說。以前從沒想到香港的大學入口會增設安檢站，但我希望，大學仍是一片自由的方土，即使這方土不斷被沙漠進占。

踏入五月，天氣愈發炎熱。夏天濕悶難擋，病毒也會在夏季裡緩和下來嗎？但歷史有時不會重演。

二〇一九，五四運動一百週年。轉眼一年，一群人在《蘋果日報》頭版刊登廣告，上有由「自由」二字變異出的「囹圄」圖案，頁面空白處上寫：「當自由變成罪　我們已退無可退」。幾個月沒踏足校園，校園的標語塗鴉也「縫」上不少「補丁」，網課不用回校，原來也是洗刷校園的好時候。我走到新亞校園，拿著報紙在唐君毅像前小坐。剛好碰見你從錢穆圖書館步來，你說學期完結，回來還書。原來在懸擱與延宕之間，一些東西還是會完結的。

翌日，「香港再出發大聯盟」成立，牽頭人有香港兩位前任特首。

城市靜謐了許多，卻是靜得如同低壓槽。一「疫」治一「役」，運動結聚，瘟疫隔離。

零星的「和你Shop」行動仍在城中發起，旋生旋滅。

木偶特首在記者會也一臉傲然地說：這年來社會回復安寧。這就是社會的復原能力嗎？如某地方，從「瘟疫之城」驟變「英雄之城」。

五月二十八日下午「港區國安法」立法決定在北京人大通過。

六月四日，三十一年來首次在維園的六四燭光晚會不獲批准，以防疫之名。我首次主動約會，給你發了短訊：你會去嗎？

六月眨眼來到下旬。

六月二十日，國安法草案出爐，六章六十六條，於六時公布。六六六，我傳你聖經啟示錄十三章十八節。

這年，自由塵土飛揚。那年，只有病毒是真正自由的，自由穿越，無視封關，跨越邊界，毋須護照。只有它像變形金剛般想變就變，不像人一般糾結躊躇。

你母仍在等候遲遲未來的通關，想回到韶城見見家人。

你我再回去找一間黃店時，才知結業了。「黃色經濟圈」Apps在手機悄然下架。

時間一長，時間意識便漸生模糊。但一些日期，我其實記得清清楚楚。

六月三十日晚上十一時，「港區國安法」納入基本法附件三，正式生效。

我的聲音仍然沙啞，或者更甚。

我想到十七年前，陽光猛烈，SARS剛神祕消失。七一大遊行五十萬人上街，力阻特區自行立法「廿三條」。當年我尚年輕。斯時你尚年幼。事後我問起你在韶城關於SARS的記憶，你說記憶中只有醋的味道，家家戶戶都在煲醋。未幾你跟隨母親腳步來到香港。

十七年，長不出一隻十七年蟬，卻長出比當年凶猛多倍的，雙重變種病毒。

你我的故事仍未完結。是夜你傳來短訊：明天上街否？我望向窗邊，正想出外走走。

隔離

謝曉虹

那人在空空蕩蕩的午夜來到時，並沒有讓我感到太驚訝。畢竟，最近新聞裡已反覆報導過，政府突襲式封鎖街區，任意到民居把人送到隔離營的事。使我失了方寸的是，當睜開雙眼時，達利並不在身旁，就連薩爾瓦多也不在他的房間裡。

鐵閘外那個人穿著不稱身的白袍，胸口別著「護理員」的牌子，在走廊光度不夠的天花燈照射下，有點像一個臨時演員。他戴著一頂類似遮陽帽那樣的東西，從頭上垂下來的膠片像霧一樣遮住了整張臉，但我還是能隱隱看見，他那被外科口罩包裹著的，嘴唇的形狀。

我並沒有立即打開鐵閘。我希望護理員能理解，一切得先等達利和薩爾瓦多回來。他們大概太餓了，不過到樓下吃點什麼——晚飯時他們就抱怨過，今天怎麼沒有肉。或者，當時我就該再開一個罐頭，煎幾片午餐肉，但你知道，我儘量不想讓他們吃罐頭食物……我一面跟護理員說，一面忙著撥電話。不會太久，他們大概不過到了一兩條街以外那家便利店。達利沒有接電話，或許因為這時他就已經在升降機裡。不過，這確是從未有過的事……是的，我壓根兒不知道他們上哪兒去了，心裡連個底也沒有。但正是這樣，我更需要留在公寓裡，等待他們回來。如果要隔離的話，我們也應該待在一起。不過，護理員可能沒有聽懂我在說什麼。我注意到，他藏在口罩後的嘴巴開始動起來，夢囈般向著通話器在傳達什麼訊息。不久以後，整條走廊便塞滿了那些看起來和他一模一樣的護理員。

他們沒有給我太多時間。我只能隨便撿幾件衣服，以及簡單的清潔用品，塞進了一個手提行李包裡，但經過薩爾瓦多的房間時，我卻還是禁不住走了進去。我想起，這天更早的時候，父子倆一起坐在房間地板上不知道弄些什麼，不時發出哈哈的笑聲，當發現我在門邊探頭窺看，他們便顯得緊張起來。薩爾瓦多站起來遮掩著他身後的事物，而達利也揮了揮手，示意我讓他們獨處。是的，就是那時，我的手按在門框上，讓木刺扎進了食指裡。刺並沒有挑出來，瘀黑的一點仍然留在指頭上，當看著它時，我才覺察到，指頭如今仍隱隱作痛。那不過是幾個鐘頭前的事，但現在，房間裡不單沒有薩爾瓦多的蹤影，他的床鋪竟連個凹痕也沒有，看起來根本沒有人在上面睡過的痕跡。地板上散落了一盒木顏色，以及一本素描畫冊。我記得，那是不久以前，薩爾瓦多央我買給他的，但他卻從沒有使用過……我俯身把它們拾起來，放進了行李包裡。

或許是太專注於思索達利和薩爾瓦多到哪裡去了，我幾乎不知道自己是如何和其他人一起被帶到街上，又如何被驅趕上旅遊車的。只是當一個女人用不怎麼客氣的語調，請我把行李從座位上挪開（我本來想要給達利占一個位置），我才驚覺旅行車已經坐滿了人。我發現身旁的女人坐下來時，用雙手抱住的那背包要比我的行李巨大得多，而且塞得滿滿的。搭在背包上，有一張捲起來的毛氈，背包側面的袋口，則插了幾根熟透了的香蕉，正散發著濃烈的香氣。事實上，車上的人，大都像要出門遠行，相較起來，我那小小的行李包，簡直像是個笑話。

香蕉的氣味使我意識到，原來我的肚腹也是空空的。或者，這個時候，我應該好好思考一下，自己眼下面對的處境，但看著身旁女人從口罩上投射出來的，沒有溫度的目光，我還是禁不住幻想，坐在這位置上的，本來應該是達利，而薩爾瓦多，如果他在這裡，想必會坐在我的大腿上。他的手會抓著我的脖子，有意無意地把頭埋在我溫熱的胸口，並且一定會皺著眉頭，反覆不斷地追問：「我們將要到哪裡去？」「那裡會有電動的窗簾、自動咖啡機……像我們度假時去過的那酒店嗎？」「那麼，星期三的魔術之夜呢，我們還能參加嗎？我還能看見芬莉嗎？」達利雖然不說什麼，但從我們緊貼著的臂膀，我已能感受到他緊繃的肌肉。他一定在為明天原訂的工作計畫而焦慮。是的，他不是說過，明天他必得去巡視其中一家店嗎？而且，下午有一個重要的會議，也是必須要他親身出席的。

想到這裡，我不禁慶幸，在我身旁的，仍是那個眼神冰冷的女人。如果被強制隔離起來，錯失了和芬莉共度的魔術之夜，那會讓薩爾瓦多多麼地失望。至於達利，像這樣毫無預警地把他關起來，不知道會給他的業務，帶來多少麻煩。達利大概也考慮到了這一切。他和兒子在回家的途中，突然發現街區被封鎖了，一開始，一定也是急於和我會合，只是在考慮過後，才決定轉身逃離。但達利為什麼不傳給我一個訊息？是為了害怕我的手機會受到檢查，或者我會不小心說漏了嘴，洩露了他和兒子的所在嗎？無論是什麼原因，如今，只有我獨自被送到隔離營裡，倒像是一個更適切的結果。

這正是為什麼，當在隔離營的分流站裡，被問到家裡有多少人同住時，我望著那張被遮蔽起來的臉，竟能篤定地說：「只有我一個。」不過，被分配到一間單人房的我，還是禁不住難過起來。尤其那張緊緊地挨著牆壁的單人床是那麼地窄小，小得像火車上那種供旅人臨時休息的床板。萬一達利和薩爾瓦多正趕來和我會合，應該再沒有供他們睡覺的地方。不過，我確實已經累了，竟然連衣服也沒有脫，便躺到床上去。平日在家裡，這可是絕對不可能的事。「不要給薩爾瓦多一個壞榜樣。」我總是這樣對達利說。這時，我禁不住笑了起來，並且竟生出了「幸好達利和薩爾瓦多不在」的念頭。

是的，我幾乎忘記了，自己從前可是隨便得多。大學時，我有好幾次獨自坐火車去旅行的經驗。那時的我，總是胡亂撿幾件衣服就能上路。事實上，我曾告訴過達利，擁有的行李愈少，旅行便有愈多的自由和意想不到的驚喜。當然，自從有了薩爾瓦多以後，即使只是到附近的公園裡去，我也總是背著大包小包，裡面先是塞滿了各種調奶的瓶子、尿片，之後便是兒童食具、清潔用的酒精、毛巾……我記得，自己從前可也沒有失眠的問題。火車的床板當然一點也說不上舒適，而且四周總是有不少鬧雜的人在談話或走動，但我總是能夠輕易地入睡。就像現在，躺在這陌生的硬邦邦的床板上，我能聽見門外還未得到安置的人拖曳著行李走動的聲音，但我竟覺得身體開始放鬆起來。我甚至又再次聽到火車隆隆的聲響，烏亮亮的在鐵道上駛過，就像熨斗一樣，一下子便把太多起皺的思緒壓平。

來到隔離營最初的幾天，我仍然非常驚訝，自己竟能這樣放肆地昏睡。手機平日設定的鬧鐘，完全沒有動搖我一直沉睡下去的意志。事實上，即使醒過來後，我也並沒有挪動身體的意欲。或者，這是因為房間裡沒有一扇真正的窗。看不見營地外面，也沒有陽光可以透進來。在四面沉靜的牆壁的包圍中，時間好像也被擋了在外。不過，在那扇金屬製造的門的頂端，倒是鑲了小小一片長方形的玻璃。那片玻璃的顏色有點灰沉，並且有一半落在外框的陰影裡。當我躺在床上時，它看起來就像是隻打著瞌睡的眼睛。

我有時會禁不住想，當自己獨自待在這裡，同一時刻，達利和薩爾瓦多是以怎樣的方式生活著？比如說，黃昏六時十五分，當我望著一面什麼都沒有的牆時，父子倆會坐在快餐店餐桌的兩端，因為點了平日被我禁止的炸雞和薯條而看進彼此的眼裡，並禁不住會心一笑嗎？有一剎那，對於他們把我遺忘在這裡，我感到非常惱怒。然而，濃烈的睡意卻像巨浪一樣，很快把我起伏的情緒淹沒。我無法否認，有時，我更暗暗希望，護理員能把所有打擾我的人擋在門外，最好電話也永不響起。事實上，我很高興，如今，我不必像平日在家裡那樣，每天清晨起來，就得開始顧慮當天的餐單，雪櫃裡還有什麼沒有用完的材料，要做些什麼菜才能避免浪費，又能滿足父子倆不同的喜好……在這裡，無面目的護理員是多麼地體貼，他們每天在指定的時間悄悄把食物放在門外，而我只要伸手就可以拿得到。我早就聽過人們對這裡膳食的抱怨。確實，營裡派發的飯盒，不過就是在白飯上澆一勺濃稠的汁液。那些切成細粒，煮得稀爛的物事，很難說得清楚究竟是些什麼，但那種味道卻竟帶給我一種久違了的愉悅——那是我中學時代常常吃到的，廉價飯盒的味道。或者正是那味道，使我想起一個久沒有聯絡的朋友。我和她，曾經無所不談，即使結了婚以後，我還是偶爾與她約出來見面。只是，不知道何時開始，我們的談話已經無法像從前那樣暢快。她那過於直率的個性，確實時時碰傷我，使我不得不在我們之間，築起了一小堵一小堵作為緩衝的牆。如今，我們任何談話，總是得迂迴地通過這些區域，有時能勉強抵達對方，有時卻在中途已不了了之。事實上，我已經有大半年沒有和這位朋友談過話，此刻，過去我們有過的溫暖感覺，又再湧上我的心頭，使我覺得，自己應該好好地和她談一次，即使冒著惹起激烈爭吵的風險，我也應該嘗試打破那些橫在我們之間的壁壘。

然而，真正使我念記起這個朋友，可能是另一件困擾著我的事情。已經不止一次，我聽到一個小男孩的聲音。雖然隔著一扇沉重的門，我完全無法聽得出說話的內容，但那聲音是如此熟悉……護理員警告過，在隔離營裡，除了送餐的時間可以伸手到門外拿取食物，平時不能隨便打開房門。不過，我仍然擁有門上那小小的一扇窗。即使窗口開在一個高高的，我無法夠得著的位置，但我可以把房間裡唯一一把椅子搬到門後，爬上去看看。事實上，我的確這樣做了。當我躬著身站在椅子上，窺看對面那一扇門，那該是一個多麼可笑的姿態，但我卻想要向朋友和盤托出。像上了癮似的，總是在接近送餐時間，我便站在椅子上，窺探著對面的房間。我可以站在那裡很久，有時會站得雙腿麻痺，直到護理員把一袋飯盒，掛在對面房門的把手上，並直到我看到一隻從門裡伸出來的手。

大多數的時候，我看見的是一隻小孩的手，我聽到過，男孩無比亢奮地嚷道：「媽媽……媽媽，你看，我就說是午餐已經到了……」但有時，那是成年男人或女人的手。他們似乎還相當年輕，不會超過我的年紀。有一、兩次，當那門打開時，我能隱隱聽到男人對女人親昵的呼喚，但我也聽見過，劇烈的爭吵聲從那裡傳出來。當門關上，所有的聲音都消隱在那門後，我還是禁不住在猜測，他們的爭吵是否已經平息？過後，他們會緊緊擁抱著彼此，乘孩子沒注意到時，禁不住深深親吻對方，就像我和達利……？

我能告訴朋友嗎？從一開始，我便覺得，自己聽到了薩爾瓦多的聲音，而且，每天我都更確定這一點。是的，我認為達利和薩爾瓦多就在對面那個房間裡，和另一個女人生活在一起。然而，如果我真的把這一切告訴朋友，她一定會說：「忘記對面那扇見鬼的門吧，你應該重新拿起畫筆，利用這時間，專心畫一點東西。」是的，我的行李包裡，還有我買給薩爾瓦多的木顏色和畫冊呢。朋友聽到，該會哈哈地笑起來：「算了吧，我們都知道，那些畫具不是買給薩爾瓦多的。他怎麼需要用到那種專業的木顏色和畫本？那是你買給自己的小禮物，為的就是等待這樣難得的時機，可以重拾繪畫的樂趣。」

我並不喜歡朋友那種具有諷刺意味的說話方式，但說起來，可從來只有她，才真心在乎我的畫。從中學時期開始，她便常常督促著我，每過一段日子，便會要求看我的新作。有時，她對我畫作的評價實在太嚴厲。當我一臉得意，想要向她展示讓我自己驚訝的傑作，她卻總是能挑出這裡那裡的毛病。雖然我總是極力反駁，過後卻往往心悅誠服。對於那些我覺得毫無價值的塗鴉，朋友卻又總是能夠說出一番道理，讓它們忽然變得閃閃生光。我們一起商討過，究竟將來我要到哪一家美術學院繼續升學，之後又應以什麼姿態，在畫壇上出現……我們實在談得太多太遠了，但朋友對我是有如此的確信，有時她甚至會提到某某重要的博物館，覺得有一天我的畫作也會被收藏……想到這裡，我無法不感到慚愧，我不單沒有到美術學院升學，甚至在這些年間，也不曾再畫過什麼。即使只是為了回報朋友，我也應該試著利用這段時間，重拾畫筆。是的，我要好好完成一張畫，那麼，當我真正致電給她時，便有一個可以愉快地開始談話的依據。

我並沒有立即拿出畫冊和木顏色，因為看著一面什麼都沒有的牆，我的靈感竟是突然洶湧而來。彷彿房間愈是陰暗，牆愈是雪白，幻想的投影機便愈是能投射出令人炫目的色彩和影像。現在，我開始記起來，或者不是像朋友所說的，因為達利或薩爾瓦多，使我放棄了自己繪畫的理想。而是有一段日子，我是如此害怕，在我腦海裡奔馳著的具有生命力的世界，它的形象一旦被固定下來，便會失去了原有光彩。畫紙上呈現的，不免總是幻想的陰影、暗淡無光的標本。不過，在隔離營裡，我終於還是把畫冊拿出來，因為沒有落實的畫，是無法和朋友分享的。想到朋友有機會看見它，再次給予評價，我又不禁充滿了憧憬，只要重啟談話，形象就有了第二次重生的機會。而事實上，當把一排顏色筆從盒子裡抽出，就像打開一個濃縮版本的彩色森林。我可以嗅到那新鮮的木的氣味。在那些絕對的色彩之間，隱藏著還沒有形狀的生命。它們一旦在畫紙上著陸，就不免想要狂奔起來。我一面放任它們，一面卻暗暗阻止它們太快抵達終點。然而，當顏色和線條漸漸交織成形，我還是逐漸覺察到一種失敗的兆頭。不，這不僅僅只是失敗而已。我知道，在我筆下出現的，其實並不屬於我。

我該怎樣告訴朋友，我的創作，其實屬於另一個女人？那個女人和我們住在同一幢公寓裡。有時，當我在公寓前走過，抬起頭來，會看見那個女人，在她的露臺上作畫。她的身體大多背向著大街，當我沿行人道走過，便可以從不同角度，看到她畫架上未完成的作品。有時，我會故意來回往返，雖然我無法看清楚她在畫些什麼，但可以從那些強烈的色彩裡，漸漸獲得一種印象。我覺得，她總是反覆地重畫同一幅畫，因此，每一次走過，那幅畫也就在我腦海裡，變得愈來愈清晰，並且也使我生出無法抑止的嫉妒——我有一個感覺，那幅畫是我許久以前就構思過，卻一直沒有畫出來的。

事實上，在公寓的大堂和升降機裡，我也遇見過那女人好幾次。我記得，有一次，當我牽著薩爾瓦多的手，和達利並肩走進升降機裡，女人正好獨自站在那裡，並必須把她那黑色的手提畫袋挪到另一邊，好讓我們能擠進去。那時，我只是微微向她點頭示意，並沒有更親切地向她問好。我覺得，我們都一下子感受到女人有點令人畏懼的吸引力，正是這樣，達利才比平日顯得拘謹，一旦走進升降機，便背過身去，朝向門口，故意不去看她。而薩爾瓦多則好像不知道該把視線放在哪裡，於是一再抬起頭來，羞澀地看著我，等待我示意他應有的舉措。在一陣奇異的沉默過後，升降機門打開。當女人消失在升降機門的後面，達利和薩爾瓦多看起來都悵然若失。

是的，我懷疑，此時與達利和薩爾瓦多共同待在對面房間裡的，就是這個女人。在很長的一段時間裡，我成功地使我們一家和她保持著一種陌生人的距離。不過，有一次，在升降機裡，當鬧脾氣的薩爾瓦多把臉孔貼著牆壁站著，而我禁不住有點大聲地叫喚他的名字，我注意到，那女人隨即匆匆看了我一眼。

「對不起，干擾到你了。」

我沒有想到，女子的臉容此時變得非常溫柔，甚至有點不好意思。她猶豫了好一會，才終於說到：「我曾經想過，如果我有一個兒子，他的名字應該就是薩爾瓦多。」

就是在此時，薩爾瓦多嘿的一聲，笑了出來，並回過頭來，扮了個鬼臉。

是什麼時候，我又重新爬上椅子，窺看對面的那一扇門？我知道，如果我要給朋友打電話，最好還是不要提及這一切。我記起，我們最後一次在咖啡館裡見面，過於魯莽的對話，並沒有讓我們的關係有所突破，倒是使得我們最終不歡而散。那時，我實在不該質問朋友，為什麼不能像愛我一樣，也愛薩爾瓦多？

「聽著，別忘記了，是你自己跟我說，有一天，當你彎下身去，逐點逐點抹拭薩爾瓦多塗抹在牆上，又一直流淌到牆腳的茄醬，而他的手裡，還拿著一支水彩畫筆，滿手茄醬『顏料』，你便忽然想要走到浴室，放一缸水，把孩子按壓進去，你甚至想像他的臉浸在水中，變成紫青的顏色……」

我無法相信，朋友竟有這樣的誤解。我覺得她完全搞錯了。有一段日子，為了可以繼續畫畫，我不得不做各種各樣兼職，包括給人家的孩子當保母。我的確喜歡繪形繪聲地跟朋友描述那些孩子的惡行，並且也開過他們不少玩笑，說了不少咒罵他們的話。然而，我記得，其中一個叫做薩爾瓦多的孩子，總是在我禁不住打瞌睡的時候，把手輕輕放在我的臉上，來回地撫摸，彷彿我是他的一條疲憊的小狗。我把那孩子的臉，保存在我其中一張畫裡。是的，在那幅畫裡，他沉睡的臉就浸泡在一片藍色的水中，但那並不是浴盆，而是溫暖的子宮。那時，我對朋友說：「如果我有一個孩子，我將把他起名薩爾瓦多。」

「如果你喜歡薩爾瓦多，請隨時把他帶回家去。」

就是那次在升降機裡的相遇之後，我對女人說：「有時間的話，請隨時到我們公寓裡坐坐。」只是，我沒有料到，過不了幾天，女人果然來按響了我們的門鈴。那時，因為沒有預計客人的到來，薩爾瓦多的積木散落了一地，剛從晾衣架上取下來的衣服則堆放在沙發上。我為了雜亂的家居道歉，匆匆把衣服抱回房間裡去，又忙著燒熱水泡茶。當我從廚房裡重新走出來時，我很驚訝地發現，起居室的積木竟都已收拾好，而薩爾瓦多就坐在女人的大腿上，和她一起埋頭在讀一本書。

女人似乎看到我訝異的表情。她把臉轉過去，笑對著薩爾瓦多說：「這可是我們合力完成的，不是嗎？」接著，女人又回過頭來對我說：「那天看見你以後，我心裡便不斷地感到懊悔。你能明白其中的痛苦嗎？當你發現自己竟錯失了真正想要的人生。比如說，我一直想要一個孩子，但已經錯過最好的時機。」

不，我不責怪女人唐突的話，雖然她沒有再說下去，但她的心情，我彷彿也能明白。而為了打破悲傷的氣氛，我便笑著對她說：「如果你喜歡薩爾瓦多，請隨時把他帶回家去。」

這是大部分父母都喜歡開的玩笑，但那女人撫摸了一下薩爾瓦多的頭，神色卻變得認真起來。「我怎麼好就把他帶回去呢？不過，或者我們可以交換一下。你可以到我的公寓小住一段日子，而我則到這裡來，暫時借用一下你的丈夫、兒子，以及你們幸福的生活。」

不，不是的，女人其實並沒有說出那來樣的話來。倒是，那天，我決定按響她的門鈴。門後的她露出有點錯愕的表情，但還是親切地招待了我。在她的公寓裡，我看到房間的牆壁都被拆下來，開放的空間被改裝成一個畫室。地上堆放著許多罐裝的顏料、木頭及大卷大卷的畫紙。我們一起坐在畫室裡唯一一張靠牆的長椅上。她為了公寓裡沒有更舒適的座椅可以招呼我而致歉，並有點不好意思地說，其實晚上她就睡在這長椅上。我不得不告訴女人，我曾經也希望擁有一個這樣的空間，那時，我一定是有點激動，因為我竟禁不住對她說：「如果可以交換一下，讓我在這裡待上幾天，我可以把達利和薩爾瓦多暫且讓給你——」我很快便意識到，自己的說話是如何地不恰當，而女人則體貼地站起身，說是要給我們泡一壺茶。

我好奇地在畫室裡走動，發現那些靠在牆上的大幅畫作，大都用報紙包起了來。能夠看得見的，只有那放在畫架上，仍未完成的一幅水彩畫。那幅畫大概只是剛剛打了草稿。我能看到在一片還有待生長的紅色裡，幾團綠色的影子。那些具有動態的影子可能是幾隻在湖中游泳的鴨子，也可能是舞池中起舞的女郎——女人大概還沒有下決定，而我卻忽然靈光一閃，禁不住拿起了她的水彩畫筆……

不知道過了多久，我發現女人就站在面前。我感到非常困窘，就在那時，畫架上的木刺扎進了我的指頭，使我不禁低呼了一聲。女人走近我，並沒有任何責備的話，只是溫柔地捉著我的手。我以為自己剛剛才被木刺扎到，但她卻說：「這刺看來已經和肉長在一起，不能再挑出來了。」女人的臉容悲傷，而我看著自己指頭上那瘀黑的一點，只是感到非常非常地疲憊。

完成了畫作以後，我一定又昏睡了太久，在睡眠深洞的一端掉下去，一直掉到了另一個出口，當醒過來時，光線便好像因此有了明顯的變化。事實上，房間的門不知道什麼時候已經被打開了，我竟仍躺在床上，像一個等待被觀賞的展品。不過，那些專注地前行的人們像河流一樣在門前經過，根本沒有人在意我的存在。還好，隔離營裡的人還沒有都離開，似乎我只是比預定的時間稍稍晚了一點醒來。當那些人都消失於門外，我便能夠清楚看到，對面的房門也已經打開來。

我掙扎著站起身來，覺得自己幾乎就像是睡了一百年似的，一旦動起來，渾身的骨骼都咯咯作響。我走到對面的房門邊，試著向裡面窺探。那沒有人的房間，竟是和我的一般大小，並且也只放著一張狹窄的單人床。我回過頭去，看到走廊裡所有的門都已經打開來，那些並排的房間，就像是空空如也的列車車卡。從走廊一直到另一端的大堂，滿滿地站著的那些疲憊又亢奮的旅人。人們大概被困太久了，如今是如此熱烈地希望交談，比手畫腳，更別說那些孩子，已經到處奔跑起來，即使隔著一層口罩，還是發出了一聲聲直達天際的尖叫。

在人群之中，我好像看見了達利的影子，至於薩爾瓦多，定是正坐在他開過來的那輛車裡。達利看起來相當焦慮，目光正在搜索著他妻子的蹤影。他不知道，被送進隔離營那麼多天，她為什麼一直沒有和他聯絡。我知道，自己應該回到房間裡收拾行李。但，我已準備好跟他們回去了嗎？當我坐上達利開來的那輛車，疾馳著回家，我便會重新聽見，電話不斷傳來提示的聲響。大概是隔離營的訊號太差了，許多訊息竟是這時才又重新跑了出來。我想在車上再多睡一會兒，而薩爾瓦多卻會從後座挨上來，抱著我的脖子，反覆地問：「這麼多天，你究竟到哪兒去了？」「今天晚上，你可以做我最喜歡吃的甜點嗎？」「我想你一整夜也不睡，陪我畫滿那本新買來的畫冊……」

白蝶

陳慧

1.

我沒有夢到瘟疫，從來沒有。

我的睡眠裡總是塞滿了夢，以致我長年處於睡眠不足的狀態。我夢過一切，真的，一切；我遇見過的、我知道的、我想像的、我害怕的、我喜歡的、我渴望的……。美麗的、奇異的、恐怖的、地震、海嘯、交通意外；我扭曲的四肢與破爛的身體、被動畫裡也不曾見過的怪獸追逐著、在地圖上沒有的國度中獨自跋涉、困在萬花鏡內無盡的目眩、成群的無名古怪昆蟲，恍如《聖經》裡十災的場面、疾病與各種痛症……。我在夢裡能清楚辨別一切的象徵、種類與所屬，好像癌就是器官腐壞的腥臭氣味與無以名狀的痛。我甚至夢過一首詩，那就像將無數美麗的電影畫面錯接在一起，優美而無始無終，我就是知道那是我讀過的一首詩。我也夢過未來，那通常是平凡而沉悶的場面，就像看劇情毫無推進的冗長連續劇。然後，過不了幾天，我就會遇見那些曾在夢裡出現的人與事，平淡一如夢中所見。

我就是沒有夢見過瘟疫。是因為瘟疫比日常生活更不起眼更無從辨識嗎？瘟疫長什麼樣子？像風嗎？有懾人呼嘯般的聲音？一團恐怖的黑霧？是因為沒見過所以就夢不到嗎……？但我明明知道它的存在。我就似是偏執的收集癖者，為我的惡夢系列缺了瘟疫而微微若有所失著。

我擁有各式惡夢，把這些惡夢敘述出來，是我身邊朋友的遺興與下酒物。

被兇徒在臉龐上劃上十字，是他們最喜歡的惡夢。

在這個夢裡，我曾受過的傷害，在不同的場景重新展現。「受過的傷害」，不是意象，是真實。夢中，行兇者在我的臉龐上劃上十字，有時在暗夜陋巷，髒污濕冷，有時是白天裡的教堂，彩色圖案玻璃濾下的陽光，像童書插畫般美麗，然後行兇者忽然出現，我還來不及反應，他就以美工刀在我臉龐上工整地劃上「十」。血細細滲出，好一會我才覺著痛，整個過程我都只是茫然。而在現實裡，行兇事件發生在白天的圖書館中。是的，這是曾經發生的事情。我漫遊在書架之間，忽然有人擋在我面前，我抬頭，他揚了一下手，我痛得不得了，號叫掩面，他的美工刀劃過我的手背，我痛得挪開，他又在我的臉龐上劃了一下。第一下橫，第二下豎，他在我的臉龐上寫了一個「十」字。行兇者的樣子、他如何離去、其他人的反應、他們如何將我送去醫院，我都印象模糊。我茫然。我只記得在我號叫的時候，有人在不遠處「殊」了一下。不知道是不是這樣的緣故，在我的夢境中，行兇者總是出現在寂靜的環境裡。現實中，手背的傷口過不了幾天就只剩下一道細細的白痕，但臉龐上的，卻難以癒合，反覆發炎。

歷經半年休養，臉上的「十」字終於結痂，我總算可以回復正常作息與社交。當我專心在做事情，我會渾然忘卻這場無妄之災，不過每當與旁人的視線相接，他們眼神中的驚駭，讓我的日常生活，就算是白天，也有了惡夢的況味。

我選擇戴上口罩，就像我是患上感冒或某種具傳染性的呼吸道隱疾。我的朋友對我應否戴上口罩意見紛紜，大部分人覺得此舉令我更顯側目，小部分則認為只要將瀏海再留長一些，戴上口罩可將傷疤整個掩蓋……。不過他們在一件事上意見一致，就是我在複述「美工刀傷人事件」這惡夢時，應將口罩除下。

身邊的人聽著我複述行兇經過，神色都難掩駭然，他們總是禁不住瞪著我臉上的痂。那是臉龐上的十字架。而當我的敘述終結，他們緩緩移開目光，然而眉梢眼角的厭棄與怯懼，我還是看見了。我想他們之所以如此深深入迷而又同時心懷鄙夷，大概是因為他們眼前所見的，逾越了真實與夢境。後來就有人跟我說，你是不是留在家裡少些出來走動比較好？我是怕人家打量你的眼光會傷害到你……。我還怕傷害嗎？我內心駭笑。我只是複述夢境，我還沒有提到每逢在下雨的日子或冷冽寒冬，結痂位置出現的細細刺痛。不過最後我還是選擇了將自己藏起來；我停止一切社交活動，將工作轉換成在家進行的模式，日用所需以至飲食，全仰賴物流與外送。

——雖然我渾身是傷，但我終究是文明的人，懂得將屈辱與羞恥藏於心底。

再無向人複述惡夢之後，我的各式夢境並無縮小變輕或膨脹重墜。

就在我適應了猶如無人之境的生活時，我夢到了瘟疫。

開始的時候，我並沒有一下子將它認出來。夢境中的場所，是恍如拼貼的城市；臺北、香港還是東京？沒差，都在。銀座四丁目的十字街頭、信義商圈新光三越的行人陸橋、銅鑼灣崇光百貨門外的紅綠燈，這些地方交疊在一起。晴朗的白天，溫濕度宜人，高空有一抹噴射雲，但，是不是有些什麼不對勁……？

一個人也沒有。明明是鬧市我卻聽到自己的跫音。絲毫沒有獨占的快樂。我認出來了，這是瘟疫。有些什麼在暗角裡猶如蛇行，沉緩無聲地蔓延；怪異、孤絕、反常；一種看不見的恐怖，無止境的白日陰森，連哀號都沒有。

在我做了瘟疫之夢後沒多久，瘟疫果真來了。人人都慌張地戴上口罩，我當然也不例外。當大多數人都把自己關在家裡的時候，留了長瀏海戴上口罩的我，重新獲得離開家門四處遊蕩的自由。

大家在搶購口罩，我卻因為之前曾經天真地渴求社交生活而購存了太多。我愛我面上的這片白口罩，它猶如翅膀，為我逾越不幸。

2.

瘟疫時期，大家把自己禁閉在家，我則迎來盡情出遊的日子。我在商場隨意蹓躂，瀏覽最新上市的貨色，冷眼時尚無人問津，微笑著堅持什麼都不碰。我在運輸工具上，獨占一整卡的車廂，向不停默默清潔消毒的工人頷首致意。我在長街悠然散步，沒人打量我。行人稀少，匆匆來去，每個人看上去都像戰爭時期要趕在宵禁前返抵家中的倖存者。

沒有社交生活、在家工作、倚賴物流和外送……我的怪異日常竟在瘟疫時期顯得尋常。瘟疫蔓延，感染人數日日攀升，我絕對不會成為「密切接觸者」。我心安理得，理直氣壯地享受著這一場屬於我個人的節慶。

我重新掌握了生活，憂鬱症狀也不藥而癒。我早睡早起，總是充滿期待地安排每一天的行程。

我盡情遊玩，只是也有好些地方是我想去而無法進入的，例如圖書館和美術館，還有咖啡店。最後我在沒有老人與小孩的公園裡閱讀，這稍微讓我享受到近似的氛圍。

瘟疫時期的公園裡，街貓淡定獨行不再逃竄溜進花叢，我閱讀的速度卻比平日慢了很多。我感受著城市正一點一點失去它強而有力的節拍，不為人察覺地在減速，像運轉經年巨大繁複的機器準備停熄，又像一闋漫長悲愴的樂章尾聲。而陽光空氣花草樹木昆蟲禽鳥偏偏若無其事，展露安然柔和美好的姿態。這一切終必會歸於寂滅嗎？我不是不傷感的。我的視線從字裡行間投向無聲西移的日影，豎耳捕捉風的耳語，思考一切卻又什麼都不想，視線裡誰也不在，一度懷疑世界是否已是只剩下我一人。

然後有人在距我一點五公尺的地方坐下來。

我的視線無法不被他吸引住，他身上帶著病毒嗎？為什麼他沒有像其他人一樣行色匆匆？他也是平日無法來公園的嗎？周遭空無一人，為何他挑這位置？他為何要在公園坐下來？他是寂寞還是無聊？他想要什麼？他穿著白襯衣、牛仔褲、運動鞋，就是假日在公園經常見到的那種打扮，他沒有帶著書，也看不出來是在沉思。他什麼都沒做，就只是坐在那裡看著我。遠遠地，看著我。

我並不認識他。

我闔上擱在腿上的書，專心地打量他。這是安全的距離，因應疫情，同時亦令我們無法細察彼此的眼神流轉。我們就這樣對視著，清楚明白你眼中有我，我眼中有你。我們細細端詳，卻在口罩的掩護下，什麼也看不到。

我已經記不起來，多久不曾與人如此坦然地四目交投著，多久不曾被人如此專心地看著，一種無法言喻的激動緩緩漫過心房。

你也好久沒與人相視對看嗎？你的內心是否也被什麼攪動著？

我想不起來上次與人交談是在什麼時候。就算只是獨自默默在心中說著話。遠處迴盪著不成曲的琴音。你有聽見嗎？不用上課的孩子仍要練琴喔……。我的口罩不知何時被淚水濡濕了。

我一定要比他先離去。是偏執與傲慢嗎？我不知道。我快速站起開步走，眼角瞥到他動了一下，我不知道他打算怎樣，我已經走遠。

走遠之後非常後悔。

當晚我獨自進餐，如同城中畏怯疫情選擇獨自生活的人。

過去我不認為有誰會同理我離群索居的心情。

但今天下午，一扇肉眼不能見的窗被推開了，這扇窗極其微小，卻足以讓我窺見別人。

陽光普照的公園午後，兩個陌生人各據一張長椅坐著，原是平凡不過，於我卻是希罕之事。直至無從推測預估與計畫的瘟疫時期來到，我才得以占有這無人之境。然後，有人來了，坐在我不遠處，我們彼此對視……。

——別人，有別於我的人；處於同一天空下，或許無緣無喜，卻同負一軛的別人。

這是一扇打開了就再也無法關上的小小的窗。我不可以再譏誚，我只能學著去理解並接受這城市裡有著無數人，正與我一起經歷著無法言傳的孤單。個人不幸帶來的孤單、為了躲避瘟疫而承受的孤單……，孤單以各種不同的方式緩慢無聲地進占我們的生命。孤單在每個人緊捏著的掌心裡，形狀紋理應該都有所不同，所帶來的感受與傷害，大概亦有著極大的差異。我們能辨別出專屬於自己的孤單嗎？我能察覺它的顏色和氣味嗎？

沉積心底經年的委屈與卑微，就像被午後公園的和煦日照輕柔蒸薰，在樹蔭與花叢間，隨風而起，終消散不復見。

我睡得酣熟，無夢無驚。

第二天醒來，我發現我想念著公園中的男子。

3.

瘟疫仍在城市裡，無色無味無以名狀卻真實嚇人。

我依然早起，但再沒有急著要往哪裡去遊蕩。在窗前喝著黑咖啡抽著菸，反覆默誦著詩句：

「今晨，我坐在窗前，世界猶如一個路人，停留了一會，向我點點頭後離去。[5]」

我要去看他，一個與我分享了無人之境的人。

公園乍看無人，我往更深入的地方走去，遠遠看見他獨自坐在那裡。白襯衣上罩著

5 泰戈爾《漂鳥集》。

一層淡淡朦朧的金光，黃昏很快就會來到。他發現了我，我相信他認得我，他的目光沒離開過我。我朝他走去，停在他跟前，一點五公尺的距離，他仰望著我，我可以清楚看見，他流露出幾乎以為世界剩下他一個的眼神。我坐下，打開我的《生如夏花》。

「我們熱愛世界時便活在這世界上。[6]」真好。

他就在我身邊不遠處，我鎮靜下來。我的眼光專注在書頁上，良久，幾乎忘了他在看著我，以致他朝我開聲說話時，我真的有被嚇著。

好看嗎？他問我。

好，非常好。然後我已無語。我的手心微微冒汗，不知道又過去了多久，我下了決定。我闔上書本，朝他抬起頭來，四目交投之時，我拉下臉上的口罩。

他被我的舉動嚇了一跳，然後，他清楚看見我臉上的十字結痂。

除了瘟疫，這世上還有很多其他的幸與不幸。在你臉上的是口罩，而我的，是翅膀。

白日黯淡，暮色四合，街燈仍未亮起，我們觀看彼此，只剩下輪廓。空氣裡灌滿了阿爾比諾尼柔板般的悲愴。有些什麼在悄悄醞釀，也可能稍瞬即逝。

他說，我認得你，我當時也在圖書館中。哦，原來你知道我。發生那樣的事情，想必令你非常害怕。我居然淺笑了一下，說，不會比如今的病毒更讓人害怕。他笑起來，他應該很久沒嘗過大笑的滋味，然後他很快止住向我致歉。我寬解他，有人逃不過瘟疫，我則遇上怪客。

一直沒有抓到行兇者？沒有。循我生活、工作偵查，也毫無線索，警方只能相信是一起隨機傷人事件。

都過去了嗎？你好些了嗎？我想了一下，決定實話實說。我一點也不好，我不知道如何可以好起來，我不知道是不是已經過去了，我可能永遠也不會好起來，我能坦然接受這樣的不幸發生在我身上，但我就是無法裝著事情沒有發生過。他說，你的內心遠比外在強壯。我詫異，我們不是都應該這樣的嗎？是嗎？為什麼？因為只有內心強壯，才能讓我們在絕望時仍能作出選擇，擁抱存在，受傷害而沒有被擊倒。

你如何做到？我不知道，大概是海明威和泰戈爾的功勞，呀，當然還有卡繆。我想古典音樂也有一定的作用，美的事物都有淨化升華的功能。

街燈終於亮起，我們可以把對方看得很清楚。

他說，如果我在此之前遇上你，我不會與你交談。是的，你在與我對看時沒移開視

6 泰戈爾《漂鳥集》。

線已經非常得體。但我們就是在此刻相遇。
這是瘟疫時期；我們遂因此有了不一樣的體會與領悟。

4.

瘟疫消退，就像被一陣罡風吹去，一場曾經的惡夢而已。他始終緊握著我的手。
大部分的人都除下了口罩，我敢除下我的口罩嗎？
他的內心夠強壯嗎？
曾經發生的，有讓我們變得更好嗎？
「曾經，我們夢見彼此素昧平生。
我們醒來，卻發現我們是彼此的親愛。[7]」

7 泰戈爾《漂鳥集》。

作家簡介

主編簡介

黃宗潔——國立臺灣師範大學國文系博士，現任國立東華大學華文文學系教授。研究領域為臺灣及香港當代文學、家族書寫、動物書寫等。著有《倫理的臉：當代藝術與華文小說中的動物符號》、《牠鄉何處？城市・動物與文學》（本書獲Openbook2017美好生活書）、《生命倫理的建構：以臺灣當代文學為例》、《當代臺灣文學的家族書寫——以認同為中心的探討》，與黃宗慧合著有《就算牠沒有臉：在人類世思考動物倫理與生命教育的十二道難題》（本書獲Openbook2021年度生活書）。其他書評與動物相關論述文字散見《鏡文化》、《鏡好聽》、《新活水》等專欄。

小說作家簡介

川貝母——成長於屏東滿州，目前專職插畫與小說創作。喜歡以隱喻的方式創作圖像，作品常發表於報紙副刊，亦受美國《紐約時報》、《華盛頓日報》之邀繪製插畫並登上封面。著有短篇小說《蹲在掌紋峽谷的男人》、圖文作品集《成為洞穴》。入圍二〇一六臺北國際書展大獎小說類年度之書，入選九歌《一〇四年小說選》、《一〇六年小說選》。

牛油小生——本名陳宇昕，靠記者工作生活，試著寫散文寫小說但不敢寫詩。出過幾本書，名之《類似過敏症的布爾喬亞之輕》《列車男女》《南方少年與健忘老頭》《阿卡貝拉》。搞垮過雜誌，主編小誌《SEAL》已完結，有人想幫他但他不爭氣。

李欣倫——中央大學中國文學系副教授，出版《藥罐子》、《此身》及《以我為器》等散文集，《以我為器》獲二〇一八年國際書展非小說類大獎，亦入選《文訊》「二十一世紀上升星座：一九七〇後臺灣作家作品評選」中二十本散文集之一。

洪昊賢——一九九三年生，香港人，做過兩年記者。香港浸會大學創意及專業寫作文學士，國立清華大學臺灣文學研究所碩士生。曾獲時報文學獎影視小說組首獎，香港中文文學創作獎小說組第二名。作品收錄於《九歌一〇八年小說選》及《我香港，我街道2》。

洪明道——小說創作者、住院醫師及臺灣文史愛好者，出版短篇小說集《等路》，獲金鼎獎、臺灣文學金典獎。

張亦絢——臺北木柵人。巴黎第三大學電影暨視聽研究所碩士。早期小說曾入選同志文學選與臺灣文學選。著有《愛的不久時》、《永別書》等書，以小說集《性意思史》獲閱讀誌與鏡文化年度好書。《我討厭過的大人們》，收有金鼎獎最佳專欄寫作獎之文章。

張怡微——上海青年作家，復旦大學中文系副教授。曾獲臺灣時報文學獎、聯合報文學獎、臺北文學獎等。在臺灣出版《哀眠》、《人間西遊》。

連明偉——一九八三年生，暨南大學中文系、東華大學創英所畢業，現為北藝大講師。部分作品譯成英文與西班牙文。著有《番茄街游擊戰》、《青蚨子》、《藍莓夜的告白》等，並以《青蚨子》獲第七屆紅樓夢獎決審團獎。

陳浩基——香港中文大學計算機科學系畢業，臺灣推理作家協會海外成員。著有《遺忘．刑警》、《13．67》、《網內人》、《山羊獰笑的剎那》、《第歐根尼變奏曲》、《氣球人》、《魔笛》等多部作品。

陳慧——編劇、作家，於香港出生、長大，受教育。從事電影、電臺、電視劇、舞臺劇及小說創作多年，出版小說、散文二十餘本，小說《拾香紀》獲第五屆香港中文文學雙年獎，並有多篇中、短篇小說被改編為影視作品。現為國立臺北藝術大學電影創作學系客座副教授。

黃怡——香港九十後作家，臺灣《聯合文學》二十位最受期待的青壯世代華文小說家之一，現為《字花》編輯及香港電臺節目「開卷樂」主持。香港藝術發展獎二〇一八藝術新秀獎（文學藝術）得主，著有《林葉的四季》（二〇一九）、《補丁之家》（二〇一五）、《據報有人寫小說》（二〇一〇）等。二〇一九年獲邀參與新加坡作家節，為香港建築師學會主辦的洛杉磯建築展覽「島與半島」撰寫文學作品參展，並為香港藝術節委約及製作之粵語室內歌劇《兩個女子》撰寫文本。二〇二一年任香港浸會大學首屆「華語作家創作坊」香港駐校作家。

潘國靈——小說家、文化評論人，著有作品近二十部，近著有小說集《離》、長篇小說《寫托邦與消失咒》、城市論集《事到如今——從千禧年到反送中》、散文集《消失物誌》、《七個封印》等。屢獲文學獎項，包括香港中文文學雙年獎、香港書獎等；二〇一一年獲香港藝術發展局頒發「年度最佳藝術家獎（文學藝術）」。

個人網站：www.lawpun.com

謝曉虹——著有《無遮鬼》、《鷹頭貓與音樂箱女孩》、《好黑》等；編有《香港文學大系一九一九—

一九四九——小說卷二》。個別短篇小說譯成法文、德文、西班牙文及瑞典文，短篇小說英譯輯成*Snow and Shadow*（Nicky Harman譯）。曾獲《聯合文學》小說新人獎、香港中文文學創作獎、香港中文文學雙年獎、入圍美國Best Translated Book Awards。《字花》雜誌發起人之一。現任教於香港浸會大學人文及創作系。

韓麗珠——著有散文集《半蝕》及《黑日》等，小說集《人皮刺繡》、《空臉》、《失去洞穴》、《雙城辭典》（與謝曉虹合著）、《離心帶》、《縫身》、《灰花》、《風箏家族》、《輸水管森林》及《寧靜的獸》等。曾獲香港藝術發展局藝術家年獎（二〇一八）及臺北國際書展二〇二〇非小說類大獎等。

龔萬輝——出生於馬來西亞，曾就讀於吉隆坡美術學院和臺灣師範大學美術系，目前從事文字和繪畫創作。小說和散文作品曾獲臺灣聯合報文學獎、馬來西亞花蹤文學獎、海鷗文學獎等。著有小說集《卵生年代》、《隔壁的房間》，散文集《清晨校車》和圖文集《如光如影》、《比寂寞更輕》。曾獲馬來西亞優秀青年作家獎，並獲臺灣《聯合文學》雜誌選為二十位四十歲以下最受期待的華文小說家之一。

散文作家簡介

上田莉棋（Riki）——自由身旅遊寫作家，一半臺一半日，土生土長香港人，畢業於香港中文大學新聞與傳播學院。在旅居中關注野生動物和自然議題，體驗各國地道生活及文化，足跡遍及七大洲、逾七十國。著作包括《別讓世界只剩下動物園》、《辭職旅行的意義》、《快樂至上，西班牙！》。

Facebook 專頁：www.facebook.com/rikilatinomoment

何曼莊（M. Nadia Ho）——臺北人，紐約市民。著有《大動物園》、《有時跳舞New York》，小說《EP1：凍卵》、《EP2：兼愛》等。

利格拉樂．阿𡠄——漢名高振蕙，母親為排灣族，父親是中國安徽省人，為二分之一的混血，長期思考與書寫身分認同議題，擅長文類為散文，著有《紅嘴巴的VUVU》、《誰來穿我織的美麗衣裳》等書，目前任職於原住民族電視臺，企劃拍攝原住民族白色恐怖政治受難者口述紀錄影像。

振鴻——一九七六年生於臺東市。輔仁大學應用心理系碩士。作品曾獲時報文學獎小說評審獎、臺灣文學獎、聯合文學小說新人獎、香港青年文學獎、梁實秋文學獎、臺北文學獎、吳濁流文藝獎。著有《肉身寒單》、《歉海的人》等書。

林俊頴——一九六〇年生，彰化人。政治大學中文系畢業，紐約市立大學Queens College大眾傳播碩士。曾任職報社、電視臺、廣告公司。著有小說《猛暑》、《我不可告人的鄉愁》、《鏡花園》、《善女人》、《玫瑰阿修羅》、《大暑》、《是誰在唱歌》、《焚燒創世紀》、《夏夜微笑》、《某某人的夢》等，散文集《日出在遠方》、《盛夏的事》。

孫梓評——一九七六年生，東吳大學中文系，東華大學創作與英語文學研究所畢業。現任職《自由時報》副刊。著有詩集《善遞饅頭》、《你不在那兒》，散文《知影》、《除以一》等。

郝譽翔——臺灣大學中文博士，現任國立臺北教育大學語文創作系教授。著有小說《幽冥物語》、《那年夏天最寧靜的海》、《逆旅》；散文《回來以後》、《溫泉洗去我們的憂傷》等。曾獲金鼎獎、時報開卷年度好書獎、聯合文學小說新人獎、時報文學獎、臺北文學獎、新聞局優良電影劇本獎。

馬翊航——臺東卑南族人，一九八二年生。臺灣大學臺灣文學研究所博士，曾任《幼獅文藝》主編。著有個人詩集《細軟》、散文集《山地話／珊蒂化》，合著有《終戰那一天：臺灣戰爭世代的故事》、《百年降生：一九〇〇—二〇〇〇臺灣文學故事》。

阿潑——受過新聞與人類學訓練，擔任過記者、NGO工作者與研究員。曾獲開卷好書獎、國際書展大獎、臺灣文學金典獎等。著有《憂鬱的邊界》、《介入的旁觀者》、《日常的中斷》等。

廖瞇——大學讀了七年，分別是工業產品設計系與新聞系。曾出版詩集《沒用的東西》、長篇散文《滌這個不正常的人》。二〇一三年移居臺東。瞇是細細地看，慢慢地想。

洪愛珠——本名洪于珺。一九八三年生，新北市五股人。臺北養成，倫敦藝術大學傳播學院畢。資深平面設計工作者，大學兼任講師，工餘從事寫作。寫作以紀錄舊時日，常民吃食、市井與人景。曾獲二十屆臺北文學獎首獎、第二十三屆評審獎；林榮三文學獎、鍾肇政文學獎等。著有散文集《老派少女購物路線》遠流出版

蔣亞妮——摩羯座，狗派女子。無信仰但願意信仰文字。二〇一五年出版首部散文《請登入遊戲》，二〇一七年出版《寫你》，二〇二〇年出版第三號作品《我跟你說你不要跟別人說》。

騷夏——一九七八年出生在高雄，淡江大學中文系、東華大學創作與英語文學研究所畢業。著有詩集《瀕危動物》、《橘書》、散文集《上不了的諾亞方舟》。

現代詩作家簡介

吳俞萱——臺東人。著有《交換愛人的肋骨》、《隨地腐朽——小影迷的99封情書》、《沒有名字的世界》、《居無》、《逃生》、《忘形——聖塔菲駐村碎筆》、《死亡在消逝》。試著將詞語的初始含意還給詞語，將初始的詞語價值還給事物。

宋尚緯——一九八九年生，東華大學華文文學所創作組碩士，創世紀詩社同仁。

馬尼尼為maniniwei——本名不重要。出生於馬來西亞柔佛州麻坡。美術系卻反感美術系，停滯十年後重拾創作。著散文《帶著你的雜質發亮》、《我不是生來當母親的》、《沒有大路》；詩集《我們明天再說話》、《我現在是狗》、《幫我換藥》等；繪本《馬惹尼》、《詩人旅館》、《老人臉狗書店》等數冊。編譯、繪《以前巴冷刀．現在廢鐵爛：馬來班頓》（Openbook好書獎，年度中文創作）。曾任臺北詩歌節主視覺設計；桃園市立美術館展出和駐館藝術家；香港浸會大學華語駐校作家。於博客來okapi、小典藏撰寫繪本專欄文。Website/ IG/ FB keywords: maniniwei

葉覓覓——東華大學中文系、創作與英語文學研究所畢業，芝加哥藝術學院電影創作藝術碩士。在詩歌的渠道裡接引影像的狂流；在薩滿的歌唱裡揮舞宇宙的衣袖。潛心探索靈魂與生滅，喜歡穿越各種邊界。著有詩集《漆黑》、《越車越遠》與《順順逆逆》。

廖偉棠——詩人、作家、攝影家，曾獲香港青年文學獎、香港中文文學獎、臺灣中國時報文學獎、聯合報文學獎及香港文學雙年獎等，香港藝術發展獎二〇一二年年度作家，現居臺灣。曾出版詩集《八尺雪意》、《半簿鬼語》、《櫻桃與金剛》、《一切閃耀都不會熄滅》等十餘種，講演集《玫瑰是沒有理由的開放：走近現代詩的四十條小徑》，評論集「異托邦指南」系列，散文集《衣錦夜行》、《尋找倉央嘉措》、《有情枝》，小說集《十八條小巷的戰爭遊戲》等。

隱匿——寫詩、貓奴。曾獲二〇一六年度詩獎、第五十屆吳濁流文學獎新詩首獎等。著有詩集：《自由肉體》、《怎麼可能》、《冤獄》、《足夠的理由》、《永無止境的現在》、《0.018秒》。有河book玻璃詩集：《沒有時間足夠遠》、《兩次的河》。散文集：《河貓》、《十年有河》、《貓隱書店》。法譯詩選集《美的邊緣》。

我愛讀110

孤絕之島
後疫情時代的我們

主　　編　黃宗潔
社　　長　陳蕙慧
副總編輯　戴偉傑
責任編輯　鄭琬融
校　　對　魏秋綢、鄭琬融、黃宗潔
行銷企畫　陳雅雯、尹子麟、汪佳穎
封面設計　蔡佳豪
封面插畫　陳沛珛
內頁排版　黃暐鵬

讀書共和國集團社長　郭重興
發行人暨出版總監　曾大福
印　　務　黃禮賢、林文義
出　　版　木馬文化事業股份有限公司
發　　行　遠足文化事業股份有限公司
231新北市新店區民權路108-3號8樓
電　　話　(02) 2218-1417
傳　　真　(02) 2218-0727
E-Mail　service@bookrep.com.tw
郵撥帳號　19588272木馬文化事業股份有限公司
客服專線　0800-221-029
法律顧問　華洋國際專利商標事務所　蘇文生律師
印　　刷　呈靖印刷股份有限公司
初版一刷　2021年12月28日

定　　價　450元
ISBN　978-626-314-079-0
eISBN　9786263140813（EPUB）
eISBN　9786263140837（PDF）

NCAF 國|藝|會　本書獲國藝會出版補助

孤絕之島：後疫情時代的我們／黃宗潔主編
－初版.－新北市：木馬文化事業股份有限公司出版：
遠足文化事業股份有限公司發行，2021.12
　面；　公分.－(我愛讀；110)
ISBN　978-626-314-079-0（平裝）
813.4　　110019103

特別聲明：有關本書中的言論內容，
不代表本公司／出版集團之立場與意見，文責由作者自行承擔。